Paul Rudnick
Extasy Club

Paul Rudnick

EXTASY CLUB

Roman

Aus dem Amerikanischen von
Ulrike Seeberger

Aufbau-Verlag

Titel der Originalausgabe
Social Disease

ISBN 3-351-02320-0

1. Auflage 1995

Einbandgestaltung Ute Henkel/Torsten Lemme
Satz LVD GmbH, Berlin
Druck und Binden Clausen & Bosse, Leck
Printed in Germany

1

Der sagenhafte Extasy Club

»Brucie, wir müssen einfach da reinkommen. Ich hab's Joyce gesagt, daß wir da reinkommen.«

»Hey, Debbie, mach mal halblang, okay? Wir kommen da rein, keine Bange, Bruce Kokokowski läßt sich von keim verscheißern, okay?«

»O ja klar«, antwortete Michelle, »o ja sicher. Hast du noch mehr so Witze auf Lager?«

Hunderte von Menschen drängten auf der Straße, warteten vor dem sagenhaften Extasy Club. Bruce, Debbie und Michelle standen schon beinahe eine Stunde hier; seit sie aus Piscataway, New Jersey, in Manhattan angekommen waren. Die Menschenmenge schob sich nach vorn. Schulter an Schulter gequetscht, zwanzig in einer Reihe, drängelten sie, als ob da vorn ein Boxkampf zu sehen wäre.

Debbie und Michelle waren Schwestern. Debbie, ein Mädchen aus der letzten High-School-Klasse, hatte sich in ein neues Kleid geschwungen, springlebendiges, quietschgrünes Polyester. Debbie war hübsch – und schrill.

Die zwölfjährige Michelle hatte im Bus auf dem ganzen Weg in die Stadt fest geschlafen. Sie trug noch ihren gestrickten Skianzug mit den aufgedruckten Rentieren und dazu Mokassins.

Bruce, Debbies Freund, hatte ein typisches vermatschtes New-Jersey-Gesicht, wie eine dicke Scheibe rohes Fleisch. Auf alle seine Kleidungsstücke war das Firmenzeichen von Manuel Elegante aufgenäht: eine Landkarte von New Jersey mit Zwirbelbart.

»Dies hat der Club von Extase?« fragte Salima voll gespannter Ungeduld.

»Natürlich hat«, antwortete die hochmütige Ramira. »Wir haben nun für die Boogie.«

»Ich habe mit dem Aussteigen«, bemerkte Latinda und drapierte die Falten ihres Tschadors um sich.

»Es hat zuviel die Aufregung!« quietschte Salima. »Ich habe ganz das Wirre im Kopf!«

»Frauen von Fadood«, ein Knacken ertönte in der Sprechanlage der Limousine. »Kann nun bald die Stille sein bei euch!«

Die Limousine hatte sich Zentimeter für Zentimeter auf den Eingang des Clubs vorgeschoben, hatte sich durch Taxis und die Menschenmenge gepflügt. Debbie preßte ihr Gesicht an die getönten Scheiben. Die Limousine hielt an, eine Gruppe von Leibwächtern sprang heraus. Debbie seufzte abgrundtief; sie wünschte sich sehnlichst auch Leibwächter; von ganzer Seele wünschte sie sich ein Leben, das bedrohenswert wäre. Die Leibwächter bildeten ein Spalier, schubsten Debbie unsanft zur Seite. Scheich Oded Ben Fadood, der arabische Ölpotentat, und seine sechs Frauen wurden durch die Menge geleitet, in den Club hinein.

Fadood schritt seinen Frauen voran, sein Ziegenbärtchen troff noch vom Öl der letzten zwanzig Orgien, sein massiger Körper schnaufte unter einem schmuddeligen Burnus, der mit aufgedröselter Goldstickerei und angelaufenen Kupferamuletten bedeckt war. Seine Frauen waren in traditionellen Gewändern erstickt, in wehenden schwarzen Tüllsäcken, die ihr verführerisches unreines Fleisch verbargen. Nur ihre Augen waren noch vage zu erkennen, blinzelten hinter schwarzen Biker-Brillen hervor.

Heute abend war Fadoods erster Besuch im Extasy Club. Die Frauen hatten von nichts anderem gezwitschert, denn in der Moschee hatte man ja den Club durch die Bank verdammt und verteufelt.

»Es hat zu viel von Schön!« schrillte Salima, als sie in den Club eintrat.

»I am shaking my booty!« erklärte Cardima, wie sie es aus einem amerikanischen Lied im Radio kannte.

»Gelobt sei Allah!« rülpste Oded Ben Fadood. »Hat Funky City hier.«

Guy Huber stolperte aus einem Taxi und stand am Rand der Menschenmenge, die inzwischen traumatisch bebte und vibrierte. Er gähnte und versuchte, sich den Schlaf aus dem Hirn zu schütteln. Es war zwar schon beinahe Mitternacht, aber er war gerade erst aufgewacht. Er war ein umtriebiges Großstadtpflänzchen, und deswegen hortete er seine wacheren Stunden für die Nacht, wenn was los war.

Er wußte, daß man ihn sofort bemerken würde, sobald er nur auf der Seite stand und tat, als ginge ihn das ganze nichts an. Und klar doch, der Mann an der Tür nickte ihm zu und winkte mit der Hand. Guy quetschte sich durch die Menge, der Eintritt war gesichert.

Guy hatte schöne Zähne, ein Pluspunkt bei jedem Säugetier. Er hatte erst vor kurzem aufgehört, einen kleinen Smokingknopf aus Onyx im linken Ohr zu tragen, jetzt wo alle Welt und ihr Rechtsanwalt auch so was trugen. Er hatte immer noch ein Loch im Ohrläppchen, und ab und zu ließ er einen Teebeutel daran baumeln. Heute war er als Stadtwilder verkleidet, als Rowdie, als Straßenkrieger. Er trug enge schwarze Jeans, aufs edelste verwaschen und aderpressen-eng seinem Körper angepaßt. Sein T-Shirt war wieder und wieder gewaschen und gebleicht, bis es nur noch wie ein schlapper Lappen an ihm herunterhing; aufgedruckt waren die japanischen Schriftzeichen für Leben, Tod und Schuhe. Über diesen erlesenen Lumpen trug Guy eine schwarzlederne Biker-Jacke, die vor Nieten und Reißverschlüssen nur so starrte. Er hatte einen Ärmel an der Schulter abgesäbelt, um wie das Opfer eines grausigen Unfalls zu wirken. Er trug immer nur Schwarz, weil er gefährlich aussehen wollte.

Guy hatte den Gesichtsausdruck eines Kindes, wenn im Theater der Vorhang hochgeht. Sein Gesicht war lang, der Mund stand ihm immer ein wenig vor Staunen offen, so lange, bis er sich daran erinnerte und ihn zuklappte. Seine Augenbrauen saßen in ewiger Überraschung hoch auf der Stirn, seine Augen leuchteten.

Guy war immer glücklich. Er sah keinen Grund, warum er nicht glücklich sein sollte. Er wußte wohl, daß manche

Leute ihn vielleicht für einen Idioten halten mochten oder für geistig minderbemittelt, aber so war das eben. Guy war die moderne Lederausführung des naiven Unschuldslamms.

Vor ein paar Tagen hatte er geheiratet: Venice, das wunderbarste aller Mädchen. Er war verrückt nach Venice, zitternd und bebend verliebt. Er hatte verzweifelt versucht, diese Leidenschaft zum Ausdruck zu bringen, sie zu verkünden, Venice zu zeigen, wie es um ihn bestellt war. Und heute nachmittag hatte ihn blitzesgleich die Eingebung getroffen: er hatte sich eine breite blaue Strähne in sein schwarzes Haar färben lassen.

Die Strähne war neonblau, wie die Glanzlichter in den Haaren der Superhelden im Comic. Guy hatte beschlossen, daß die Farbe ein ewiges Blau war, ein Venice-Blau. Die Strähne war spitz hochgezwirbelt, sah aus wie die Feder eines Irokesen oder wie ein winziger blauer Blitz. Guy konnte es kaum erwarten, sie Venice zu zeigen; er hatte sie den ganzen Tag lang nicht gesehen, aber er wußte, daß sie schließlich im Club landen würde. Die beiden hatten sich im Club kennengelernt, praktisch dort geheiratet. Zu Hause begegneten sie sich fast nie; sie hinterließen sich Nachrichten im Club, Notizen, Zeichen für die Schnitzeljagd. Manhattan ist eine Art Brettspiel, ein städtisches Malefiz, die Kontaktaufnahme verschlingt Zeit und Energie. Aber Ehemänner können ihre Ehefrauen immer finden, dachte Guy. Darum geht's doch in der Ehe! Ich liebe meine Strähne, sang er vor sich hin. Und ich liebe meine Frau. Ich lieb sie beide!

»Warum kommt der rein?« knurrte Bruce. »Der sieht doch total beschissen aus!«

»Brucie, jetzt sei doch ruhig«, beruhigte ihn Debbie. »Der hört dich bestimmt.«

»Was, der Typ mit den blauen Haaren? Der ist doch schon lange drin.«

»Nein, der Türmann«, antwortete Debbie und starrte den jungen Mann an, der neben der roten Samtkordel stand.

»Scheiße, das Arschloch da? Der soll mich ja hören. He du, ARSCHLOCH!«

»Superstarkes Stück, von unserem Shakespeare«, kicherte Michelle.

»Der ist kein Arschloch!« schrie Debbie wütend. »Der ist voll geil. Über den habe ich alles in der Zeitung gelesen. Der arbeitet seit zwei Wochen hier, er mag Girls mit roten Haaren und Kino und … ach Brucie, jetzt weiß ich's nicht mehr, ich kann mich echt nicht an seinen Lieblingssänger erinnern!«

»He, SCHWACHKOPF, hier warten LEUTE, Mann!«

Der Extasy Club war der Club der Stunde, der neueste Tempel exklusiver und doch wild publizierter Verderbtheiten. Man konnte keine Zeitung zur Hand nehmen, viel weniger noch einen Telefonhörer, ohne die neuesten Neuigkeiten vom Glitzer-Regime des Clubs zu erfahren.

Früher war der Extasy Club einmal Loew's Artesian gewesen, ein Kinopalast aus der Zeit der Depression, ein babylonischer Tempel im größten Stil, ein hinreißender Haufen Ali-Baba-Kitsch. Die Kinobesucher waren in Plüschsesseln versunken, hatten über den neuesten Film der Garbo heiße Tränen vergossen, über die Swanson geseufzt, alles vor dem Hintergrund der unermüdlich dudelnden mächtigen Wurlitzer-Orgel.

Dann war das Fernsehen gekommen. Man hatte das Artesian umgebaut, jetzt wurden hier die Live-Aufzeichnungen der rasend beliebten Spielshows gemacht. Die gesamte Nation hatte das Theater als Studio A-16 in Schwarzweiß gesehen, wo Quizkids über Jackpots, Nerzstolen und Reisen-für-Zwei-ins-herrliche-Diamond-Head ins Schwitzen kamen.

Dann die Skandale. Das Theater wurde mit Brettern vernagelt, Anschuldigungen von Bestechung, Schmiergeldern und anderen Lieblingsspielchen der Nation lagen in der Luft. Jahrelang stand die leere Hülle da, das Vordach wurde abgenommen, ehe es verrotten und jemandem auf den Kopf fallen konnte. Das Innere blätterte und schuppte vor sich hin. Einige wollten das Artesian abreißen, andere sprachen von Denkmalschutz. Vor sechs Monaten hatte eine Gruppe zwielichtiger Geschäftsleute das Gebäude gekauft, und die Renovierungsarbeiten hatten angefangen.

Guy Huber ging durch die Vorhalle des Clubs, die spiegeligmarmorn und gedämpft düster gehalten war. Über den Köpfen der flüsternden Menschen wogten Palmwedel. Diese Vorhalle war ganz Vorfreude; Guy fühlte einen wohligen Schauder. Er wurde magisch von einem Spiegel angezogen, zupfte an seiner Strähne. Er drehte seinen Kopf nach hier und dort, blickte finster, saugte die Wangen hohl ein, modelmäßig.

Er gab seine Lederjacke bei den beiden schwatzenden Mädchen ab, die an der Garderobe arbeiteten, wo früher einmal im Artesian die Kasse für die verbilligten Karten gewesen war.

»Hi, Guy«, grüßten ihn die Garderobenmädchen. »Tolle Jacke.«

»Danke«, erwiderte Guy. »Schon stark, oder? Sieht echt so aus, als würde ich jeden Augenblick jemand zusammenschlagen, oder? Meint ihr, ich sollte mir so 'ne Art große Narbe zulegen?«

»Auuu ja«, quiekten die Garderobenmädchen. »Toll, die Haare.«

»Ehrlich?« fragte Guy besorgt. »Habt ihr Venice gesehen?«

»Irgendwo hier«, meinten die Mädchen hilfreich.

Guy tappte weiter. Vor ihm explodierte das Clubleben.

Die Leinwand hatte man beibehalten, sie war jetzt die leere weiße Bildfläche, vor der der Abend abrollen würde. Die Stuhlreihen im Sperrsitz hatte man entfernt und statt dessen eine Tanzfläche installiert, die so heftig benutzt wurde, daß der Belag alle zwei Wochen erneuert werden mußte. Weil es noch recht früh war, tanzten nur ein paar vereinzelte, eher zufällige Paare.

Das leicht abschüssige Mezzanin war auch entkernt worden, und dann hatte man es mit einem glanzlos grauen Industrielinoleum ausgelegt. Aus der Orgel des Artesian war die zentrale Bar geworden. Die Barmänner waren Muskelprotze, geölt und mit freiem Oberkörper. Sie benahmen sich wie kumpelige Unitypen, grüßten Guy mit nach oben gerecktem Daumen und »He, Typ!«

»Hi, Jungs«, antwortete Guy. »Wie geht's, wie steht's.«

»Oberedel, Kleiner«, meinte der Barmann und schleuderte Guy ein Bier rüber.

»Habt ihr Venice gesehen, Jungs?« fragte Guy und fing sein Bier auf, ehe es auf dem Fußboden landete.

»Irgendwo hier«, antwortete der Barmann, der Venice auch liebte. »Dauert noch, Kleiner.«

Guy blickte nach oben. Auf dem gewölbten Kathedralenhimmel war eine mitternachtsblaue Sternenkarte eingeätzt, als Sternbilder die Umrisse von Filmstars aus den Dreißigern. Viel war von den Sprossen, Balken und Kabeltunneln verdeckt, an denen die Club-Lichter hingen. Diese Beleuchtung war das Allerneueste, schwebte viele Stockwerke über der Tanzfläche. Da waren die bösartigen, pfeilschnellen Laser, scharfe Klingen aus grünem Ektoplasma; und dann die orgasmusroten Polizeiwarnleuchten, die sich drehten wie am Tatort eines grausigen Mordes; und dann die langen Stangen mit den gelben Baustellenlampen, die manchmal heruntergelassen wurden und sich langsam und bedrohlich zwischen den Körpern der Tanzenden drehten; und da waren die flackernden Strobes, die angeblich epileptische Anfälle provozierten und die bei der Suche nach Ehefrauen oder verlorenen Kontaktlinsen so gar keine Hilfe waren.

Guy lehnte sich an eine unerschütterliche korinthische Säule und nippte an seinem Bier. Oben auf der Säule thronte die Kabine des Diskjockeys, ein wahrhaft undurchdringliches Durcheinander von LPs, Anzeigegeräten und Kopfhörern in einem geflügelten Streitwagen. Die Diskjockeys wachten über Wohl und Wehe der Tanzfläche, wählten, mischten und verstärkten die Musik der Nacht. Guy hatte Respekt vor ihnen; er hielt sie für olympische Götter, die ihre Blitze aus Rhythmus und Krach auf die Sterblichen unten schleuderten.

Das durchschlagendste Element im Club war aber die Dunkelheit. Es gab keine Fenster, und die gesamte Beleuchtung war zärtlich-tintig gehalten. Da blieb einem Menschenantlitz gar keine andere Wahl: es mußte einfach leuchten wie eine Perle in einer eleganten Schmuckschatulle. In der letzten Zeit war Guy der Verdacht gekommen, daß Tageslicht eigentlich überhaupt nicht existierte.

»Es hat zu vieles von Wunderbar«, hauchte Latinda. Sie waberte am Rand der Tanzfläche zur Musik, ihr Köper eine einzige wild wogende Tuchsäule.

»Die Männer haben ohne die Hemden«, kommentierte Cardima. »Sie geben mir das Bier, Schöne!«

»Ich habe ganz das Party-Biest!« kreischte Hofstra, hopste wild im Rhythmus auf und ab, hinter ihrer auf- und abtanzenden Sonnenbrille blitzten für Sekunden ihre glühenden, schwarzumrandeten Augen auf.

»Frauen!« mahnte Hassad, ein hochgewachsener, finster blickender Araber. Er war der Adjutant Oded Ben Fadoods, und unter seinem feinen französischen Maßanzug verbarg sich ein ehrfurchtgebietender Ochsenziemer.

»Spaß! Spaß!« grölte Oded Ben Fadood, raffte seinen Burnus hoch über die schlaffen Oberschenkel und vollführte einen dröhnenden Stampftanz mit seiner augenblicklichen Lieblingsfrau, einer kleinen, völlig desinteressierten Ziege.

Fadoods schlichtes Bauernnaturell hätte ihn zu einem Musterbeispiel an robuster guter Laune und unschuldig unwissendem Lebenshunger machen können. Aber allen guten Beispielen zum Trotz, die Alexis Sorbas, Tewje der Milchmann und so viele andere überzeugend erdgebundene Romangestalten ihm vor Augen führten, war er genau das gerade nicht. Fadood war ein armer Barbar, dem es die Umstände ermöglicht hatten, ein reicher Barbar zu werden. Die Ölfunde auf seinem bescheidenen Wüstenfleckchen hatten lediglich den Aktionsradius seiner Schandtaten vergrößert. So wie Fadood früher die Sandalen seiner Nachbarn geklaut hatte, so kaufte er nun ganze Häuserblocks. So wie er früher die geschändeten Dorfmädchen verstoßen hatte, so ließ er nun Sportwagen am Straßenrand stehen, wenn das Benzin ausgegangen war. All das störte Fadood herzlich wenig; er war glücklich und froh wie alle menschlichen Bulldozer.

»Oogie-oogie-boogie!« donnerte Fadood und besprühte lüstern grinsend die Contessa Larini mit dem Inhalt eines ramponierten Ledertrinkbeutels (da das Ding mit Montrachet '64 gefüllt war, echauffierte sich die Contessa nicht allzu sehr).

Guy sah sich im trüben Dunkel um. Er wußte, Venice war hier irgendwo. Sie war der Liebling des Clubs; oft wurde ihre Post gleich an der Bar abgegeben. Guy hörte jemanden mit unverschämt anzüglichem Unterton »Darling« rufen. Er drehte sich um, fühlte eine Hand, die sich von hinten unter sein T-Shirt wühlte.

»Venice!« schrie Guy, aber Moment, das konnte unmöglich die Hand von Venice sein; dazu waren die Fingernägel zu lang, war die Berührung zu geil. Na klar, es war Licky Banes, auf der lustvollen Suche nach Moneten, der eben schnell mal guten Tag sagte.

»Hi, Licky«, antwortete Guy und schlängelte sich frei.

»Guy!« kreischte Licky. »Ich such dich schon überall. Ich muß dich was fragen. Ich muß was wissen, unbedingt – hast du schon mal auf jemanden gepißt? Ich meine, so als Gefallen, Mann?«

»Mensch, nö, glaub ich nicht«, antwortete Guy. Er war sich nie ganz sicher, was er eigentlich auf Lickys Fragen antworten sollte.

»Oh«, Licky war enttäuscht. »Machst du überhaupt irgendwas?«

Licky war blond und papierdünn. Er schien völlig stromlinienförmig zu sein, ein Art-Deco-Gegenstand, nur übertriebenes Profil. Er hatte eine kühne scharfe Nase, einen Vogelschnabel von der Hochmütigkeit des Chrysler Building. Auf beiden Seiten saßen seine kleinen Augen hoch oben wie Ohrringe. Das Haar fiel ihm wie ein Strohdach in Wellen ins Gesicht, seine Hände waren überlang wie bei einer Marionette. »Ich bin nichts als ein Kleiderbügel«, pflegte er zu verkünden und schwankte leise im Wind. Licky entzog sich jeder Kategorisierung. Als er auf einem Formular einmal zwischen M für männlich und W für weiblich zu wählen hatte, hatte er V gekritzelt. Wenn Kinder ihm auf der Straße etwas nachriefen, behauptete er mitunter, daß er ihr wirklicher Vater wäre. Lickys Lebensziel war, eine Standfotografie zu werden, ein Hochglanzfoto 20x25, meisterlich retuschiert. Er suchte ständig die ideale Pose. Heute trug er einen mühelosen cremefarbenen Flanellanzug mit weiten Oxfordhosen; in die Brusttasche hatte er drei schrillgelbe Bleistifte gesteckt, nur so. Licky war die fleischgewordene Pose, ein äußerst gutgekleidetes Ausrufungszeichen.

»Guy«, fragte Licky, wobei er ganz bewußt Guys Strähne übersah, ein sicheres Zeichen für seine Wertschätzung. »Wenn du ein Baby essen müßtest, wo würdest du anfangen? Ich meine, echt?«

»O Gott!« meinte Guy. »Keine Ahnung. Schwer zu sagen, ehrlich. Hast du Venice gesehen?«

»Venice? Hat sie dich verlassen? Jetzt schon? So bald schon? Komm, erzähl mir alles. War es elend und erbärmlich, war es zutiefst verletzend? Habt ihr euch bittere persönliche Beleidigungen an den Kopf geworfen, die man nie verzeihen kann, habt ihr mit Toaströstern geworfen? Ist es seelenzerstörend, fühlst du dich nutzlos, impotent, weggeworfen? Warte mal, da kommt jemand, ist sie das?«

Guy blinzelte durch den Saal. Er konnte eine Frauengestalt ausmachen, aber sie war zu groß, um Venice zu sein. Licky reckte den Hals und starrte hin. Er starrte gerne; ihm fehlte eigentlich nur noch die Lupe eines Diamantenschleifers. Die Frau legte die Hand an die Brust und winkte ein niedliches winziges Winken, die Art, auf die normalerweise ein »Huhu«-Schrei folgt.

»Lucy!« kreischte Licky. »Du Teufelsbrut!«

Lucy Yates Membrane war ein Harvard-Junge, der gerade mitten in einer Geschlechtsumwandlung steckte. Heute trug sie ein biederes schottisch kariertes Faltenröckchen, komplettiert mit der schmückenden Sicherheitsnadel, eine rüschenschäumende Spitzenbluse mit Jabot und geschnittener Gemme, dazu hohe schwarze Lackpumps mit einem feinen

Goldreifchen am Absatz. Ihr Haar hatte sie in einen Festtagsknoten hochgetürmt, beim Verlassen des Hauses noch mit einem spontanen Stechpalmenzweiglein gekrönt. Lucy hatte eine ganz besondere Weichheit, eine nostalgische Passivität. Angesichts der modernen unabhängigen jungen Frauen blieb die Frage nach ihren Vorbildern weithin ungeklärt. Sie sah aus (und benahm sich) wie eine typische nette altjüngferliche Tante, die umgeben von Schnickschnack und gehäkelten Schondeckchen ihr Dasein fristete, nur war diese nette altjüngferliche Tante grobknochig und über eins achtzig.

»Hallo, Jungs!« grüßte sie und bot ihnen das feste Silikon ihrer Wangen dar. »Schrecklich lang nicht gesehen.«

Licky verschlang Lucy mit den Augen, Guy beschloß, ihr die Hand zu schütteln. Schließlich war er in Yale gewesen.

»Hi, Lucy!« sagte Guy. »Toll siehst du aus! Super Idee mit dem Zweig! Hast du Venice gesehen?«

»Guy, hör auf zu träumen. Sieh endlich ein, daß dein Verlust unabänderlich ist, vielleicht vorherbestimmt. Schau dir mal Lucy an«, meinte Licky, »die kann ein Lied von Verlusten singen! Lucy, was Guy zu gern wüßte, also, wenn sie ihn, na ja, abgehackt haben, darfst du ihn dann behalten? Oder behalten die ihn – gibt's da einfach kübelweise Penisse in irgendeinem Krankenhaus?«

»Nein, Schätzchen, ich habe Venice nicht gesehen«, antwortete Lucy. »Hoffentlich ist alles in Ordnung. Paßt gut auf euch auf.«

»Gottogott«, kommentierte Licky diesen Rückzug. »Sind wir aber heute das Mimöschen im Höschen. Na also, wenn sie mir meinen abgehackt hätten, dann würde ich wirklich alles drüber erzählen, ich würd's mir ja sogar nur wegen der Konversation machen lassen. Okay, also du bleibst jetzt einfach mal hier sitzen, und ich such dir dein kleines Frauchen. Gott weiß, in welcher rauhen Hafenkneipe oder finsteren Gasse ich sie finde. Jetzt schluck mal das und mach dir keine Sorgen.«

Licky steckte blitzschnell eine fröhliche rote Kapsel in Guys Hand und seine flinke Zunge in Guys Ohr, und dann sauste er davon. Er brannte darauf, den ersten Kommentar des Abends zu Guys Strähne loszuwerden.

»Bye, Licky«, murmelte Guy. »Und danke.«

Eine Stunde verging, und Guy hatte noch immer keine Spur von seiner Frau. Er war nicht besorgt, nur verliebt. Wo konnte sie nur sein? Im Verkehrsstau nach Theaterschluß aufgehalten? Im 24-Stunden-Delikateßladen? In Curaçao? Venice war ein geschäftiges Mädchen; manchmal sagte sie Guy, wo sie hinging, während er noch im tiefsten Schlaf lag. Die Galerieeröffnung! Klar!

Brace Farnum stellte ab heute seine Porträts von Berühmtheiten aus. Da mußte Venice hingegangen sein. Brace hatte sie ja Anfang der Woche noch abkonterfeit. Die Porträts malte er mit echten Kosmetika, mit Lidschatten, Lidstift und losem Puder. Die Eröffnung war ein Hit gewesen. Caronia Desti, Modeorakel, und Tanzo Matta, Designer, hatten das erste Taxi ergattert, das in Richtung Club fuhr.

»Guy«, trillerte Caronia, als sie seine Strähne bemerkte. »Einfach zum Fressen!«

Caronia war eine lebende Legende, wahrscheinlich sogar eher ein Mythos, mehr Kalligraphie als Fleisch in ihren wallenden Metern Kabukiseide. Caronia war uralt, vielleicht 100, vielleicht älter; aber ganz sicher hatte sie sowohl die Ankunft des Feuers auf Erden wie auch den Anfang des Edel-Zigeuner-Looks miterlebt.

»Hi, Caronia!« antwortete Guy. »Hi, Tanzo. Wie war die Eröffnung? Wär gern hingegangen, aber ich hab noch geschlafen. War's toll?«

»Blau!« trillerte Caronia weiter. »Preußischblau! Kornblumenblau! Der schrille Paradiesvogel unter den Farben!«

Caronia war Herausgeberin von »Glaze«, einem führenden Lifestyle-Magazin; aus dieser Quelle sprudelte auch ihre Sprache. »Glaze« hielt die Worte »Leben« und »Stil« für Synonyme. Das Magazin wurde auf dem hochglänzendsten Hochglanzpapier gedruckt, die riesigen Fotos waren in aufregenden Schräglagen arrangiert. »Glaze« machte sich wunderbar auf jedem Beistelltisch oder unter dem Arm getragen. Information zum Anziehen.

»Mein Gott, kannst du blau gut tragen«, sagte Caronia zu Guy. »Du hast eine Haut wie ein Likör … Benedictine.«

»Wirklich? Echt?« fragte Guy entzückt. Ehe er nach Venice fragen konnte, war Caronia schon wieder weg, nachdem sie die Luft zu beiden Seiten seines Kopfes abgeküßt hatte, als wären ihr seine beiden imaginären Begleiter lieber.

»Bye, Caronia«, murmelte Guy, »und noch viel Spaß!«

Caronias Ankunft hatte den Startschuß für den eigentlichen Anfang des Abends gegeben. Es war beinahe zwei Uhr morgens, und man konnte also im Club ankommen, ohne allzu ernsthaft und bemüht zu wirken. Ganz zuletzt kamen die allgegenwärtigen Kinder Von, ein hektischer Hagel von Entschuldigungen und maßgefertigten Cowboystiefeln.

Die Kinder Von waren die Sprößlinge berühmter Familien. Sie kamen ganz zuletzt, weil sie vorher auf den Dinner-Parties ihrer Eltern gewesen waren, wo sie Botschafter und Nobelpreisträger mit »Jack« und »Tantchen Bobo« angeredet hatten. Jeder mochte die Kinder Von; sie wurden wie Reliquien verehrt, wie Splitter vom Kreuz Christi, wie Knochenfragmente vom kleinen Zeh der Garbo.

»Schaut euch bloß das an«, kommentierte Licky und stupste Guy mit einem Sektquirl in den Hintern, »das sind die Leute, die sie heutzutage hier reinlassen.«

»Autsch!« erwiderte der gezwickte Guy.

Dann kritzelte Licky, der immer noch ein bißchen auf der Suche nach Venice war, seine Telefonnummer quer über einen nackten Servierboy und wogte weiter. Guy bemerkte, daß der Servierboy auf der Schulter eine andere Nachricht trug. Da stand »Guy, bin im Extasy« und signiert war es mit Venices Initialen und einem Lippenstiftkuß. Nicht mehr lange!

»He du, ARSCHFÄULE!«

»Brucie, also ich bleib hier nicht stehen, wenn du so weitermachst. Das ist ja wirklich widerlich, du hast keine Ahnung von Benehmen, echt.«

»He, FOTZE!«

»Sind das Männer?« fragte Michelle und zeigte mit dem Finger.

»He, SCHWANZLUTSCHER NUMMERO UNO!«

»Latinda, das hat nicht von eine Frau«, sagte Cardima, als der Harem Lucy Yates Membrane musterte.

»Es hat von eine große Frau«, meinte Tira, als sie sich langsam auf die Stelle zubewegten, wo Lucy an der Theke lehnte und ihre Diätlimonade schlürfte.

»Du haben die WAS?« fragte Hofstra, während sie wißbegierig Lucys Rock abfingerte, genug Schottenkaro für mindestens zwei große Wolldecken.

»Verzeihung?« antwortete Lucy.

»Du schütteln dein Groove-Ding?« fragte Ramira, die immer die Tanzfläche im Auge behielt.

»Was?« fragte Lucy.

»Du total die heiße Frau«, polterte Oded Ben Fadood, der nach einem festen Fußgelenk lechzte. Er starrte Lucy mit hungrigen Augen an, scharrte beinahe mit dem Huf auf dem Teppich. So viel Frau, dachte er für sich, so viel! »Boom chicky boom!« brach es aus ihm hervor.

»Oh, Mr. Fadood«, kicherte Lucy, die den olivengesichtigen Wilden erkannte, der so viele Milliarden schwer sein sollte. »Nicht doch!«

Guy wollte sich hinsetzen. Es war ihm, als wäre er schon Jahrzehnte im gesellschaftlichen Gewühl unterwegs. Er wußte, Venice war auf dem Weg zu ihm. Wenn er fest an einer Stelle verharrte, war er vielleicht für sie leichter zu finden. Um die Tanzfläche herum verteilt standen kleine Bänke, silbrige Konstruktionen, flach und sehr niedrig über dem Boden.

Guy plante seine Belagerung. Sobald der Mann mit der Boa Constrictor aufstand, schoß Guy vor auf seinen Platz. Er streckte sich aus, beinahe parallel zum Boden, in einer dieser ungeheuer bequemen Positionen, die angeblich so sehr schlecht für das Rückgrat sind.

»Värgäß diesä Frrrau«, hauchte Ratallia Parv, die engelsgleiche ungarische Filmdiva, die sich neben Guy hinzwängte. Sie war heute ganz schlicht gekleidet: Fußballtrikot, Strumpfhaltergürtel und ein Tanzo-Röckchen für lokkere tausend Dollar.

»Hi, Ratallia«, erwiderte Guy. »Wie geht's. Brauchst du mehr Platz?«

Ratallia war ein echter Star, eher für ihre Medienwirksamkeit als für herausragende Schauspielkunst bekannt. Sie war noch ein Teenager, hatte aber schon Tausende von Filmen gedreht, in jeder nur möglichen Sprache. Sie hatte die Angewohnheit, beinahe alle erdenklichen Gefühle durch Nacktheit auszudrücken.

»Ich mag eier Land niiicht«, bemerkte Ratallia und bog ihren Hals nach hinten, denn man hatte ihr gesagt, das sei äußerst wirkungsvoll. »Ihr värstäht nicht die Frrrauän. Eine Frrrau braucht die Liebä. Trägst du eine Girtel?«

»Ratallia«, widersprach Guy aufs höflichste. »Ich kenne dich doch kaum.«

»Niemant kännt Ratallia. Nur Millionän Mänschän. Die wollän ihre Leip. Sie nicht verstähn. Alles was sie wollän, is Busän, Busän und Fagina.«

»Fagina?« fragte Guy verwundert.

»Fagina«, bestätigte Ratallia traurig. »Abär Ratallia, sie ist mähr. Sie ist wie Määr. Ich schraibä Gädicht ieber das. Ich schraibä viel Gädicht. Du willst Ratallias Gädicht läsän?«

»Ratallia, ich bin verheiratet«, erwiderte Guy. Praktisch, das Verheiratetsein, dachte Guy. Er mochte Ratallias Filme ganz gern, aber nachdem er mehr als zwei gesehen hatte, hatte er den Eindruck, daß er eigentlich schon mit ihr geschlafen hatte.

Ratallia seufzte und tummelte sich auf Jon Gelle zu, der sich am anderen Ende der Bank lümmelte. Gelle war auch Filmstar, ein Amerikaner, der für seinen Silberblick, seine Unterarme und sein Bedürfnis nach Abgeschiedenheit berühmt war; das machte es natürlich absolut erforderlich, daß er mindestens fünf Nächte in der Woche im Club auftauchte.

Draußen war inzwischen die Temperatur unter den Gefrierpunkt gesunken. Die Menschenmenge füllte den ganzen Straßenzug aus, schnitt den Verkehr ab. Bruce, Debbie und Michelle waren eingezwängt zwischen andere Körper, die Arme fest an die Seiten gepreßt. Michelle lief die Nase, also wischte sie sie an einem Ärmel ab, der gerade zur Hand war.

»Mensch, du lebst ganz schön gefährlich«, knurrte Bruce den Türmann an. »Ich steh jetzt schon drei Stunden hier, verdammte Scheiße, und diese SCHEISSTYPEN hast du reingelassen! Hast du Probleme, du ARSCH?«

»Tut mir leid«, sagte Debbie, »Ich kenn den nicht, der steht nur zufällig neben mir; braucht ihr Jungs vielleicht 'nen Kaffee oder so. Ich könnte schnell an der Ecke was holen ...«

»Brucie, du benimmst dich wirklich wie der saublödeste Typ, der mir je auf der ganzen Welt untergekommen ist«, meinte Michelle. »Du kommst nie da rein, nie, nie; es ist schweinekalt, und warum spielen wir nicht einfach ein bißchen Ms.Pac-Man, hm? Ich find's doof hier. Wetten, daß die nich mal Ms. Pac-Man haben?«

»ZUM LETZTEN MAL, DU SCHWEINEKOTZE, LASS UNS REIN ODER ICH HAU DIR DEIN ARSCHGESICHT EIN!«

»Brucie, kannst alles zurückhaben, alles, die Ansteckblumen vom Ball, den Ring, und wenn ich nach Hause komme, dann schnapp ich mir noch die Pink-Panther-Puppe und verbrenn sie, und den Schlüsselring mit dem Bömmel, und das Plakat mit den beiden Möwen, kannst du alles wiederhaben! Ich will dich nie wiedersehen, und sowieso sind deine Augen doch zu dicht zusammen, da hab ich dich angelogen. Guckt's euch nur an, Leute, seine Augen sind so dicht zusammen, das sieht schon aus wie ein einziges riesiges Glubschauge. Wenn du Augen hättest wie ein normaler MENSCH, dann wären wir schon lang DRIN!«

Drinnen lehnte Guy in der Galerie des Artesian am Geländer. Er blickte auf die Tänzer herab, die unten auf den Boden stampften und ihre Gliedmaßen in die Luft schleuderten, als wären sie von Schüssen getroffen worden.

Er konnte Venice nirgends in der Menge ausmachen. Er sehnte sich danach, mit ihr zu tanzen; allmählich folgten seine Hüften in ihren Bewegungen dem Lockruf der Musik. Er drehte sich um, checkte die Galerie ab. Er sah fast nur Pärchen, beim Streit, beim Dösen oder bei der Liebe.

Er wandte sich zum Geländer zurück, suchte die Bänke ab, und da erhaschte er einen Blick auf den hautengsten aller Lederminis. Den Rock kenn ich doch! dachte er. Er fühlte sich wie Robinson Crusoe, als der die Fußabdrücke von Freitag entdeckte. Die Insel ist doch nicht menschenleer, jubelte Guy. Es gibt menschliches Leben!

»Liebling!« hörte Guy durch das Getöse, und er raste auf die gewaltige Mahagonitreppe zu, die nach unten führte. Außer Atem kam er dort an, neben einer Urne, die man am Fuß der Treppe aufgestellt hatte. Und dann sah er das Bein von Venice, um das eine wildfremde Armbanduhr geschnallt war: es war auf dem Weg zur Tanzfläche.

Während er noch das Bein verfolgte, bemerkte er, wie ihm Konfetti ins Haar fiel. Eine Vorrichtung auf dem Schnürboden hatte angefangen, eine Tonne künstlichen Schnee auf die Tänzer herniederrieseln zu lassen, als läge der ganze Club in einer kristallenen Schneekugel, die jemand umgedreht und geschüttelt hatte. Die Tänzer waren wie verzaubert von diesem Effekt, aber gleichzeitig verzweifelt bemüht, sich das bloß nicht anmerken zu lassen. Ihre Mienen bedeuteten: Oh, aber da hättest du Halloween dasein müssen, beim Tauchen nach Smaragden, oder letzten Dienstag, als wir die Zwillinge vernascht haben!

Lickys Stimme schrillte eine Oktave über allen anderen. »Napalm!«

Dann kam in einer tollkühnen Schußfahrt das gesamte olympische Slalomteam hereingeschneit, und Caronia Desti krähte als Vorsängerin mit dem Chor der Barmänner ihre faszinierende Version von »Frosty, der Schneemann« … in Urdu.

Schließlich warfen zehn weißgeschminkte Frauen ihre Kleider von sich und bauten sich zu einer Pyramide auf. Alle rollten leise aufstöhnend die Augen gen Himmel, als hätte man sie gebeten, doch bitte möglichst nicht aus Versehen auf die Leichen ihrer Mütter zu treten oder gar Hosen mit Schlag zu tragen.

»Schätzchen!« hörte Guy und blickte durch das wirbelnde Glitzern nach oben. Hoch über seinem Kopf spannte sich ein eiserner Laufsteg, ein spinnengleicher Strang schwarzen Metalls, durch die Halle. Von hier aus konnten Arbeiter Glühbirnen auswechseln und den Anstrich erneuern, aber eigentlich erschien der Steg völlig ungeeignet dafür, wirkte eher wie ein Drahtseil. Mitten darauf stand das begehrenswerteste Mädchen Manhattans.

»Venice!« schrie Guy.

»Wow«, rief sie zurück. »Es schneit.« Sie schnappte einem der neun Männer, die sie umlagerten, eine Magnum Champagner aus der Hand, lehnte sich weit vornüber und goß: Guy konnte gerade ein paar Tröpfchen mit der Zunge auffangen. Venice beugte sich weiter vor, wollte ihn küssen, aber die neun Typen griffen sie gerade noch rechtzeitig, ehe sie die sieben Meter auf ihren Gatten zu in die Tiefe stürzen konnte.

»Hi!« sagte der. »Dich kenn ich doch.«

Venice trug ihren schwarzen Ledermini und einen weiten weißen Kaschmirpullover mit tiefem V-Ausschnitt. Während sie die Metalltreppe hinabschwebte, rutschte ihr der Pullover von einer Schulter. Sie fiel immer aus den Kleidern. Alles, was sie im Schrank hatte, war entweder hauteng oder ganz weit und aufreizend. Venice trug stets hauchdünne schwarze Strümpfe und obersadistische Stöckelschuhe. Sie kleidete sich, um aufzugeilen.

Sie war wollüstig üppig. Ihre Kurven waren echt, ihr Dekolleté auch. Ihr atemberaubendes Gesicht wurde noch durch ein breites lüsternes Grinsen betont. Die undefinierbare Frisur, ein breiter blonder Blitz, war immer in Bewegung, fiel ihr in die Augen, verfing sich in ihrem Mund. Venice sprach mit einem rauchigen Schnarren und mit einem tiefen, drekkigen Lachen.

Kein Flirt war ihr fremd. Eigentlich war ihr nichts und niemand fremd. Sie glühte vor Leidenschaft, schon beim Frühstück. Sie genoß – zu Zeiten auch im wahrsten Sinn des Wortes – eine fröhliche Affäre mit ganz Manhattan.

Guy betrachtete sie, wie sie zu ihm hinabstieg, und er ging völlig zu Bruch. Seine Knie wurden puddingweich, die Gesichtszüge entgleisten ihm. Venice sah das und knurrte.

Sie blieb eine winzige Sekunde am Fuß der Treppe stehen, nur um Guy vollends verrückt zu machen.

»Venice …«, stammelte er hilflos.

»Ja?« antwortete Venice. Dann lachte sie, rannte auf ihn zu und küßte ihn. Er winselte nur noch schwach.

Wenn sich die Hubers küßten, konnte jedermann sehen, wie verliebt sie waren; man wollte entweder betreten wegschauen oder gleich Eintrittskarten kaufen. Aus der Fernsehstudio-Zeit des Clubs waren Überreste gelieben, ein über der Bühne angebrachtes Schild APPLAUS. Während Guy und Venice sich küßten, flackerte dieses Schild wild auf. Die Menge tobte.

»Hi, Gatte!« grüßte Venice, die ihre Arme um Guy geschlungen hielt. »Hast mich gefunden.«

Guy war immer noch sprachlos. Er schüttelte seine blaue Strähne in ihre Richtung, wie einen Blumenstrauß.

»Schau mal an, soll das für mich sein?«

»Gefällt's dir? Ist das okay?«

»Mmmmmmmm. Supertoll. Will ich sofort haben.«

»Echt?«

»Ich hab dir auch was mitgebracht.«

»Was?«

»Das hier«, und sie beugte sich für einen zweiten Kuß zu ihm herüber.

»Ooooooo«, stöhnte Guy.

»Darling, jetzt müssen wir aber wirklich in die Gänge kommen. Wir müssen heute noch absolut überall hin.«

Und dann hieb sie wild ihre Zähne in seine blaue Strähne.

»Zum Anbeißen«, kommentierte sie.

Guy konnte dem Benehmen seiner Frau einfach nicht widerstehen, obwohl sie ihn nur eine Spur weniger erschöpfte, als sie ihn erregte. Sie nahm in bei der Hand, und weg waren sie.

An der Garderobe war inzwischen die Hölle los. Hassad brüllte nach sechs weißen Nerzmänteln und Lucys flaschengrünem Prinzeßmäntelchen mit Samtkragen und passendem Eislaufmuff. Die Garderobentussis übersahen großzügig alle und jeden und telefonierten seelenruhig weiter.

»Entschuldigung«, meinte das erste Mädchen zu der Garderobenmarken schwingenden Schlange. »Ich bin am Telefon. Ich hab zu tun.«

»Großer Gott«, meinte die zweite. »Leute gibt's.«

»Oh, Oded«, hauchte Lucy mitten im Gewühl. »Das hat irre Spaß gemacht.«

»Du total die böse, böse Mamajama«, gurrte Fadood, dem angesichts der epischen Breite von Lucys Schultern das Wasser literweise im Mund zusammenlief. Mindestens drei Kohlköpfe, eine Schöpfkelle und einen beinahe nicht gebrauchten Gebetsteppich würde man zu Hause für sie kriegen.

»Ich will haben noch weiter mit Tanzen«, murrte Salima.

»Und ich mit Trinken«, meinte Ramira.

»Und ich mit Männer ohne das Hemd«, nörgelte Hofstra.

»Und ich mit Weißem für das Vergnügen in Nase«, fügte Tira, an eine Palme gewandt, hinzu.

»Ehefrauen«, murmelte Hassad. »Sollen machen eine Willkommen für Auserwählte von Fadood in Zelt.«

Die Sonnenbrillen der versammelten Gattinnen bebten vor Empörung. Sie drehten sich um und spieen auf Lucy Yates Membrane. Fadoods kleine Geiß stieß ihr die Hörner in die Kniekehlen. Hassads Peitsche knallte schallend durch den Vorraum. Der Respekt war wiederhergestellt.

»Also bitte«, meinte Licky Barnes. »Das hatten wir alles letztes Jahr schon mal!«

Guy und Venice schafften es durch den Vordereingang des Clubs. Die Menge auf der Straße jubelte ihnen zu.

»Aber meine Lieben, alles habt ihr verpaßt«, erzählte Licky, der vor ihnen gegangen war. »Es war geradezu gewalttätig! Diese drei Leute die in, na sagen wir mal, reinste Erdölderivate gekleidet waren, also die sind einfach Sturm gelaufen gegen den armen Kerl an der Tür! Einer hat ihm den Arm gebrochen, die andere hat ihn geküßt, und die Kleine hat ihn ins Bein gebissen! Einfach voll geil, ihr Süßen, das reinste Fernsehen!«

Die Rausschmeißer des Clubs hatten mit Bruce, Debbie und Michelle kurzen Prozeß gemacht. Niemand konnte genau sagen, ob die Jersey-Eingeborenen überhaupt noch lebten. Heulend kam ein Krankenwagen näher. Man hatte die Ärzte gerufen, damit sie den verletzten Türmann einsammelten.

Bei den oberen Zehntausend ist ein »Türsteher« jemand, der den Eingang zu einem Wohngebäude bewacht, in pflaumenblauem Köper mit Goldschnüren und einer Uniformmütze. Das wachsame Auge, das den Eingang zu einem Nachtclub bewacht, wird nur als »Türmann« oder gar bloß »Tür« geführt. Ein »Türsteher« freut sich an seiner professionellen Würde, an seiner Alterspension und seinen Enkelkindern; den »Türmännern« reicht das Gefühl der Allmacht. Sie sind die demütigen Türangeln, um die sich das gesamte Nachtleben von Manhattan dreht. Und jetzt blutete einer von ihnen.

Venice tröstete diesen Türmann, der mit heldischem Augenaufschlag zu ihr aufblickte. »Ist schon gut ...«, würgte er hervor. »Aber reingekommen sind sie nicht.«

»Mach dir nur keine Sorgen«, sagte Venice. »Schau einfach mich an.«

»Mann, alles okay?« erkundigte sich Guy. »Kaugummi?«

»Also, sie sollten ihn ins First Presbyterian Hospital bringen«, meinte einer in der Menge. »Die haben 'ne brandneue Tonanlage.«

»Also bitte«, antwortete Licky Barnes, »bloß das nicht. Ins Manhattan General, da haben sie eine Krebsabteilung, die kriegen echt Heroin!«

»Also, mir persönlich gefällt ja die HNO an der Sixty-Fifth Avenue am besten«, meldete sich Lucy zu Wort. »Der

Membrane Pavillon, ihr könnt euch gern auf mich berufen. Da gibt's bestimmt keine Probleme.«

»Schätzchen, können wir noch mitkommen?« fragte Venice den Fahrer des Krankenwagens. »Es ist ja total der Stau in der Stadt, kein Durchkommen für Taxis. Ach, du bist wirklich ein Traum, Süßer! Guy, komm, quetsch dich rein, neben dem Tank hier ist noch Platz.«

Guy war noch nie vorher Krankenwagen gefahren. »Mann, ist das Sauerstoff?« fragte er und zog sich eine Plastikmaske übers Gesicht. »Wow!«

»Fantastisch!« meinte Venice, die einen tiefen Zug nahm und dann die Maske an den verletzten Türmann weitergab, während sich der Krankenwagen langsam durch die Menge auf die Straße schob.

»Darling! Downtown bitte«, rief Venice dem Fahrer zu. »Ich weiß, totaler Umweg, wir Schlimmen!«

Guy und Venice machten es sich hinter einem zusammengeklappten Rollstuhl bequem, keilten sich mit Kissen ein. Der Krankenwagen beschleunigte. Sie versuchten, sich anständig zu benehmen, schon der feierlichen Umgebung zuliebe, aber sie hatten sich ja auch stundenlang nicht gesehen. Es war überraschend gemütlich in diesem Krankenwagen, die reinste Vergnügungstour. Es dauerte nicht lange, und die Hubers hatten die Zungenspatel und das Stethoskop entdeckt. Und wenig später rollten sie am Boden, streckten diverse Gliedmaßen in die Höhe und rieben sich gegenseitig mit Alkohol ein.

»He, kennt ihr den mit den beiden Itakern, die in den offenen Schacht fallen?« erkundigte sich der Fahrer.

Venice blickte in den Rückspiegel und warf dem Fahrer einen glutheißen Blick zu.

»Ich liebe dich«, markierte sie in seine Richtung.

Und dann bretterten sie in voller Fahrt einem Stadtbus in die Seite. Aber das Radio funktionierte noch, und es störte sich also niemand weiter dran. Als sie dann schließlich wieder in Bewegung kamen, waren Guy und Venice nur eine Stunde im Verzug und konnten immer noch locker die Nacht durchmachen.

2

Einen schönen Nachmittag!

Guy und Venice hatten schließlich den Krankenwagen bis zum Morgengrauen behalten. War wirklich außerordentlich bequem gewesen. Die Hubers entschlossen sich, ihre Flitterwochen noch zu verschieben. Es war einfach zu viel zu tun in der Stadt. Der Fahrer setzte sie zu Hause ab, kurz nach elf Uhr morgens. Die Hubers wollten einmal früh ins Bett, denn schließlich war ja Werktag.

Welcher Werktag, da war sich Guy nicht ganz sicher. Er arbeitete nicht, da liefen die Tage schon mal ineinander über. Montag war immer leicht zu merken, da waren alle so schlecht drauf, außer Guy natürlich. Und wenn alle ein Spritzerchen mehr Rasierwasser trugen, dann war es meistens Freitag. Und Sonntag, das war immer sterbenslangweilig. Die meisten Leute mögen den Sonntag als Tag der Ruhe. Aber Guy hatte nichts, wovon er sich hätte ausruhen können. Er fürchtete die Sonntage, wenn ihm die Langeweile in alle Poren kroch. Da stromerte er rastlos auf und ab und zappelte, fest überzeugt, daß das Telefon kaputt war. An Sonntagen sehnte sich Guy nach dem Tod, denn da hätte man wenigstens was zu tun.

Guy und Venice lebten in einem Loft »von der Größe eines Football-Feldes« – Originalton Makler. Das Loft umfaßte das gesamte Obergeschoß eines Downtown-Gebäudes. Vor Jahrzehnten hatte dieser Raum noch die Gerätschaften eines Modisten und geschundene minderjährige Lohnarbeiter beherbergt. An drei Seiten waren Fenster, und es gab einige wenige stützende Säulen, aber sonst nichts als Ozon, Luft in rauhen Mengen, einen beneidenswerten städtischen Himmel.

Guy mochte sein Loft, denn hier konnte er die Augen

schließen, die Arme weit ausstrecken und herumwirbeln, ohne daß er in irgend etwas hineinrumpelte. Er konnte wild herumtanzen, als wäre er auf einer weiten Ebene. Der Raum ermutigte ihn zu grandiosen Gesten. Manchmal zogen er und Venice sich dicke Wollsocken an und schlitterten nach einem langen Anlauf kreuz und quer durch ihre Behausung: Wohnungssurfer! Das Loft hatte auch seine praktischen Seiten. Guy konnte ein unordentliches Gebirge auftürmen, dann noch eines und noch eines, und doch würde es noch relativ ordentlich aussehen, denn die endlose Weite schien das Strandgut scheinbar spurlos aufzuschlucken.

Die Wände waren weißgetüncht, der Boden eine elegante Hochebene aus hellblondem Holz. Schlafzimmer und Küche lagen in abgetrennten Räumen, Möbel standen fast keine da. Guy war einfach nie dazu gekommen, sich welche auszusuchen. Einrichtungsmoden kamen und gingen aber auch so rasend schnell, daß er es wesentlich erholsamer fand, sich einfach gar nicht festzulegen. Daß Venice vor zwei Wochen auf dem Plan erschienen war, hatte dem Ganzen etwas mehr Identität verliehen, es in einen gigantischen Dachboden verwandelt.

Venice hatte beim Abbruch eines Hotelfoyers einen verschnörkelt geschnitzten Schneewittchenspiegel aufgetan. Guy hatte das Teil nach Hause geschleift und an eine Wand gelehnt. Auf dem Flohmarkt hatten die beiden zwei weitere Schätze ausgegraben. Der erste war eine Coca-Cola-Kühltruhe, wie man sie in Billardhallen und Fußballstadien hatte, ein abgerundetes Blechungetüm mit dem vertrauten weiß-roten Schriftzug. Die Truhe funktionierte nicht mehr, also bewahrten Guy und Venice in den Kühltrögen ihre Pullover auf. Der zweite Fund war ein tiefdunkelgrüner Überseekoffer. Ein wahrer Zauberkoffer mit wattierten und abgesteppten Schubfächern und seidenen Seitentaschen; außen prangten die Aufkleber von längst auf dem Trockenen schwimmender Ozeanriesen und hoffnungslos dem Kommunismus anheimgefallener Metropolen. Guy und Venice hatten den Koffer aufgeklappt auf die Schmalseite gestellt, mitten im Loft. Sie taten so, als packten sie gerade ihre

Sommersachen, ihre Tenniskleidung und Florentinerhüte für den Lido.

Venices Modezeitschriften aus zwölf Nationen stapelten sich überall, eine Miniaturskyline aus bedrucktem Hochglanzpapier. Wenn Besuch kam, entschuldigten sich Guy und Venice wortreich für die Unordnung und für den Mangel an Sitzgelegenheiten, aber die Gäste fühlten sich immer wohl. Sie schwebten murmelnd durch die endlose Weiße, Elemente eines post-industriellen Magritte-Gemäldes. »Man braucht eigentlich keine Möbel«, schloß Venice, »wenn man nur genug Rouge auflegt.«

Guy und Venice hopsten an diesem Morgen in ihr Loft, noch ganz benommen von dem gemeinsam verbrachten Abend. Nur sie beide und die Stadt New York. Sie konnten sich nicht erinnern, wo sie überall gewesen waren, wen sie alles gesehen hatten, was sie alles gemacht hatten, aber das war eigentlich gleichgültig. Jetzt waren sie zu Hause. Beim Eintritt in das Schlafzimmer kosteten sie genüßlich die wunderbare, unbeholfene, kleine Pause aus, die nur Frischverliebte kennen, dieses zögerliche, höfliche Päuschen vor der Liebe. Sollte man plaudern? Erinnerungen an ungerechte Behandlung in der frühen Kindheit austauschen? In der Beziehung einmal Reife und Beherrschung zeigen?

»Also, ich fand, das war ein toller Abend«, meinte Guy in seinem galanten Versuch, sich gentlemanlike zu geben.

»Schwing dich sofort hier rüber«, erwiderte Venice, die auf dem Bett stand.

Danach konnte sich Guy an nichts mehr erinnern, außer an ein gleißendes weißes Licht und das Antlitz Gottes.

Zwei Uhr nachmittags: irgendein Verrückter schloß das Sicherheitssystem mit dem Brecheisen kurz und fuhr mit dem Lastenaufzug zu den Hubers hoch. Tanzmusik plärrte aus dem Kofferradio, das schwankend auf der Schulter des Eindringlings klemmte, eher ein Gepäckstück als ein technisches Gerät. Der Mann stand vor der Wohnungstür, lehnte sich lästig auf den Klingelknopf.

Guy schleppte sich aus dem Schlafzimmer. Er zuckte zusammen, als ihn der überhelle Sonnenschein traf, der durch die vielen Fenster hereinströmte. Zum Glück war seine Sonnenbrille beim Einschlafen nicht verrutscht, so daß er sich gerade noch auf den Beinen halten konnte. Außer der Brille hatte er nichts an. Er linste durch den Spion in der dicken Stahltür des Loft und mußte feststellen, daß der Jemand auf der anderen Seite seinen offenen Mund darübergestülpt hatte. Vielleicht ein Mörder? fragte sich Guy. Ein Einbrecher? Irgendein Süchtiger, oder jemand, der irgendwo ausgebrochen war? Warum sollte aber so ein Jemand an seiner Tür lutschen wollen?

Guy war höchst beeindruckt und öffnete benommen die schwere Tür. Da stand Licky Barnes, die Arme in die Hüften gestemmt, Radio auf der Schulter, mit einem lose geknoteten grellroten Bandana um den Kopf und einem Staubwedel in der Gesäßtasche.

»Hi, Licky«, grüßte Guy wie durch einen Nebel. »Was 'n los?«

Licky schritt würdevoll an ihm vorbei, ließ sich im Schneidersitz auf dem Überseekoffer nieder, wie ein Filmsternchen, das den Ansturm der Fotografen erwartet. Er schnürte seine Turnschuhe auf und erklärte: »Ach, Schätzchen, weißt du das nicht? Venice hat mich eingestellt, ich bin das neue Hausmädchen.«

Mit dieser Antwort war Guy mehr als zufrieden, und er wanderte wieder ins Bett zurück. Venice hatte nicht erwähnt, daß sie Licky eingestellt hatte, aber er hatte nichts dagegen. Ein Hausmädchen war perfekt für Frischvermählte. Venice hatte wirklich immer die tollsten Einfälle. Guy küßte den Nacken seiner Gattin und verging.

Licky machte sich mit den Modezeitschriften zu schaffen – wer konnte schon einem solchen frischen, ungelesenen Schatz wiederstehen? »Glaze« war Lickys liebste Monatszeitschrift, wirklich Zucker fürs Auge! Wenn »Glaze« von einer Hungersnot berichtete, dann posaunten die Schlagzeilen: »Taille ist wieder in!« Caronia Desti, Herausgeberin des Magazins, hatte bei der Erwähnung der ersten Schritte eines Menschen auf dem Mond nur ausgerufen: »O Gott, Null Schwerkraft! Da sehe ich Schals flattern!«

Licky hatte die alten Nummern schnell durchgearbeitet und machte sich auf den Weg ins Schlafzimmer. Das war so kahl wie der Rest der Wohnung, bis auf das Bett – eine breite Matratze auf einer Sperrholzplattform – und die Klamotten. Klamotten lagen zu knubbeligen Alpenketten aufgetürmt; Klamotten hingen an Haken, Nägeln und offenen Türen. Klamotten waren über Guys und Venices schlafende Körper drapiert. Von der Decke hingen an Ketten lange Eisenrohre, zeichneten die Umrisse des Raums in Augenhöhe und in einer zweiten, etwas höheren Reihe nach. Diese Rohre quollen über vor hängenden Gewändern, alle paar Meter bauschten sich die Plastikhüllen chemischer Reinigungen. Das Schlafzimmer schien in wilder Bewegung zu sein, stemmte sich tapfer gegen einen Modetornado, eine Armee von Outfits, die sich standhaft weigerte, in sauberen Reihen und Schubladen reglementiert zu werden. Die Kleidungsstücke wirkten seltsam bedrohlich, als könnte sich jeden Augenblick eine Bluse oder ein Jackett herabstürzen und sich peitschenschnell um einen ahnungslosen Besucher schlingen.

Guy wurde wach, als ihm ein Abendkleid ins Gesicht klatschte. Licky durchkämmte Venices Kleiderstangen mit dem Späherauge einer Bibliothekarin aus Wichita auf der Suche nach Pornos, die sie bannen und dann mit nach Hause nehmen konnte.

»Also wißt ihr«, Licky betrachtete ein Cocktail-Schleierchen. »Eigentlich hat Venice keinen Faden anzuziehen. Temps perdu, meine Lieben, temps perdu.«

»Licky«, stöhnte Guy und versuchte weiterzuschlafen, »bist du echt das neue Hausmädchen?«

»Klar doch«, antwortete Licky voller Erstaunen, in eine zauberhafte Tüllboa drapiert, »sicher doch. Ihr braucht mich, Venice hat genau meine Kleidergröße.«

Man hatte Licky am Morgen aufgefordert, seine derzeitige Behausung, das Penthouse eines Verlagsbosses, zu räumen. Die Gattin des Bosses war für ein Gesichtspeeling etwas zu spät dran gewesen und hatte Licky, sozusagen als Gouvernante der Familie, gebeten, ihren achtjährigen Sohn aufzuklären. Genau das hatte Licky gemacht.

»Na ja«, meinte Licky, »rausgeschmissen haben sie mich vielleicht, aber der Junge kann mal jeden Mann kriegen, den er haben will. Gott sei Dank war Zeit genug, und ich hatte schon Eheanullierungen, die korrekte Wahl des Tafelsilbers und den Würgereflex abgehandelt. Ehrenwort, manchmal begreife ich die Leute einfach nicht.«

Was war los mit Licky? Warum sagte er solche Sachen? Um Leute zu ärgern, zu schockieren, aus der Fassung zu bringen? Eigentlich nicht – dieses Sprachmuster war ihm angeboren, völlig unbewußt, die Betonungen, die Obszönitäten, die Übertreibungen waren für ihn so mühelos wie ein Säuglingsglucksen. Licky hatte ein lebenslängliches Plappergelübde abgelegt, so eisern, wie die Trappisten Schweigen geloben. Schweigen, das war Lickys eingeschworener Erzfeind; er verachtete schwingungslose Luft, wie ein Dekorateur den leeren Raum verabscheut. Lickys Geplapper zierte die Atmosphäre, spann Schnörkel und Troddeln, zwang alles Gewöhnliche, alles Leblose, alles betäubend Gesunde heraus. Licky war von Natur aus künstlich, ein Diamant, der es vorzog, Straß zu sein. Hätte man Lickys innere Organe entfernt, er hätte überlebt. Würde man seine Zunge heraustrennen unter noch so sorgfältiger Narkose, er würde sofort den Geist aufgeben.

Als er nicht wußte, wohin mit sich, war er auf die Hubers gekommen. (Später erzählte er dann Venice, daß Guy ihn angeheuert hatte.) Licky bestand darauf, sein Leben als Mitglied der dienenden Klasse zu fristen. So konnte ihn niemand als Emporkömmling bezeichnen. Und er konnte eine entsprechende Berufsuntätigkeit kultivieren. Wie alle modernen Domestiken sah sich Licky weniger als Angestellter denn als geehrter Hausgast.

»Ihr seid ehrliche, anständige Leutchen«, erklärte Licky den noch halb bewußtlosen Hubers. »Heiße Typen, aber nicht aufdringlich. Reich, aber untermöbliert. Bekifft, aber bei klarem Verstand. Wärt ihr Italiener, neunzehn und eins neunzig, ich würde euch auf der Stelle heiraten. Pscht, Schätzchen,« ermahnte er sich selbst, »vergiß nicht, wer du bist.« Und dann trübselig trällernd zu Guy und Venice: »I load sixteen tons, and what do I get?«

»Vittorio?« murmelte Venice und drehte sich schlaftrunken im Bett. »Schatz, jetzt muß ich aber wirklich weg. Vittorio, so beruhige dich doch …« Und dann schlief sie prompt wieder ein.

Die Zeit verging. Bald trug Danilo, der Hund der Hubers, Venices gesamten Schmuck. Danilo war ein kohlpechrabenschwarzer Akita, eine undeutliche Wuschelkugel mit Stammbaum, der letzte Schrei in Sachen Hund. Früher hatte man Pudel gehabt; eine reaktionäre Ära lang hatte der Beagle regiert; und auch der Shih Tzu, der Pekinese und der Lhasa hatten sich eine Zeitlang in der Sonne – und im Park – ergehen dürfen. Keiner wußte so recht, was dann aus den Tieren wurde, wenn ihre Popularitäts-Welle einmal abgeebbt war. Wanderten sie wie andere abgelegte Mode-Fimmel in die Vorstädte? Schob man sie ganz hinten in den Schrank, wie schon die Hula-Hoop-Reifen, die Stimmungsringe und die Pogo-Federn?

Danilo war das ideale Haustier für Venice und Guy. Wie seinen Besitzern widerstrebte auch ihm jegliche körperliche Anstrengung. Er verbrachte seine Tage in anbetender Bewunderung vor dem Schneewittchenspiegel. Da saß er dann auf den Hinterpfoten, und seine kleinen schwarzen Äuglein spähten ängstlich – wonach? Nach Akne? Krähenfüßen? Flöhen? Man konnte mit Danilo keine längeren Spaziergänge unternehmen, denn er klappte einfach zusammen. Er war äußerst gefragt für Zuchtzwecke, aber Guy und Venice hatten bisher noch keine Zeit gefunden, seine Möchtegern-Partnerinnen einmal zu treffen und kennenzulernen, so von Mensch zu Hund.

Licky langweilte sich tödlich, ließ eine halbvolle Packung Luzerner Trüffel auf Guy und Venice regnen und erlaubte dem Hund, die beiden auf der Jagd nach der Schokolade aus dem Schlaf zu reißen.

»Jon?« murmelte Venice und zog sich beinahe, beinahe auf einen ihrer bildhübschen Ellbogen hoch.

»Venice, steh auf«, meinte Licky und ließ sich träge auf der Bettkante nieder. »Du siehst grauenhaft aus.«

»Jon«, flüsterte Venice, als ihr der Hund gierig das Gesicht abschleckte, »das ist widerlich … aber klar, ich …«

»Guy, steh auf«, beharrte Licky. »Wir müssen hier raus. Hier sieht es furchtbar aus.«

»Aber Licky«, stöhnte Guy und vergrub sich in den Kissen, »du bist doch das Hausmädchen.«

»Weiß ich, Süßer, weiß ich«, erwiderte Licky. »Ich hab gerade bei einem Reinigungsservice angerufen. Müßten jeden Augenblick kommen. Die machen alles. Ich habe ihnen die Nummer von deiner Kreditkarte gegeben.« Also wirklich, dachte Licky, ich hab auch nur zwei Hände. Manchmal wünsch ich mir allerdings , daß ich mehr hätte …

»Mann, einen Reinigungsdienst?« fragte Guy verwirrt.

»Also Schätzchen, jetzt erzähl du mir nicht, wie ich meine Arbeit zu tun hab.«

Schließlich standen Guy und Venice doch auf und stolperten ins Badezimmer. Der Architekt des Loft hatte hier all seine Fähigkeiten konzentriert; es war also wirklich das tollste Ambiente im ganzen Häuserblock entstanden. Das Bad war von oben bis unten mit importierten Porzellanfliesen gekachelt, ein Badeort en miniature, eine kostbare Kapsel, eine blitzende Ode auf die schwelgerische Reinlichkeit. Erhöht im Mittelpunkt des Raumes thronte eine Wanne mit Whirlpool. Venice ließ ein schaumiges Bad einlaufen und glitt in die Fluten. Sie liebte die Wanne, sie war so sündhaft riesig, eine perfekte Umgebung für Eselsmilch und Zofen. Venice lehnte sich zurück, bis zum Kinn im Wasser versunken. »Hallo, ihr Lieben«, sie grüßte all die vielen Schönheitstiegel, die am Rand der Wanne aufgereiht standen. »Ich bin so weit.«

Gleich neben ihr befand sich, in Glasbausteine eingemauert, die Dusche. Hier pulsierten Strahlen besänftigend lauen Wassers in jede nur erdenkliche Öffnung des darin duschenden Körpers. Im College hatte Guy nicht oft geduscht. Das machte man damals einfach nicht. Aber in letzter Zeit räkelte er sich oft stundenlang in dieser überschwenglichen Taufzeremonie. Ein ausgedehntes Duschbad, das war schon beinahe wie Schlafen, fast wie der Mutterschoß. Guy schäumte sich mit einem Frotteehandschuh in Giraffenform ein.

Im Bad ertönte Musik, strömte aus kunstvoll versteckten Lautsprechern. Guy und Venice brauchten Melodien in jeder Lebenslage, als Tonspur, als Soundtrack, als musikalische Untermalung. Sie hörten eigentlich nie richtig auf zu tanzen, schrubbten, gurgelten und cremten sich im Rhythmus. Musik überhöhte das Leben, selbst die banalsten Dinge wurden so zur Feier. Guy versuchte, Venice im Bad nicht anzusehen – das Badezimmer war einfach zu sexy, und wenn sie da was anfingen, würden sie womöglich ertrinken. Riesige Badezimmer sind die einzige wirklich echte Dekadenz.

»Ich liebe Seife …«, murmelte Venice mit zurückgeworfenem Kopf und verschwand unter den Schaumblasen.

Nach ihrer Wiedergeburt im Bad waren Venice und Guy stark versucht, wieder ins Bett zu gehen, aber sie widerstanden. In Bademantel und Handtuchturban tappten sie auf Lickys Wunsch hin zur Küche.

Der hatte mitten im Loft eine Mahlzeit vorbereitet. An jedem Platz ein Gedeck wie ein Sumo-Stilleben: Papierserviette, Eßstäbchen und eine Langspielplatte mit einer neonblauen Pille in der Mitte. Licky kochte für sein Leben gern.

»Darling, was ist das denn?« fragte Venice und schluckte ihre Pille herunter.

»Brunch«, antwortete Licky.

»Wirklich hübsch sind die«, meinte Guy und würgte seine herunter. »Kommen mir irgendwie bekannt vor.«

»Echt?« erwiderte Licky. »Die waren in einer Plastikflasche in der Ecke; stand Dr. Flaxman drauf.«

»Flaxman?« fragte Venice. »Bob Flaxman? Der mit den Augen? Ist das nicht Danilos Tierarzt?«

»Mann, stimmt ja«, erinnerte sich Guy. »Weißt du noch, die sollten wir ihm geben, als er Würmer hatte.«

»Ihr Lieben, wie leid mir das tut«, feixte Licky. »Na ja, Vollwertkost eben.«

Guy hatte noch Hunger und wärmte sich ein Croissant in der Mikrowelle auf. Er betete die Mikrowelle an, so wie abergläubische Stammesfürsten die Luftpumpe oder die Knallplättchenpistole. Mikrowellen können innerhalb von Sekunden Kekse auswerfen, ganze Gastmähler in noch kürzerer Zeit. Guy war fest davon überzeugt, daß die Mikrowelle mit Voodoo-Zauber arbeitete, Lebensmittel aus einer anderen Dimension heraufbeschwor, einem galaktischen Pastetenpool Snacks entriß.

Guys Croissant entpuppte sich als eine Keramikdose in der Form eines Croissants, die einmal ein Partygast für Venice als Mitbringsel angeschleppt hatte. Guy sah sich gezwungen, die Schokoladentrüffel aufzuessen.

»Guy, wir brauchen was zu essen«, meinte Venice, die bei der Inspektion des Kühlschrankes nur Make-up, Penizillin und ein Paar Handschellen gefunden hatte.

»Und ich brauche meinen ersten Gehaltsscheck«, meinte Licky. »Und eure Kaution.«

Zur Bekräftigung des Arguments malte er ein grinsendes Gesicht in die dicke Staubschicht auf der Kühlschranktür.

»Wir brauchen Knete«, grübelte Guy, während er seine Haare trocknete. »Wir gehen meine Eltern besuchen!«

Alle zogen sich an. Das dauerte ewig, denn jeder brauchte mindestens zwei Spiegel, um auch sehen zu können, wie er von hinten aussah. Guy trug sein Outfit vom Vortag, denn es hatte noch ganz oben auf dem Haufen gelegen, wo er es hingeworfen hatte. Er liebte zwar den Duft frischgewaschener Kleider, aber die Wäsche stellte sich ihm doch als wahre Herkulesaufgabe dar. Er war in einem Zuhause groß geworden, wo die Haushaltshilfe die Wäsche besorgte und in strahlend hellen, zitronenfrischen, säuberlich gefalteten Stapeln zurückbrachte. Er drückte sein Gesicht gern in diese Stapel; es ging doch nichts über Wäsche, über dieses unvergleichliche Waschpulver-High. Unbewußt lebte Guy noch in der Annahme, daß diese dienstbaren Geister aus Jamaica immer noch um ihn herumwuselten, bügelten, Socken zusammensuchten und hinter ihm seine Klamotten vom Boden auflasen.

Er wußte, daß das nicht stimmte, und manchmal entsetzte ihn der Zustand seiner Garderobe. Dann gelobte er Besserung, stopfte alles in einen Kissenbezug und wanderte zum Waschsalon. Auf halbem Weg fiel ihm immer ein, daß er nie wußte, wann das Bleichmittel reinkam. Und dann suchte er einen passenden Müllhaufen und warf alles weg.

Ich denk mal, daß ich einfach Angst vor der Wäsche habe, beschloß Guy für sich, während er sich sein T-Shirt überzog. Er fand an einem Türknauf einen schillernd schwarzen Schlips, den er sich um den bloßen Hals knotete. Schließlich ging er ja in die Park Avenue. Dann zog er seine Biker-Jacke über und hing sich ein Kruzifix ins Ohr. Er verabscheute jegliche Gewalt, außer als Stilübung. Guy war noch nie in eine Schlägerei verwickelt gewesen. Während seiner Kindheit hatte man jegliche aggressive Anwandlung in das Kneten von Modelliermasse und Sitzungen beim Schulpsychologen kanalisiert. Er hatte sogar bei Gruselfilmen Probleme: versank in seinem Sitz und hielt die Augen fest zusammengekniffen, bis er hörte, daß die Kettensäge aufgehört hatte.

Er besah sich im Spiegel. Irgendwie schien ihn immer eine Art Heiligenschein zu umgeben, eine rosig-goldene Weichheit, die von Haushälterinnen erzählte, die ihm ordentlich die Ränder von seinen Butterbroten abschnitten, von liebevollen Händen, die ihm immer und immer wieder das Mäulchen abgewischt hatten.

Mein Gott, bin ich ein Jüngelchen, dachte Guy. Ich wär so gern ein Killer! Er drapierte seine todesschwarzen Gewänder und seine zerfetzte und zerschlissene Ledermontur um sich und versuchte sich an einem Blick voller Brando-Arroganz kombiniert mit Belmondo-Lippen. Wenn er ganz still stand und die Luft anhielt, kriegte er es beinahe hin. Dann begannen Venice und Licky zu applaudieren, und der Effekt war zum Teufel.

»Ach Mensch, ihr!« maulte Guy kleinlaut. »Hört doch auf. Ich hab so toll ausgesehen. Ich laß mich tätowieren!«

»Und womit, Süßer?« erkundigte sich Licky. »Und wo?«

»Na ja«, meinte Guy und versuchte nachzudenken. »Ich

könnte mir einen Drachen machen lassen oder so'n Herz mit Dolch, wo draufsteht: ›Zum Zoff geboren‹ oder so. Ich könnt mir's auf dem Arm machen lassen, aber nee, da würden mich meine alten Herrschaften wirklich umbringen, oder vielleicht auf der Brust, obwohl, da tut's wahrscheinlich richtig echt weh.«

»Ich mach's!« meinte Venice. Sie nahm einen Kugelschreiber und ging auf Guy zu. »Ich mach nur das Ding hier eben heiß.«

»Bloß nicht!« erwiderte Guy. »Da krieg ich eine Tintenvergiftung. Leute, los! Na, was meint ihr, seh ich nicht voll gut und gemein aus?«

»Klar, und geil«, fügte Licky hinzu und beendete das Streitgespräch.

»Okay so?« erkundigte sich Venice, die sich im Spiegel betrachtete. Sie hatte sich ein riesiges Sweatshirt über die nackte Haut gezogen. »Oder ist das zuviel?«

»Ja«, antwortete Licky.

»Gut«, meinte Venice und zerrte am Ausschnitt.

»Es ist aber kühl«, warnte Guy.

»Zobel«, entschied Venice. Sie zog sich einen wadenlangen Pelzmantel über, drapierte ihn lässig über die Schulter. Dazu ein paar weiße Segeltuchschuhe und fertig. Zwischen der angezogenen und der nackten Venice verlief nur eine hauchdünne Trennlinie. Um der Wahrheit die Ehre zu geben: ihre erste und einzige große Liebe war Make-up. Wenn sie einmal ihre Augen angepinselt hatte, mußte man sie daran erinnern, daß sie sich vielleicht noch was anziehen sollte, sonst würde sie mit nicht viel mehr als den Augen aus dem Haus gehen.

»Licky, das ist ein Superpullover«, sagte Guy. »Ist der von mir?«

»Schätzchen, ich brauche eine Uniform«, meinte Licky, der sich in einem schwarzen Zopfpullover aus Lambswool bewunderte. »Sprich mal mit meinem Gewerkschaftsvertreter.«

»Gehn wir«, rief Venice. »Ich komm um vor Hitze.«

Guy, Venice und Licky sahen sich an und nickten. Sie waren bereit, der Welt ins Antlitz zu schauen. Wie aus einer Kehle schrien sie ihr Rebellengeheul, ein heiseres Gebell, wie man es von Football-Teams kennt. Dann hielten sie sich die wehen Köpfe, denn es war wohl doch noch ein wenig früh am Tag für Gebrüll.

3

Unterwegs

Guy, Venice und Licky verließen das Gebäude, schritten in den späten Nachmittag hinein. Venice hängte sich bei Guy ein. Dem wurde immer ganz schwach zumute, wenn sie das machte. Die Geste schien ihm beinahe intimer als Sex zu sein. Guy stellte sich vor, wie er Schlittschuh lief, die Arme mit seiner Frau verschränkt, wie sie gemeinsam durchs Leben glitten.

Licky hechtete zum Bordstein und streckte seinen Arm zum vertrauten Signal für ein Taxi aus, zum Manhattan-Salut. Er war der festen Überzeugung, daß Taxis jede Tour um ein Tausendfaches versüßten. Der bloße Anblick eines Taxis heiterte ihn ungeheuer auf, ihm schien, daß seine Mutter jedes nur eigens für ihn vorbeigeschickt hatte. Im Augenblick waren allerdings die Taxis ausgesprochen hartherzig gestimmt, sie waren entweder besetzt, oder das grausame OFF-DUTY-Zeichen leuchtete auf. Licky machte eine kleine Verbeugung zu Venice hin, die darauf Guy verließ und zum Straßenrand wanderte, den Zobel locker um die Taille drapiert.

Sofort verlangsamte ein OFF-DUTY-Taxi seine Fahrt, damit der Fahrer sich ein ordentliches Auge voll genehmigen konnte. Venice beugte sich vor, als er die Scheibe herunterkurbelte.

»Schätzchen, bist du noch frei?« fragte sie und starrte dem Fahrer in die Augen.

»Klar, Kleine«. Der Taximensch grinste lüstern.

»Gut«, meinte Venice, während sich Guy und Licky hinten ins Taxi schoben.

»He, wer sind denn die Typen?« erkundigte sich der Fahrer, als Venice neben Guy einstieg.

»Also wirklich, Süßer«, schimpfte Venice, »der hier ist mein Mann, und der ist mein Hausmädchen.«

»Einfach himmlisch, dein Taxi«, lobte Licky.

Guy nannte dem Fahrer die Adresse seiner Eltern, und alle machten es sich bequem.

»Also, meine Lieben«, Licky startete den Klatsch des Tages. »Jon Gelle hat diese Ratallia abgeschleppt, einfach riesig rasend rührend, obwohl, ich finde ja, die ist über die Maßen lesbisch.«

Licky hatte in letzter Zeit ziemlich viele Leute über die Maßen lesbisch gefunden, keiner wußte genau warum.

»Die ist eine richtige kleine Hure«, ergänzte Venice, »aber ich seh sie nie mit Frauen. Oder doch?«

»Schätzchen, über die Maßen lesbisch sein, das ist eine Geisteshaltung. Also, ich bete Lesben ja an, könnte sie stundenlang knuddeln, aber sie sind doch, na ja, ein bißchen irgendwie praktisch, so erdmäßig, so ledermäßig, so alabamamäßig. Eben über die Maßen lesbisch.«

»Und Lucy?« erkundigte sich Guy. »Ist die 'ne Lesbe?«

»Fang bloß nicht mit der an«, japste Licky. »Lucy, das ist die absolute Enzyklopädie der menschlichen Sexualität. Für ihr Potential müßte man glatt neue Begriffe prägen – ist die wirklich mit diesem Araber abgezogen?«

Venice wollte gerade antworten, als sie abgelenkt wurde. Das Taxi war an einer roten Ampel zum Stehen gekommen, und sie linste aus dem Fenster. Vor einem Schaufenster stand eine Menschentraube versammelt, Leute, die miteinander schwatzten und an sich herumzupften, wie vor einem Nachtlokal. Venice glaubte, ein Gesicht in der Menge zu erkennen, aber sicher war sie nicht.

»Darling«, unterbrach sie Lickys neuestes Nachrichtenbulletin, »der Mann da drüben, der da reingeht, ist das Carl Gambon?«

»Aber sicher doch, Schätzchen«, meinte Licky, der weit aus dem Fenster hing.

»Hi, Carl, schaut ihn euch bloß an, diese grauen Schläfen, und dieses Einstecktuch. Und wo der hingeht. O lala!«

»Leute, ich muß los«, beschloß Venice. Sie küßte Guy fest

und bestimmt, damit er auch in ihrer Abwesenheit ein geküßtes Gefühl behielt. »Guy, sag deinen Eltern, daß ich sie heiß und innig liebe, aber ich mußte wohin. Sehe ich dich heute abend?«

»Heute abend?« Guy war benommen, erholte sich noch von ihrem Kuß. »Im Extasy?«

»Aber jaaaa-bittää«, meinte Venice im hochaktuellen ungarischen Ton. »Liebst du mich?«

»Ja«, erwiderte Guy, erschüttert über die Möglichkeit eines Zweifels.

»Ooooooo«, Venice spitzte ein Kußmündchen, schmatzte auf Guys Nase. »Hast du ein Glück.«

Das Taxi raste weiter, ließ Venice auf dem Bürgersteig zurück. Die Schaufensterfront war eine trübselige Angelegenheit, eine gespenstergleiche Bodega, von der Stadt wieder einverleibt. Und doch schwoll die Menschenmenge stetig an. Venice winkte Freunden zu, als sie sich über Glasscherben und rissigen Beton ihren Weg bahnte.

Den Schutt bemerkte niemand, denn hinter der Schaufensterfront verbarg sich Manhattans hervorragendste Wohlfahrtsklinik, deren Ruhm sich auf ihre blitzschnellen Syphilis- und Trippertests gründete. Man konnte ja als Privatpatient zum Arzt gehen, aber da wartete man ewig auf die Testergebnisse, und außerdem war die Musik im Wartezimmer immer so grauenvoll. Dieser Laden war irgendwie kumpelhafter, geiler, man traf eigentlich immer jemand, den man kannte. Die Klinik war eine Art Sex-Clubhaus, eine Kantine, in der sich die hartgesottenen Veteranen treffen konnten, um Kriegserinnerungen auszutauschen, während man sie für die Rückkehr in die Schützengräben rüstete. Die Klinik hatte etwas entschieden Romantisches, eine Gleichheit wie in Kriegszeiten. Die Verwundeten kamen hereingestolpert, und alle klopften ihnen aufmunternd und lobend auf die Schultern, als wären sie im Luftkampf über der Somme abgeschossen worden.

Als Venice die Tür erreicht hatte, war Carl Gambon, seines Zeichens Attaché an der luxemburgischen Botschaft, schon in der Klinik verschwunden. Venice war sich nicht ganz sicher, ob sie mit Monsieur Gambon geschlafen hatte, aber möglich war es immerhin, und Syphilis war schließlich kein Witz. Außer natürlich in einer der legendären Jagden auf Erzbösewichte, die Caronia Desti manchmal veranstaltete.

Venice checkte die Klinik ab. Die Wände waren kohlschwarz, auf dem Boden lag gesprenkeltes Linoleum. Hier und da waren eselsohrige Plakate mit Tesafilm angeklebt. Eins davon zeigte eine verderbte orientalische Schöne mit ellenlangen Fingernägeln und einem hautengen Kleid nebst der warnenden Bildunterschrift: »Vorsicht vor der Party-Puppe!« Tolles Kleid, dachte sich Venice.

Carl Gambon hockte neben einem infizierten Zuhälter. Venice spazierte zu ihm hinüber. »Carl«, redete sie den sportgestählten Diplomaten an, die Hände in die Hüften gestemmt.

»Venice!« erwiderte Carl. »Keine Sorge, ich bin nur für 'ne Impfung hier. Ich werde nach Belgien versetzt. Einfach tödlich.«

»Armer Schatz«, tröstete die erleichterte Venice.

»Kommst du mit?« flehte Carl. »Warum läßt du dich am Telefon verleugnen? Warum quälst du mich so?«

»O Carl«, seufzte Venice, »sei doch nicht so über die Maßen lesbisch.«

»Venice, ich bete dich an!«

»Darling, ich bin verheiratet«, erwiderte Venice mit strenger Miene.

»Du bist verheiratet?« fragte Carl ungläubig. »Du?«

»Aber jaaaaaa«, erwiderte Venice mit Verwunderung in der Stimme. »Ich bin eine alte Ehefrau. Beinahe eine Woche schon. Tolle Sache.«

Venice hielt eine Zigarette hoch. Carl fischte nach seinem Feuerzeug, hatte dann aber eine bessere Idee. Er zog einen glänzenden neuen Schlüssel aus der Tasche und hielt ihn in die Höhe.

»Ja?« meinte Venice.

»Das ist mein Jaguar«, erwiderte Carl. »Gehört dir. Bitte!«

»Carl«, Venice wartete immer noch auf Feuer für ihre Zigarette.

»Komm mit nach Belgien. Ich hab da eine Villa, die muß dir einfach gefallen. Sag deinem Mann einfach gar nichts, pack nicht mal Koffer, ich kauf dir lauter neue Sachen.«

Venice nahm Carls Schlüssel und gab sie an die Fürsorgemama weiter, die neben ihm saß.

»Da, Schätzchen«, sagte sie zu der Frau.

»¿Como?« fragte die Frau, eine plumpe Dame, die von einer Horde von säuberlich angezogenen Kindern umringt war, die über ihren Malbüchern saßen.

»Irgend jemand muß den Wagen ja nehmen«, meinte Venice. »Ist zwar nur ein Jaguar, aber was kann man machen? Gehen Sie aber nicht mit nach Belgien.«

Von Carl Gambon waren inzwischen wütende Gurgellaute zu hören, und er versuchte, der Fürsorgemutti den Schlüssel wieder abzunehmen.

»¡Vaya! No me molesta, pendejo!« kreischte die. Ihre Kinder blickten von den Malbüchern auf. Die Dreijährige schleuderte messerscharfe Blicke auf Monsieur Gambon und zerbrach bedeutsam und vielsagend ihren Buntstift.

»Ich bin verheiratet«, erklärte Venice der Frau voller Freude. »Ist das nicht einfach tödlich?«

»Und Tanzo, also der, mein Lieber«, fuhr Licky im Taxi fort, »das steht jetzt felsenfest. Alles, was man immer so gehört hat, ist wahr. Er ist wirklich nekrophil.«

»Moment«, fuhr Guy dazwischen. »Du meinst, der macht es mit Toten? Also, mit echt toten Toten?«

»Klar doch«, erwiderte Licky. »Ich bin ganz sicher, wenn sie auch nur das kleinste winzigste bißchen zappeln, ist alles ruiniert für ihn. Also dann wäre das Date sofort gestorben, mein ich.«

»Wow«, staunte Guy. »Ganz schön abgedreht. Aber Moment, wo kriegt der die denn her? Ich mein, die toten Leichen?«

»Aber Schätzchen, ich bitte dich«, erklärte Licky. »Aus dem städtischen Leichenschauhaus natürlich. Das weiß nun wirklich jedes Kind. Da geht's zu wie in der Irrenanstalt. Freitags abends kommt man nicht einmal in die Nähe.«

»Junge, Junge«, meinte Guy. »Das geht alles irgendwie über meinen Kopf weg! Wieso weißt du so was immer, Licky?«

»Also bitte«, protestierte Licky, »das ist doch Allgemeinwissen. Ich mein, kannst jeden fragen. Geht einfach nicht, daß man das nicht mitkriegt. Mein Gott, schließlich ist man Amerikaner. Großer Gott!«

Beim Tratschen hielt Licky immer das Auge starr auf die Boulevards gerichtet, damit er bloß nichts verpaßte. Jetzt schoß er aus dem Fenster, hing bis zur Taille heraus, mit weit aufgerissenen Augen.

»Was ist?« fragte Guy und packte Licky bei den Fußgelenken, um einen Unfall zu verhindern. »Was ist los?«

»STOP!!!!!« kreischte Licky, das Taxi kam quietschend zum Stehen, schlitterte gegen eine Laterne und verfehlte nur knapp einen Briefträger, zum größten Ergötzen des Fahrers.

»Licky, alles in Ordnung?« erkundigte sich Guy, zutiefst beunruhigt.

»Darling«, meinte Licky, griff sich an die Brust und fächelte sich mit der anderen Hand wie wild Luft zu, wie eine Geisha. »Siehe!«

Genau gegenüber lag eine Baustelle. Neben einem Toilettenhäuschen stand ein muskulöser junger Mann mit einem schweißdurchtränkten Arbeitshemd, Arbeitshosen, Werkzeuggürtel und Plastik-Schutzhelm.

»Mein Ehegatte«, flötete Licky und verließ das Taxi. Er waberte auf den verdatterten jungen Mann zu, mit der Unschuld einer auf Wolken schwebenden Ballerina in einem Filmtraum.

Licky pflegte oft und gern den Kontakt mit den unteren Schichten der Gesellschaft, das lag an seinem Heißhunger auf primitive Entladungen, arbeitsgestählte Schenkel und allerlei dunkel sonnenverbrannte Haut. Er mochte auch lieber Leute mit begrenztem Wortschatz, die unterbrachen ihn wenigstens nicht.

»Entschuldigung«, hauchte Licky atemlos, »sind das hier Bolzen ? Oder Nieten?«

Junge, Junge, dachte Guy, nun allein im Taxi, die haben alle zu tun heute! Es war eigentlich nie leicht, eine Gruppe auf einer Taxifahrt in die Außenbezirke zusammenzuhalten. Es gab immer so viel zu schauen, so viele Magnete und Hinterhalte auf dem Weg. Wenn nicht Amor zuschlug, dann lockten die Auslagen der Geschäfte. Wenn es da nichts zu sehen gab, verführte einen irgendein Kinoplakat oder eine Theaterwerbung. Ich sag meinen Leuten einfach, daß Venice und Licky viele Grüße ausrichten lassen, beschloß Guy für sich. Er ertappte sich dabei, wie sein Auge zu einem vollbepackten Karren schweifte, auf dem ein Straßenverkäufer Plüschpinguine vor sich her schob. Es waren plumpe ausgestopfte Engel mit gelben Gummischnäbeln und Zylinderhüten und abgestumpften, rollenden Augen. Plüschpinguine, überlegte Guy, sind die süß! Ich könnte einen für Venice kaufen, und dann noch einen, einfach weil sie so toll sind – aber ich hab ja nichts Bares!

»Park Avenue«, erinnerte Guy den Fahrer, frohgemut die Adresse seiner Eltern wiederholend.

4

Park Avenue

Bald darauf fuhr das Taxi beim Stadthaus der Hubers in der Park Avenue vor, einer Adresse von luxuriöser Gezwungenheit. Es gibt auf der Park Avenue beinahe keine Geschäfte, die Blumen auf den Mittelstreifen wachsen in starrer Formation. Die Bewohner der Straße haben sich jeglichen Lichterschmuck zur Weihnachtszeit verbeten, erlauben als sentimentales Zugeständnis an verschiedene religiöse Gruppierungen lediglich eine Handvoll Weihnachtssterne hier und da.

Insgeheim mochte Guy die Park Avenue. Wenn ihm das Leben zu hektisch wurde, kam er hierher zu Besuch. Es war immer, als würde man die Stadt ganz hinter sich lassen. Die Park Avenue ist eine Gegend, in der die Bürgersteige stets aufs Säuberlichste menschenleer sind, abgesehen einmal von sonnenbadenden Türstehern und der einen oder anderen Kinderschwester mit Zögling. Die Park Avenue ist ein hoher, grauer Korridor, eine Bastion des guten Geschmacks und der Bewegungslosigkeit, ein makelloser Granit-Canyon, wo der Müll in unterirdischen Grotten abgesondert gelagert und in tiefster Nacht schnellstens abgeholt wird, als hätte er nie existiert: Hitchcock-Müll.

Das Stadthaus der Hubers war zwischen zwei gigantischen Apartment-Häusern eingekeilt. Die fleckige Kalksteinfassade verlieh ihm einen hinreichend freudlosen Anstrich. Die Hubers hofften aus ganzer Seele, daß die humorlose Architektur ihres Stadthauses die schändliche Quelle des Huberschen Familienvermögens übertünchen würde. Diese Goldader war nämlich … billiger einheimischer Champagner.

Cordon Huber gab es hauptsächlich im Sechserpack zu kaufen, die Weingüter blühten und gediehen im Norden des

Staates New York. Guys Eltern eilten immer schnellen Schrittes an den Weinhandlungen vorbei, in denen der neueste Jahrgang – auch in der beliebten Riesenflasche erhältlich – zu schamvollen Pyramiden aufgetürmt war, gleich daneben die Lotterieannahme. Bei den Hubers gab es ihr eigenes Gesöff nie zu trinken, und Guy konnte sich daran erinnern, wie seine Mutter einmal zur Schlafenszeit seine Stirn gestreichelt und gemurmelt hatte: »Wenigstens sind wir kein Bier.«

Wenn man bedenkt, daß das einzig echte alte Geld in Amerika eigentlich aus Muschelketten und Speerspitzen bestehen dürfte, dann taten die Hubers erstaunlich vornehm. Ihr Stadthaus zeigte alle nachlässigen Spuren des echten Adels: Autoschlüssel verkratzten die antike Queen-Anne-Kommode, Skistiefel lagen über den feinen Aubusson-Teppich verstreut. Die Farben waren tote Grüntöne und strapaziöse Wedgewood-Blaus, noch betont durch die schlechte Beleuchtung und Fenster, die mit etwas über und über behangen waren, das man einfach nur als Draperie bezeichnen konnte. Das Haus der Hubers war eine Verschmelzung von Bootshaus und Mausoleum, ein Rahmen, in dem man Angelköder binden oder Premierminister bewirten konnte. Wie Mr. Huber zu sagen pflegte: »Eine Wohnung ist eigentlich erst dann richtig, wenn mal jemand drin gestorben ist.«

Guy kam zur Abendessenszeit an. Er begrüßte die Dienerschaft im Erdgeschoß, die ihn mit »Oh, Mister Guy, wie schön Sie wieder aussehen« empfing. Er fühlte sich in ihrer Gesellschaft immer ein wenig unwohl. Sie schienen auf nervenzerrüttende Weise darüber erfreut zu sein, daß sie dienen durften und Schnulzen im Fernsehen anschauen und Aufschnitt essen und ihren Kindern das Medizinstudium ermöglichen. Guy wußte, eigentlich sollte er diese Diener organisieren, sollte das Fußvolk aufhetzen, dem Koch eine Brecht-Vorstellung liefern. Aber Guy wußte auch, daß es ohne Diener keine Hors d'œuvres auf kleinen Spießchen geben würde, keine hochglanzpolierten Badezimmerkacheln und keine feinen Düfte. Diener standen zwischen der Menschheit und dem Chaos, beziehungsweise zwischen der

Menschheit und Guy, der die Geschirrspülmaschine einmal selbst ausräumen mußte. Er beschloß, gelegentlich mit Licky über diese Sache zu reden. Licky hatte einfach Durchblick.

Guy sprang munter die Treppe zum Eßzimmer hoch, schwang sich am Geländer entlang. Er hatte das Gefühl, Besucher in einer historischen Rekonstruktion seiner Kindheit zu sein: Hier ist der Treppenabsatz, auf dem sich der junge Guy den Knöchel gebrochen hat. Hier der Schirmständer, in dem der junge Guy Essen versteckte, das er nicht mochte. Er erreichte das Eßzimmer, in dem er sich allerdings nie viel aufgehalten hatte. Guy und seine Brüder hatten immer vor dem Fernseher gegessen, wie verzauberte Kinder auf der ganzen Welt, hatten sich die Werbung für ihr Dessert angesehen.

»Hi, Leute!« grüßte Guy, als er ins Eßzimmer tollte, ein wahres Prachtgemach aus Tapeten, Täfelung und Sideboards. Guys Vater saß am Kopfende des Tisches aus hochpoliertem Mahagoni, aß genüßlich seinen Fasan mit Mayonnaise. Mrs. Huber betrachtete versunken die feiertäglichen Platzdeckchen aus Bast, die sie unlängst von einer Reise nach Guadalajara mitgebracht hatte.

»Mein Sohn«, erwiderte Guys Vater und blickte bei seinem Eintritt von der Zeitung auf. »Schön, dich zu sehen.«

»Hallo, mein Lieber«, grüßte ihn seine Mutter, und dann zu ihrem Mann gewandt: »Schau mal, Liebling, Guy ist gekommen.«

Guys Vater war ein untersetzter, massiv gebauter Mann, der Zeitung las. Er hatte zweifellos ein Gesicht, desgleichen die eine oder andere persönliche Eigenheit, aber er war nicht die Art Mann, der sich viel Gedanken über derlei Dinge machte. Guys Vater arbeitete nicht im Familienbetrieb, jedenfalls nicht direkt. Er war irgendwas anderes, Rechtsanwalt oder Makler, Guy hatte das nie richtig verstanden. Er hatte Angst gehabt, mit Fragen zu aufdringlich zu wirken, und hatte sich nie genauer erkundigt. Alles, was Guy wußte: sein Vater trug gut geschnittene (aber nie auffällige) Anzüge, handgenähte englische Halbschuhe und prächtige, geradezu geniale Mäntel, und er machte, was immer es auch war, in einem mahagoni-getäfelten Büro, und er brachte, was immer es auch war, in einem wunderbar abgewetzten ledernen Aktenkoffer mit nach Hause.

Guy bewunderte die Unaufgeregtheit seines Vaters grenzenlos, er war ein Anker in einem viel zu lebhaften Universum. Solange Mr. Huber fern und unerschüttert blieb, wußte Guy, daß man ihn nicht in irgend etwas verwickeln wollte. Er wollte auf keinen Fall in die Fußstapfen seines Vaters treten, aber er wußte ihn zu schätzen. Er pries sich glücklich. Er konnte sich darauf verlassen, daß ihn sein Vater immer fragen würde, wie es im College lief, obwohl er schon vor mehr als zwei Jahren seinen Abschluß gemacht hatte. Guys Vater war eben ein richtiger Papa.

Seine Mutter war eine vielbeschäftigte Frau, die ein erfülltes, ja sogar überaus geschäftiges Leben führen konnte, ohne darum ihr Händchen für aufsehenerregend sorglose Blumenarrangements zu verlieren. Mrs. Huber wirkte immer bleich und ein wenig geistesabwesend, als wäre sie stets bemüht, sich daran zu erinnern, wie viele Austerntellerchen das Dienstmädchen nun wieder zerdeppert hatte. Ihr Haar war frühzeitig ergraut, mit einem gelblichen Schimmer; eine Verschwörung von Golf, Sonne und Unkrautjäten hatte dazu geführt, daß sie älter als ihr Ehegespons wirkte, das traurige Los so vieler protestantischer Ehefrauen.

Mrs. Huber hatte Guy und seine beiden Brüder (die es beide zu etwas gebracht hatten, der eine an der Uni, der andere mit kleinen Waffengeschäften mit Gambia) aufgezogen. Dann hatte sie beschlossen, ihre eigene Persönlichkeit zu entwickeln. Die Entwicklung der eigenen Persönlichkeit erschöpfte sich größtenteils in Kursen über persische Emaille-Arbeiten. Außerdem arbeitete Mrs. Huber an zwei halben Tagen in der Woche im Manhattan Museum of Larger Art. Dort bestanden ihre Pflichten unter anderem darin, die Illustrationen für den Jahreskalender des Museums zusammenzutragen, und so durchforstete sie im Augenblick die Sammlung nach Arbeiten zum Thema »Katze«.

Mrs. Huber trug klassisches Grau und Marineblau, das zu

festlichen Anlässen durch ein schreiendes Pink ergänzt wurde. Sie war wohl die letzte Frau in ganz Manhattan, die noch ohne Ironie kleine Broschen trug, einen winzigen Kreis oder ein vergoldetes Blättchen. Guy verspürte seiner Mutter gegenüber einen starken Beschützerinstinkt. Er hatte einmal einen Blick auf sie erhascht, wie sie seelenruhig mitten durch den Verkehr wanderte und dabei auf der Rückseite eines Umschlags die Speisenfolge für eine Einladung plante. Es hatte Zusammenstöße gegeben, laut fluchende und blutüberströmte Autofahrer. Mrs. Huber hatte von alledem nichts bemerkt und war weitergeschwebt, kurz vor einem Schaufenster stehengeblieben, um einen Topfuntersetzer näher zu betrachten. Für Guy war die damasten-heitere Gelassenheit seiner Mutter tröstlich und doch auch unheimlich. Was ihn besonders verstörte, war die staunenswerte Ähnlichkeit ihres Verhaltens zu dem von Lucy Yates Membrane.

Guy hatte nie irgendwelche persönlichen Gespräche mit seinen Eltern geführt und liebte sie daher herzinniglich. Seine Liebe wurde im gleichen Maße erwidert. Völliger Mangel an Kommunikation ist die Wurzel jeglicher glücklichen Familie.

Guy kam ins Eßzimmer, und alles schien genauso, wie es sein sollte. Die Suppenterrine stand an ihrem gewohnten Platz, die Zinnleuchter an der Wand waren angezündet, das gute Tafelsilber lag sicher verwahrt in Chamoisbeuteln im Wandsafe.

»Toll seht ihr aus, Leute«, meinte Guy und tätschelte seinem Vater die Schulter. »Gibt's was Neues?«

»Ja, es scheint, daß ein fünfjähriges Mädchen in Peru ein Kind bekommen hat«, erwiderte sein Vater. »Hier in der Zeitung.«

»Sollten wir ein Geschenk schicken?« fragte seine Mutter, die niemand je hatte essen sehen. »Wir haben dem Mädchen von Bemisses eine wunderhübsche Vorlegezange geschickt. Sie hat so ein reizendes Kärtchen geschrieben. Haben sie eine Hochzeitsliste?«

»Davon steht hier nichts, Alice«, antwortete Guys Vater. »Zu dumm. Und hier in Des Moines ist noch was. Da hat ein Kerl ein Auto gegessen. Einfach zersägt und dann aufgegessen, und keine einzige Nebenwirkung. Ist quietschvergnügt und munter.«

»War es ein amerikanisches Auto?« fragte seine Frau. »Die sind wirklich viel angenehmer. Ich trau diesen italienischen Dingern nicht, so mit jungen Frauen drin, in Schalen oder so. Ich denke, die sind wirklich nicht gesund. Zu pikant.«

»Ja, also hier ist ein Foto, es sieht aus wie ein Ford, ein Lieferwagen.«

»Sehr vernünftig. Guy, Liebes, komm zu mir, setz dich hin. Wie interessant du wieder aussiehst. Habe ich erst kürzlich zu Liz Woodyardle gesagt, unser Guy sieht immer interessant aus. Der Junge von Liz, der Jüngste, der ist immer noch in diesem Ashram, mit seinem Meister der Vollendung, ich habe ihn unlängst auf der Straße gesehen, ganz in pfirsichfarbenem Chiffon mit völlig kahlrasiertem Schädel, überall wunde Stellen. Da hab ich gesagt: ›Also, Liz, siehst du, dein Junge sieht doch auch interessant aus.‹«

»Hi, Mami«, antwortete Guy und küßte seine Mutter auf die Wange. Eine Mami kann nicht richtig funktionieren, ehe man sie nicht auf die Wange geküßt hat. Der Kuß als Quittung für Jahre der Selbstlosigkeit. »Wie geht's im Museum?«

»Wunderbar, Guy, eigentlich hervorragend. Weißt du, morgen haben wir unsere große Sache. Ich glaube, Mrs. Desti kommt auch. Und erst letzte Woche habe ich ein tolles Stück aufgestöbert. Ein mumifiziertes Kätzchen, das haben sie wohlbehalten in all diesem Dreck in Pompeji gefunden. Wir haben es Mittens genannt, und es kommt auf das Juliblatt im neuen Jahreskalender.«

»Toll, Mami«, meinte Guy. »Äh, kann ich mal über was mit euch reden, Leute?«

Mr. Huber legte die Zeitung weg, zum ersten Mal seit Guys Zeugung.

»Sicher, Liebes«, antwortete Mrs. Huber und ließ ihre leere Gabel sinken. »Es sind die Platzdeckchen? Sind wohl doch zu auffällig?«

»Ist es das College, mein Junge?« erkundigte sich Mr. Huber. »Erstsemester-Probleme?«

»Nein«, erwiderte Guy, »na ja, nicht direkt.«

Guy holte tief Luft. Er bat seine Eltern nur äußerst ungern um Geld. Normalerweise ging er einfach zur Bank, wo sein Erbe in gut verdaulichen monatlichen Brocken eintraf. Aber der vergangene Monat war teuer gewesen, Hochzeit und so, und einer der Bankangestellten hatte gestern bei ihm angerufen und ihm berichtet, daß er in den roten Zahlen wäre. Und die Bank hielt einen Vorschuß für völlig ausgeschlossen.

Guy schrieb nie auf, wofür er seine Schecks ausstellte. Buchhaltung schien ihm etwas verzweifelt Unromantisches zu sein. Er hatte auch keine Brieftasche, denn die Ausbuchtung ruinierte die Linienführung jeder nur halbwegs figurbetont geschnittenen Hose völlig. Er schnappte sich immer ein Bündel Banknoten und stopfte sie in die Taschen, verknetete dort das Geld mit alten Eintrittskartenabschnitten, Kaugummipäckchen und Hausschlüsseln zu einer gesunden Mischung. Guy versuchte, verantwortlich mit Geld umzugehen; er hätte wirklich sehr gern gewußt, was der Dollar wert war, aber irgendwie glitt ihm immer alles aus den Händen.

»Ach, eigentlich nichts«, meinte er und preschte dann vor. »Ich hab nur mein Konto total überzogen, und die Banker wollen mir bis nächsten Monat nichts geben, total beknackt. Und Licky braucht eine Kaution, und es ist nichts zu essen im Haus, und dann habe ich in der Stadt diese tollen Zebraschuhe gesehen, einfach fantastisch! Nur ein paar Dollar.«

»Guy«, tönte Mr. Huber. »Das finde ich wirklich erschreckend.«

»Ach, mach dir keine Gedanken, die haben sie vor langer, langer Zeit gemacht, als man noch Zebras schießen durfte, weißt du, alte tote Zebras.«

Guy hatte es gewußt: Die Zebraschuhe würden seine Eltern überzeugen. Die Schuhe waren einfach überirdisch. Spitz, an der Seite geschnürt, mit einer Art Blockabsatz, und dann diese absolut elementaren Streifen! Guy würde sich fast scheuen, so etwas Perfektes an den Füßen zu tragen. Vielleicht würde er sie einfach im Karton lassen und nur ansehen, wie ein Kunstsammler, der ab und zu seine Leonardozeichnung im Tresorraum besuchte. Zebraschuhe, das war jenseits des Meckerns, jenseits kleinlicher Debatten. Wie konnten seine Eltern da nein sagen?

»Mein Junge«, antwortete Mrs. Huber. »Dein Vater meint, daß wir uns Sorgen machen wegen des Geldes. Hast du dein ganzes Weihnachtsgeld denn schon ausgegeben?«

»Mama«, erklärte Guy geduldig. »Ich mußte doch zum Frisör.«

»Junge«, fiel sein Vater ein, »als ich so alt war wie du, da konnte ich mit Geld umgehen. Was ist mit deinen Investitionen?«

»Na ja«, meinte Guy und versuchte krampfhaft, sich zu erinnern, »also, ich habe fünfzig Dollar für eine Jukebox angezahlt. Das ist eine ›Maestro Please‹ aus den vierziger Jahren, und der Typ im Geschäft hat gemeint, daß sie wirklich ungewöhnlich ist, wegen der Seitenstreifen mit den aufsteigenden Luftblasen. Ja, und dann war ich bei dieser Benefizveranstaltung für eine Performance-Gruppe, die führen stumme Opern pantomimisch auf, und das kann man von der Steuer absetzen. Und, äh, o ja, ich habe eine Ginseng-Wurzel gekauft: Wenn ich die so zehn Jahre in der Schublade aufhebe, dann soll die ganz toll sein. Gilt das?«

»Mein Junge«, erwiderte Mrs. Huber. »Ich glaube, wir müssen uns mal ernsthaft unterhalten.«

Der Rest des Familiengesprächs enthielt unter anderem Abschnitte zu den folgenden Themen: Reife, der praktische Nutzen der guten Ausbildung, Die weniger vom Glück Begünstigten und Das Leben allgemein. Guys Vater mußte feststellen, daß sein Sprößling nicht mehr aufs College ging, was der ganzen Angelegenheit plötzlich geradezu kosmische Gewichtigkeit verlieh. Mr. Hubers Entsetzen veranlaßte ihn weiter dazu, seinem Sohn einige Anekdoten aus dem wichtigen und charakterbildenden Juli und August zum besten zu geben, den er einstmals im Weinberg von Guys Urgroßvater in der Nähe von Albany verbracht hatte, wobei er die Entwicklung eines neuen rosa Champagner betreuen durfte und die Weinproben für Touristen leitete. Guys Mutter schluchzte ein bißchen, schüttelte den Kopf und sprach davon, daß die Familie vor die Hunde ging, was sogar Mr. Huber eine Spur zu stark formuliert fand. Guy blieb bemerkenswert still, versuchte einen angemessen erwachsenen, teilnehmend aufmerksamen Gesichtsausdruck zu produzieren, nebst der passenden verantwortungsvollen Kopfneigung.

Guy wußte nie, wie er sich bei einer Vorlesung dieser Art verhalten sollte. Im College wäre er einfach eingeschlafen oder hätte ein bißchen gekritzelt, aber zu Hause schien keins von beidem ratsam. Seine Eltern blickten ihm geradewegs ins Gesicht, und sie sprachen in den betont deutlichen, beinahe phonetischen Phrasierungen, auf die Eltern in Krisenzeiten zurückzugreifen pflegen. Guy sah sich selbst in einem Käfig in einem Labor, zwei weißbekittelte Wissenschaftler bemühten sich, einen Bezug zu ihm herzustellen. Er erwartete beinahe, daß seine Mutter seine Hand an sich reißen und ihm die Taubstummen-Buchstaben für »Wasser« oder »Keine müde Mark« auf die Handfläche klopfen würde. Er wollte ja gern behilflich sein, ihnen die Hand über die endlose Tundra der Eltern-Kind-Beziehung hinweg entgegenstrecken, aber er war sich gar nicht sicher, was hier von ihm verlangt wurde. Sollte er für »Ja« und »Nein« auf den Tisch klopfen? Sollte er die Gesten seiner Aufseher nachahmen? Oder würde ein gewinnendes Lächeln reichen?

Guy liebte seine Eltern von ganzem Herzen, und er regte sie wirklich nicht gern auf. Guys Eltern liebten ihren Sohn und wollten nur sein Bestes. Aber ach, der Mammon kann selbst hehrste Gefühle trüben. Guy fing an, sich unwohl zu fühlen, denn ein Fremder war an den Tisch getreten und hatte die Familie entzweit, stupste und kniff und wisperte ihnen skandalöse Neuigkeiten zu, brachte die Vergnügungsjolle zum Kentern und koppelte Guy vom schönen leichten Leben ab. Schließlich spitzte sich die Plauderei zu, das Unaussprechliche trat nackt und bloß vor dem einstmaligen Familienidyll zutage, irgendwo zwischen dem Salz-und-Pfeffer-Set von Cartier und Mr. Hubers geduldig wartendem Klatschblatt.

»Guy«, meinte Mr. Huber, »ich glaube, daß es höchste Zeit ist, daß du dich nach Arbeit umsiehst.«

»Dad, würde ich echt gern machen«, erwiderte Guy in ausgesprochen vernünftigem Ton, »aber ich hab wirklich total viel zu tun.«

»Das wissen wir doch, mein Junge«, beschwichtigte Mrs. Huber, »aber du mußt dir einfach die Zeit dazu nehmen.«

»Moment mal«, Guy hoffte fieberhaft, daß sich der ganze Abend als eine Art Drogen-Alptraum oder nervliche Fehlleistung herausstellen würde, »ihr meint so was wie, daß ich gehen und mich wo vorstellen soll oder so?«

»Und dann arbeiten«, ergänzte Mr. Huber.

Das Hubersche Familienvermögen hätte spielend jegliche Untätigkeit unterstützen können, der Guy nur hätte nachgehen wollen. Daß sie auf einer Beschäftigung bestanden, war ein puritanischer Spleen, ein völliger Anachronismus, so etwa wie der Satz Säbel aus der Tang-Dynastie, der im Huberschen Eingangsflur hing. Oder wie die Tatsache, daß auch die jüngste Huber-Generation noch mit funktionsfähigen Beinen geboren war. Ein geregeltes Arbeitsverhältnis bei Tag, das würde Guys Eltern mit einer akzeptablen Antwort versorgen, wenn Freunde wieder einmal fragten, Was Die Buben Denn So Machen. Die Hubers bedauerten die Eltern, die sich gezwungen sahen, mit den Schultern zu zucken oder ein ärztliches Attest zu präsentieren, wenn die Sprache auf die Unternehmungen der erwachsenen Söhne und Töchter kam. »Ethan ist in Kalifornien« oder »Nan kann jetzt wohl im Herbst nach Hause«. Die armen, armen Familien. Wie konnten sie den Leuten bloß in die Augen sehen? Was um alles in der Welt schrieben sie in ihre Rundbriefe? Aber am meisten lag den Hubers daran, daß ihre Söhne arbeiteten, damit sie den Haushaltsangestellten ein gutes Beispiel gaben.

»Das macht dir bestimmt viel Spaß«, meinte Mrs. Huber, deren gastgeberische Fähigkeiten sie auch am Rande des Abgrundes nicht im Stich ließen. »Ich arbeite doch auch, und ich amüsiere mich prächtig dabei!«

»Mein Sohn, wir sind stolz auf dich!« ergänzte Mr. Huber. »Also denn man los!«

Guy war völlig verdattert, nickte, streckte die Hand nach einem Wasserglas aus.

»Schau«, meinte Mrs. Huber mit liebevollem Stolz. »Unser Guy, ganz erwachsen ist er.«

»Ein Mann«, stimmte Mr. Huber zu.

Als Guy wieder zu Bewußtsein kam, lag er auf einem Sofa im Wohnzimmer, einem bequemen, zu fest gepolsterten Teil, auf dessen Bezug sich Efeuranken vor einem olivbraunen Hintergrund verzweigten.

»Schafft sie mir vom Leib!« kreischte Guy, der die Ranken am Hals zu spüren glaubte.

»Dir geht's schon viel besser, mein Junge«, tröstete sein Vater. »Nur ein bißchen benebelt bist du. Das bringt eine geregelte Arbeit schnell ins Lot.«

»Hier, Junge.« Mrs. Huber reichte ihm eine Herschey-Praline von der geriffelten Silberschale. »Besser so?«

»Mir … geht's gut«, murmelte Guy, der immer noch ein bißchen benommen war, und dann heulte er auf und rollte unter das Sofa. »Das Ding hat mich gebissen!«

»Das ist doch nur Origami, Kind«, meinte Mrs. Huber, die die fein gefaltete Pergamenteule wieder aufhob, die von einem Nippesregal auf Guys Kopf gefallen war. »Faszinierend. Da denkt man, daß einem jemand nur einen Zettel zusteckt, und dann sind es drei kaiserliche Schwäne, die eine Lotusblüte verschlingen.«

»Tut mir leid«, meinte Guy, tauchte wieder auf und zog sich auf das Sofa hoch, als wäre er plötzlich gelähmt. »Ich muß umgekippt sein oder so. Mann, ich denke, ich hab einfach nicht richtig gegessen.«

»Ihr Studenten seid doch alle gleich«, kommentierte Mr. Huber, in einem Rückfall in die College-Tage. »Lebt von Donuts und billigem Fusel. Alles dummes Zeug!«

Guy war schon bald wieder auf den Beinen. Er wollte seiner Familie wirklich nicht noch mehr Sorgen bereiten. Er wollte, daß seine Eltern stolz auf ihn waren und sich nie um ihn sorgten. Er setzte eine tapfere Miene auf, schüttelte seinem Vater die Hand, machte der Honduranerin ein artiges Kompliment über das Essen. Dann stopfte er den winzigen »Bon-Voyage«-Scheck seiner Mutter in die Tasche, polterte die Treppe herunter und verließ das Haus.

»Auf Wiedersehen, mein Junge«, sagte Mrs. Huber und nahm ihre Stickarbeit wieder auf (eine geplante Serie von Kissenhüllen mit Fröschen in Taucheranzügen, mit Kochmützen und karierten Faltenröcken). »Viel Glück.«

»Auf Wiedersehen, mein Sohn«, meinte sein Vater. »Lern immer schön fleißig und blamier die Innung nicht.«

»Er ist ein guter Junge«, sagte Mrs. Huber, als die Tür krachend hinter ihrem Jüngsten, ihrem Häschen, ihrem Baby zufiel. »Wir mußten hart bleiben.«

»Feiner Kerl«, stimmte Mr. Huber zu. »Hat er eigentlich eine Freundin?«

»Weiß ich nicht«, meinte Mrs. Huber nachdenklich und verknotete einen Faden. Die Hochzeit von Guy und Venice hatte vor einer Woche stattgefunden, und obwohl die Hubers Venice wirklich mochten, war sie doch so ganz und gar unpassend, daß ihre Existenz bisher noch nicht so recht Wurzeln in Herrn oder Frau Hubers Hirn schlagen wollte.

»Alice, in Maine lebt da eine Frau, der ist eine Kreatur erschienen«, Mr. Huber war wieder zu seiner Zeitung zurückgekehrt. »Hat sie allem Anschein nach leidenschaftlich geliebt, auf einen Asteroiden mitgenommen und danach am Straßenrand sitzengelassen.«

»Wo genau in Maine?« erkundigte sich Mrs. Huber. »Rockport? Vielleicht kennt sie die Wieldings. Ich habe gerade neulich erst mit Laura gesprochen. Sie hat so nette Sachen über unsere Weihnachtskarte gesagt. Darauf haben uns eigentlich viele Leute angesprochen, ich habe mir auch schon Gedanken über nächstes Jahr gemacht. Liebling, sollten wir uns nicht mal den Katalog ansehen?«

»Sicher, Alice«, sagte Mr. Huber, »machen wir!«

5

Arbeitssuche

Guy verließ das Haus seiner Eltern und wanderte auf die Straße. Er war völlig verstört; er berührte seine Arme und Beine, um sich zu versichern, daß sie noch an Ort und Stelle waren. Er fühlte sich wie betäubt, mißbraucht. Seine Seele war ihm aus dem Leib gerissen, sauste irgendwo außerhalb seines Körpers dahin.

Er war nicht willentlich verwöhnt; er war einfach verwöhnt, so wie ein Blatt einfach grün ist, organisch, zart. Es war ihm nie eingefallen, Arbeit zu suchen. Jeder zaghafte Versuch, einer ehrlichen Beschäftigung nachzugehen oder einen anständigen Job zu finden, schien ihm Gotteslästerung zu sein, Menschenhand, die sich frevelnd gegen den Frieden Gottes erhob.

Guy blickte auf, als Autos um ihn herum flitzten; er hatte keine Ahnung, wer er war, wo er war. Er durchwühlte seine Taschen, suchte nach einer Identifizierung, nach seinem Selbstgefühl. Seine Finger berührten den Scheck, den seine Mutter ausgestellt hatte. Ein Scheck, dachte er, ein Scheck! Er war den Tränen nah; dieser Scheck schien eine Erinnerung, ein rührendes Überbleibsel aus einem fernen anderen Leben, das nun Tausende von Jahren in der Vergangenheit lag. Ein Scheck! Er schmiegte sein Gesicht sehnsuchtsvoll an das Papier.

Er erinnerte sich, wie ihm sein Vater beigebracht hatte, Schecks auszustellen und zu unterschreiben. Er war noch ein kleiner Junge gewesen, da hatte sich sein Vater zu ihm gesetzt. »Junge«, hatte Mr. Huber gesagt, »Zeit, daß du was über den Geldumlauf lernst.«

Mr. Huber hatte Stunde um Stunde mit Guy verbracht, Vater und Sohn waren über die Spielzeugschecks gebeugt gewesen, die die Bank ausgab. Mr. Huber hatte Guys winziges Händchen geführt, ließ den Jungen Nullen üben, brachte ihm den flotten kleinen Schnörkel bei, der hinter die ausgeschriebenen Zahlen kam, übte mit ihm die Technik des sauberen Abreißens aus dem Scheckheft. Die Erinnerung an dieses Idyll trieb Guy Tränen in die Augen.

Wenn Guy eine besondere Begabung hatte, dann war es das Schlafen. Gibt es irgendwo auf der Welt einen Nektar, der süßer wäre als Schlaf? Es konnte ihm ganz nebelig im Kopf werden, wenn er nur an Schlaf dachte, an sich bauschende Baumwollaken, an wollig weiche Decken, an Kopfkissen, pummelige Daunenwolken, die man auftürmen, in die man sich fallen lassen konnte.

Guy war von Natur aus für die horizontale Lage geschaffen. Er konnte alles im Liegen erledigen. Er aß für sein Leben gern vom Tablett und benutzte die Fernbedienung für den Fernseher. Er bewunderte die Damen des viktorianischen Zeitalters, die, matt und ewig kränkelnd, auf Diwane hingestreckt lagerten. Er hatte die alten Römer studiert, die zu allen Zeiten flach lagen, bei Festbanketten, zur Musik der Lyra und in Senatssitzungen.

Schlaf schien Guy das einzig Wahre. Aber er wußte wohl, daß nicht alle seine Leidenschaft teilten. Er wollte fair sein. Er hatte alles untersucht, war mindestens einmal auch vor Mittag aufgestanden. Als er einmal um zehn Uhr wach war, hatte er sich zutiefst verstört gefühlt; das Sonnenlicht hatte auf seiner Netzhaut gebrannt, er hatte nicht gewußt, wohin mit seinen Händen. Er war fest davon überzeugt, daß nichts auch nur annähernd Wichtiges am Vormittag passierte. Warum würde irgend jemand eine Rede, einen Gottesdienst, eine Revolution für elf Uhr morgens ansetzen wollen? Wer würde denn da kommen?

Guy war ein so begabter Schläfer, da schien eine Berufstätigkeit eine harsche Störung, ein Irrtum, einfach unpassend. Er hatte nie das Gefühl, untätig zu sein. Seine Tage waren mehr als ausgefüllt. Er hatte Venice, das Tanzen, den Schlaf, wenn überhaupt, dann war er eher überlastet. Ein Job schien einfach nicht sinnvoll. Ein Job würde nie im Leben Guys angeborene Talente ausschöpfen können, seine Gaben. Guy war zum Schlafen geboren.

Er wanderte stundenlang ziellos umher. Er zog durch die langen Avenues der Stadt, über rostende Brücken und lebensgefährliche Highway-Zufahrten und hupende Straßenkreuzungen. Schließlich siegte die Gewohnheit, und Guy fand sich vor dem Extasy Club wieder. Es war schon spät am Abend, und es hatte sich bereits eine große Menschenmenge angesammelt. Ein neuer Türmann hatte seine Arbeit aufgenommen, aber er erkannte Guys Strähne aus der Morgenzeitung wieder. Guy wurde in den Club gewinkt, vorbei an den üblichen kreischenden Einlaßheischenden und dem netten Pärchen aus Minneapolis im knitterfreien Safarilook, mit schußbereiten Kameras und etwas, das verdächtig nach abgesägter Schrotflinte aussah.

»Sieh dir den an, Mavis«, meinte der Mann, als Guy mit Riesenschritten in den Club latschte. »Langes Gesicht und überhaupt.«

Mavis drehte ihren Aluminium-Klappstuhl ein bißchen, um einen besseren Blick zu bekommen. »Oh, Huey«, sagte sie zu ihrem Mann, »der wird schon wieder. Der ist ja wirklich niedlich.« Mavis rückte ihr Souvenir-Kopftuch (»Wir waren auf der Expo '69«) zurecht und nahm einen Schluck Apfelmost aus der Thermosflasche. »Auch 'n Schlückchen?« fragte sie Huey.

»Nichts dagegen«, meinte der und zog seinen zusammenklappbaren Reisebecher aus der Tasche. »Ich hoffe doch, daß wir reinkommen.«

»Also, ich amüsier mich auch hier schon ganz prächtig«, erwiderte Mavis.

Guy war immer noch wie in einem Nebel. Er versuchte, den Garderobenmädchen zuzulächeln, behielt aber seine Jacke an.

»Guy sieht heute irgendwie daneben aus«, meinte die erste.

»Der ist daneben!« erwiderte die zweite und spielte mit einer Haarsträhne. »Mann, guck dir das an! Jetzt hab ich schon tagelang Spliß.«

Guy stieß zum Zentrum des Clubs vor, wo der Abend gerade erst richtig in Schwung kam. Die Besucher zogen im Zwischengeschoß ihre Kreise, schauten schon mal zur Tanzfläche hin, waren sich aber noch nicht ganz sicher. Alle merkten, wie deprimiert Guy war. Normalerweise war er eine fröhliche Seele, ein Fan, das Vergnügen in Reinkultur.

»He, Kleiner«, riefen ihm die Barmänner zu. »Wo ist das Problem?«

Guy versuchte zu sprechen, brachte aber nur heisere Gurgellaute hervor.

»Komm, Junge«, meinten die Barmänner, »immer schön cool bleiben.«

»Bist du traurick?« erkundigte sich Ratallia Parv und leckte sich mitleidig die Lippen.

»Jaaaaa«, krächzte Guy. Mein Gott, bin ich heute ein Spielverderber, dachte er. Er rannte nach oben, Richtung Herrentoilette, um sich vorzeigbar herzurichten. Der Raum reflektierte seine Verzweiflung. Die Wände waren mit tiefblauen Spiegeln verkleidet, wie man sie heute gar nirgends mehr finden kann, nur noch in bestimmten gut erhaltenen alten Soda-Bars. Eine bodenlos tiefe Farbe, ein leicht absurdes Blau, wie das Blau eines Sees vor einem Bilderbuchschloß.

Guy konnte sich völlig in diesem Blau verlieren, es paßte außerdem zur Farbe seiner Strähne. Bildete er sich das nur ein, oder hatte die Strähne wirklich begonnen, im Einklang mit seinem Seelenzustand ihre Farbe zu verändern? War sein Kopf so etwas geworden wie einer dieser Glasschwäne mit einer Flüssigkeit, die sich je nach Luftfeuchtigkeit gelb oder smaragdgrün verfärbte und Regen voraussagte?

»Darling«, sagte Venice, als Guy in die Herrentoilette wanderte. Sie drehte sich zu ihm um, ihr Luxuskörper verschob sich in der schwarzen Lederkorsage.

Venice hatte in einer Atmosphäre bewundernder Anerkennung ihr Make-up gerichtet. Männer und Frauen benutzten die sanitären Einrichtungen des Clubs gemeinsam. Niemand wollte auch nur ein Splitterchen Architektur verpassen oder ein Krümelchen Klatsch oder Hasch. Die öffentlichen Toiletten waren die neuen Salons geworden, in denen sich die Gesellschaft traf. Manche Leute kamen den ganzen Abend nicht vom Klo weg, richteten sich in einer zentral gelegenen Kabine häuslich ein und hielten Hof. Daß man das Klo miteinander teilte, gab Männlein wie Weiblein ein bebendes Hochgefühl satanischer Ungezogenheit, einer Freudschen Hölle, eines Genital-Gelages.

»Heute geht's hier zu wie im Zoo«, meinte Venice. »In der Damentoilette ist es noch schlimmer, da tanzen sie.« Dann beugte sie sich vor, bis ihr Kopf beinahe auf den Knien auflag. Mit einem heftigen Schwung richtete sie sich wieder auf. So frisierte sich Venice.

»Wie seh ich aus?« fragte sie. »Gut so?«

»Mensch ..., du siehst einfach toll aus«, hauchte Guy beinahe unhörbar.

»Schätzchen,« sagt Venice, die bemerkt hatte, wie bleich Guy geworden war. »Stimmt was nicht? Sind meine Lippen schief nachgezogen?«

»Nein«, erwiderte Guy, versuchte Lebensfreude auszustrahlen. »Deine Lippen sind fantastisch. Sie sind toll. Sie ...«

Venice malte Guy einen flotten Mascara-Schnurrbart auf die Oberlippe. »Schätzchen«, meinte sie, »du siehst voll traurig aus.«

»Na ja«, sagte Guy und machte es sich auf einem Waschbecken bequem. »Ich war bei meinen Eltern.«

»O nein!« Lickys Stimme ertönte aus einer der Kabinen, gefolgt von einem diskreten kleinen Stöhnen, denn er war nicht allein.

»O Liebling«, Venice malte weiter an ihren Augen. »Was haben diese Bestien mit dir gemacht?«

»Oh, na ja«, antwortete Guy. »Ich weiß nicht. Eigentlich nichts. Ich komm mir so kindisch vor, weißt du.«

Venice legte Guy die Hände auf die Schultern, konzentrierte sich ganz auf ihn. Sie blickte ihn unter ihrem zerzausten Pony hinweg an. Sie trug schwarze Abendhandschuhe bis zum Ellbogen. Sie kraulte mit einem ihrer glatten Finger seinen Nacken. Guy schloß die Augen, schmiegte sich an den Finger.

»Also los«, bestimmte Venice und zog ihren Finger weg, »raus damit.«

Inzwischen hatte sich eine ziemliche Menschenmenge in der Herrentoilette versammelt, man war sich darüber im klaren, daß hier zutiefst menschliche Begebenheiten in der Luft lagen, möglicherweise sogar ein guter Klatsch.

»Na ja«, wandte sich Guy an die Meute. »Ich brauchte einfach, na ja, ein bißchen Geld, nur so zur Überbrückung, so für Essen und so, und na ja, Schuhe.«

»Ah«, seufzte Caronia Desti, als sich die Meute in gegenseitigem sofortigem Einverständnis zunickte.

»Und mein Vater las die Zeitung, und meine Mama war eben meine Mama, und ich hab das nur so erwähnt, wißt ihr, und dann sind sie voll komisch geworden. Hat jemand mal 'ne Zigarette für mich?«

Guy rauchte nicht. Er hatte es immer tun wollen, aber er kam nie mit dem Lungenzug klar. Er hustete und prustete und sah ziemlich dusselig dabei aus. Die Zigarette, die er so sorglos von den Lippen hängen lassen wollte, ging aus oder landete in seinem Schoß. Rauchen war voll cool, aber er kriegte es einfach nicht hin, genausowenig wie er mit Geld umgehen konnte. Raucher sahen immer toll aus, wie französische Spione in schwarzen Rollkragenpullovern. Ein Raucherleben war eine der wenigen beruflichen Laufbahnen, die Guy je in Erwägung gezogen hatte. Einmal im Jahr probierte er es immer mal wieder, um zu sehen, ob sein Raucher-Karma inzwischen Fortschritte gemacht hatte.

Die Menschenmenge in der Herrentoilette streckte ihm Hunderte von Marken entgegen. Er wählte eine importierte römische Zigarette, schwarz mit einem silbernen Filter, sehr elegant. Um ganz sicher zu gehen, zündete Guy sie vorsichtshalber nicht an.

»Deine Eltern! Haben sie dich geschlagen?« stöhnte Licky aus seinem Kloabteil. »Ahhhhhhh ... o ... ooooooo, neeeeeeeein, o, sind das deine Fiiiiiinger ...?«

»Sie haben mir kein Härchen gekrümmt«, erwiderte Guy. »Ich mein, die sind echt toll, die wollen nicht meine besten

Freunde sein oder so was, die sind nur eiskalt und wunderbar. Also letztes Jahr, als ich einundzwanzig geworden bin, da haben sie mir eine Geburtstagskarte gegeben, da war so ein Junge mit College-Pullover drauf, und innendrin stand ›Alles Gute zum Geburtstag für unseren Sechzehnjährigen‹, und unterschrieben hatten sie mit ›Freundliche Grüße, Deine Eltern‹. Also, ich mein, ich würd Morde begehen für die beiden. Aber heute Abend waren sie so komisch, als wären Außerirdische gekommen und hätten sie durch leere Hülsen ersetzt oder so. Obwohl, das würde man wohl kaum merken, daß das leere Hüllen sind, wenn sie dich nicht gerade umarmen, die Hüllen, oder Mischgewebe trügen oder so was. Ist ja nicht ihre Schuld, eigentlich, vielleicht werden sie nur einfach langsam alt oder leiden an Mineralmangel. Mensch, hoffentlich sind die nicht krank.«

»Mamas und Papas«, meinte jemand. »Was glauben die eigentlich, wer sie sind?«

»Jedenfalls«, fuhr Guy fort, »legt mein Vater seine Zeitung weg, und meine Mutter fängt an zu weinen, also echt primitiv, sag ich euch, wie in dem Fernsehspot, wo die schwarzen Eltern heulen, weil ihre Kinder aus dem Ausland anrufen. Und dann sagten sie: ›Guy, wenn du Geld brauchst, warum versuchst du's … warum versuchst … warum … versuchst … du's nicht …‹«

»Als Drogendealer?« schlug jemand vor.

»Bei deinem Großvater?« sagte ein anderer.

»Im Schreibtisch?« meinte ein dritter.

»Schon gut, Liebling«, tröstete Venice und massierte Guys Schulter. »Wie viele Silben?«

»Sie haben gesagt«, Guy holte tief Luft. »Sie haben gesagt, warum versuchst du's nicht … mit … einem Dings …«

»Monstres!« japste Caronia.

»Mais non!« kam das Echo der Meute.

»Wie im Film«, murmelte ein Agent seiner bezahlten Begleitung ins Ohr.

»Mit was, Schätzchen?« fragte Venice und hielt Guys Gesicht mit ihren Händen. »Mit was sollst du es mal versuchen? Mit einer Brieftasche?«

«Mit … einer … einer … A-a-a-a …, mit einer Arbeit. Arbeit.«

Eine atemlose Pause trat ein, wie nach der Entdeckung eines zerfleischten Säuglings im Straßengraben. Dann begann die Meute wild zu schnattern, schäumend vor Zorn und ungläubigem Entsetzen, mußte sich an Pissoirs und Wandautomaten festhalten (aus denen man Kämme, zotige Visitenkarten und Kühlschrankmagnete in Form von Scotch-Terrier-Paaren ziehen konnte).

«Völlig abgedreht!«

«Also bitte, das kann doch nicht ernst gemeint sein!«

»Wer waren diese Leute, hast du gesagt?«

«AIEEEEEEEEEEEEEEEE«, stöhnte Licky, dessen Orgasmus der brodelnden Atmosphäre die Krone aufsetzte. »Ohhhhhhh, oh, oh, Liebling, einfach himmlisch!«

»Arbeit?« fragte Venice, eher verwundert als besorgt. »Schätzchen, das hast du bestimmt falsch verstanden. Also wirklich!«

»Mensch, ich glaub nicht«, erwiderte Guy, der über dem Waschbecken zusammengesunken war.

»Du armäs kleinäs Dink«, bemitleidete ihn Ratallia, die an seine Seite eilte. »Du solltäst schraibän Gädicht. Fier gequältä Sälä.«

Als Ratallia Guys Arm berührte, durchzuckte es Venice. Sie tippte auf Blinddarm und hielt sich die Seite. Da war nur Leder. Was ist das denn? fragte sie sich. Dann sah Ratallia Guy tief in die Augen.

Venice fiel beinahe zu Boden, ein überirdischer Feuerbrand raste durch ihr Bewußtsein. Das war kein körperlicher Schmerz, kein banaler Eingeweidebruch, das war Eifersucht. Grimmige, grenzenlose, galoppierende Eifersucht, ein blutrünstiger Panther, den man auf eine Picknick-Gesellschaft losgelassen hat. Venice staunte. Sie torkelte. Ihr Blick verhärtete sich zu kugelsicherem Glas. Ihr Rückgrat versteifte sich. Funkenstiebende Säbel barsten ihr aus den Fingerspitzen. Innerhalb einer Sekunde verwandelte sich Venice in eine mittelalterliche Kampfmaschine, eine unaufhaltsame, gefühllose Mörderin, eine Naturgewalt, die ganze Dörfer niedermetzeln, unzählige Kinder zu Waisen machen und Frauen, von einem Stiletto-Absatz durchbohrt, kaltblütig sterben sehen konnte.

Venice war noch nie vorher verliebt gewesen, dies war ihr also neu. Sie merkte, daß ihre ganze Person an einen winzigen Zentimeter von Guys Körper geheftet zu sein schien, an genau das Quadrat seines Armes, auf dem im Augenblick Ratallias Zeigefinger ruhte. Venice war schon immer eine extreme Person gewesen, aber jetzt rasten ihr Gedanken von unvergleichlicher Grausamkeit durch den Kopf. Was dachte diese miese kleine ungarische Kuh eigentlich, wer sie war? Wußte Ratallia nicht, wie schnell das gehen konnte, der Rückversand ihrer werten Person zurück nach Budapest, in neunzehn blutdurchtränkten Päckchen? War es Ratallia nicht klar, daß sie Probleme bekommen würde, so ganz ohne Gesicht noch Filmrollen zu kriegen?

Venice sprach mit ausdrucksloser, eiskalter Stimme, jedes Wort ein Todesläuten, jeder Vokal kappte noch eine letzte Unze von Ratallias Leben ab. »Nix Gädicht!« sagte sie und schleuderte Ratallia in ein Bidet.

»Mann-o-mann«, Guy war beeindruckt.

»Die nächste bitte!« Venice starrte in die Runde.

Niemand fühlte sich angesprochen, also wandte sie sich wieder Guy zu.

»Wie sagtest du gerade?« fragte sie.

»Arbeit«, meinte Guy und wurde wieder todtraurig. »Ich muß mir eine suchen.«

»Schätzchen«, sagte Licky, der befriedigt und strahlend aus seiner Kabine auftauchte. »Arbeit? Was soll das alles? Kennen wir uns?«

»Leute«, richtete sich Guy an die versammelte Mannschaft. »Tut mir leid, mir geht's gut, ich will hier echt kein Theater machen, amüsiert euch gut, ich werd schon wieder. Danke.« All das sagte er in unendlich überzeugendem Ton, aber es war doch ein kleines Häkchen in seiner Stimme, keiner fiel darauf herein.

»Schatz, tut mir leid«, meinte jemand.

»Ich … glaub's einfach nicht.«

»Ich weiß nicht, was ich sagen soll.«

Die Menge bewegte sich in gedämpft schweigendem Mitgefühl aus dem Raum, man streichelte im Vorübergehen Guys Hand, berührte seine Wangen. Alle machten einen großen Bogen um Venice, deren Handschuhfäuste noch immer geballt waren. Sobald sie aus der Toilette heraus waren, rasten alle in Richtung Telefonzellen los.

Klatsch ist der Lebenssaft von Manhattan. Jede Sekunde wird er hektoliterweise in die Stadt gepumpt, damit sie am Leben bleibt. Jeder muß alles wissen, muß das Gefühl haben, dabeizusein, alles im Griff zu haben, sicher in die Kette intimer Informationen eingeschmiedet zu sein. Alles und jedes kann Klatsch sein, Futter für Gerüchte, für unterschwellige Andeutungen und Skandale. Sogar an langsamen Tagen laufen die Leitungen heiß.

»Meine Liebe, hast du schon gehört? Dosenpfirsiche sind auf neununddreißig Cents runter, ist das nicht einfach tödlich?«

»Schätzchen, hast du die neuen Kanalreinigungswagen gesehen? Pures Bauhaus! Was haben sie sich dabei bloß wieder gedacht?«

»Das muß ich dir erzählen, Ehrenwort, kein Sterbenswörtchen an irgend jemand. Es ist einfach zu gewagt. Weißt du … es ist Frühling!«

»Kätzchen.« Venice legte ihren Arm um ihren tapferen kleinen Soldaten.

»Mach dir keine Sorgen.« Guy küßte ihre Hand.

»Schatz, ich hätte dich so gern als mein Hausmädchen«, sagte Licky. »Aber, quel domage, der Posten ist schon vergeben.«

Und dann kam ein sommersprossiger blonder Turner, der erst kürzlich einem staatlichen College entflohen war, aus Lickys Kabine gewandert und fing an, neben dem Handtrockner seine Pliés zu machen.

»Ist der nicht himmlisch?« flüsterte Licky. »Der würde

für mich sein Leben lassen. Er denkt, ich bin der Chef vom City Ballet, könnt ihr euch das vorstellen? Wo hat er das bloß her?«

»Schatz«, meinte Venice. »Du findest was. Das weiß ich. Beiß mir mal in die Zunge.«

»Guy«, sagte Caronia. »Du kommst zu ›Glaze‹! Einfach zum Knuddeln!«

»Mann, ›Glaze‹!« wiederholte Guy verwundert. »Müßte ich dann immer da hin, ich meine jeden Tag?«

»Ach nein«, erwiderte Caronia, »nur so zwei Nachmittage, eher so zur Dekoration.«

»Müßte ich, ich meine, einen Schlips tragen?« erkundigte sich Guy.

»Nie im Leben«, antwortete Caronia. »Wir sind doch für Innovation, ganz besonders bei Accessoires. Vielleicht eine Stola!«

»Müßte ich auch immer sitzen?« fragte Guy.

Da wurde Guy und Caronia klar, wie freundlich und doch vergeblich ihr Angebot war, und die Diskussion wurde abgebrochen. Leider hatte das Gebäude, in dem die Büros der Zeitschrift sich befanden, nämlich Treppen.

»Leute, mir geht's gut, ehrlich«, wiederholte Guy, dem es peinlich war, wieviel Sorgen er seiner nächsten Umgebung verursacht hatte. »Gehn wir tanzen.« Er hielt inne und fragte dann, nur der Information halber: »Äh, hat irgend jemand von euch zufällig einen Strick?«

»Ach, ist der tapfer«, murmelte Caronia Venice zu, als sie alle ihre Abendtäschchen nach Stricken durchkramten, aber nur Creme-Lidschatten fanden und sich statt dessen die Augen schminkten.

»Bin ich traurick fier diech«, Ratallia kletterte wieder aus ihrem Bidet heraus. »Abärr hast du Ratallia gemackt naaaaaß.«

»Wie im besten altenglischen Drama«, meinte Licky. »Wahnsinn, Rache, entstellende Armut, verzweifelte Dynastien, die knietief in Syphilisbakterien waten, die gefallene Unschuld – hast du meinen Scheck?«

Guy reichte ihm die Spende seiner Mutter, Licky küßte ihn auf beide Wangen, als wäre es das letzte Mal. »Schätzchen, was du auch immer entscheidest, denk dran, ich hätte gern dieses Coca-Cola-Trumm aus dem Loft und den Hund.« Licky warf sich ein leicht dahinschwebendes beiges Chiffonteil über die Schulter und entschwand.

Der Turner wiederholte Lickys Küsse, laut schluchzend.

»Gott steh dir bei«, sagte er und setzte Licky in großen Sprüngen nach.

»Mann, bin ich ein Idiot«, sagte Guy und betrachtete sich im Spiegel, drückte, um den dramatischen Effekt noch zu verstärken, den Knopf auf dem Flüssigseifenspender.

»Schatz«, tröstete Venice, »ich reich die Scheidung ein.«

»Was?« Guy war entsetzt.

»War'n Scherz«, meinte Venice und knabberte an seinem Ohr.

6

Personalabteilung

Alle drifteten nun auf die Tanzfläche zu. Aber Guy wollte allein sein. Er schleppte sich die Treppe hinauf zum Laufsteg, zu dem eisernen Bogen, auf dem er am Vorabend Venice entdeckt hatte. Er bewegte sich ruhig und undramatisch bis zur Mitte der Brücke, gemessenen Schrittes, beinahe im Marschrhythmus. Selbst sah er sich als Pirat, der mit verbundenen Augen über die Schiffsplanke ins Wasser getrieben wird, aber insgesamt wirkte er eher wie jemand, der einen Raum für die Teppichbodenmaße abschreitet. Er vollführte eine flotte militärische Drehung und blickte auf den Raum hinunter. Er beschloß, daß er sich wohl wirklich die Augen verbinden müßte, damit es auch alle kapierten. Seine Schultern begannen zu schmerzen. Er setzte sich hin und ließ die Beine über den Tanzenden baumeln. Ab und zu quittierte er das besorgte Gesicht eines Freundes oder ein Daumen-nach-oben-Signal mit einem tapferen kleinen Winken, das war alles.

Geld, dachte Guy. Wenn du welches hast, denkst du nie drüber nach. Aber wenn es alle ist, hast du nichts anderes mehr im Kopf.

Als sich Guy umdrehte und auf den Bauch legte, fing es zu regnen an. Es war zwar nur ein leichter Nieselregen, aber doch einer der wenigen eher ärgerlichen Spezialeffekte im Club, ein Nieseln aus einer Sprinkleranlage, ohne jegliche Rücksicht auf Leute in Seidengeorgette. Die Garderobenmädchen rüttelten Alubleche, die gedämpftes Donnern abschallten, Strobe-Blitze zuckten von der Galerie herab. Flache gemalte Wolken wurden langsam an Drähten über die Kinoleinwand gezerrt. Die Wolken hatten aufgebauschte kleine Gesichter und mickrige Cartoon-Ärmchen, die aufgespannte Regenschirme hochhielten. Bald darauf wurde der Club feucht und neblig, als hätte man wirklich eine nasse Wolldecke über die Räumlichkeiten gebreitet.

Zum vierten Mal in seinem Leben zog Guy Selbstmord in Betracht. Die anderen Anlässe waren eher nichtig gewesen – ein schlechter Haarschnitt, ein völlig ranzig-krümelig gewordener Schokoriegel, eine verlorene Telefonnummer – eben die üblichen Gründe für Selbstverstümmelung. Bis heute Abend hatte immer die Schmerzfrage Guys Versuche in Sachen Freitod unterbunden. Alle wirklich spektakulären Todesformen klangen auch furchtbar schmerzhaft, und Guy war ein Mensch, den der Zahnarzt unter Vollnarkose setzen mußte, sogar zum Röntgen. Er mochte Schmerz einfach nicht, Schmerz bekam ihm nicht, und das war ihm peinlich. Die Leute sagten immer, daß Schmerz ganz toll wäre, fast so toll wie Reggae. Pistolen und Messer – und Guy hatte gehört, daß sogar Tabletten weh tun, weil man mit Magenschmerzen stirbt.

Aber wie wäre es, wenn ich in den Tod stürzte, dachte er und stellte sich vor, wie er sich im freien Fall wie eine Lumpenpuppe durch den Wolkenbruch drehen würde. Nein, entschied er, ich könnte ja auf jemanden drauffallen, auf einen der Tanzenden, und ihn verletzen oder ihm doch zumindest den Abend gründlich vermiesen. Guy tröstete sich, indem er sich seine eigene Beerdigung vorstellte. Alle würden sie traurig sein, und sie würden wunderbare Sachen über ihn sagen und schluchzen, was es doch für ein Verlust wäre. Er fühlte sich mitten in die Feier versetzt, fand sich unter den Trauergästen wieder. Er fing an zu schniefen, gerührt von der liebenden Hingabe seiner Familie und seiner Freunde. Venice erstrahlte schlicht und schön in schwarzen Stierkämpferhosen aus Spitze; ich habe die schönste Witwe der Welt geheiratet, dachte Guy mit feuchten Augen. Und schau, da war Licky mit dem Hund. Ratallia Parv weinte über dem offenen Sarg, ganz besonders nachdem ihr Venice den Deckel auf die Finger geknallt hatte, und da war Lucy Membrane als Sargträgerin, hob sich den Sarg auf eine ihrer kräftigen Schultern. Caronia deklamierte am offenen Grab eine herzzerreißende Trauerrede. Guy konnte nicht ganz deutlich verstehen, was sie sagte, er hörte nur Fetzen wie »Tod! Hassenswert!« und »Schwarz! Ebenholz! Onyx! Ah, cortège!«

Und da, gleich neben der Bahre standen seine Eltern, während der Sarg langsam in die Grube herabgelassen wurde. Jetzt weinte Guy ganz unverhohlen, als er ihre untröstlichen, verwüsteten Gesichter erblickte. Sein Vater hatte die Arme um die Mutter gelegt. Mrs. Huber blickte zum Himmel und stöhnte auf: »Hätten wir doch damals nicht ...«

»Guy!« schrillte Licky, während er die Treppe zum Laufsteg hinaufkraxelte. »Gute Nachrichten! Wirklich zu toll!«

»Ich weiß«, meinte Guy, der noch mitten im Begräbnis steckte, und hob sein Gesicht dem Wolkenbruch entgegen. »Mann, was für eine wunderschöne Trauerfeier.«

»Der Türmann, weißt du, der Neue« – Licky kniete sich atemlos neben seinen Freund –, »der ist tot!«

»Was?« Guy wurde aus seiner Halluzination aufgerüttelt. »Der Türmann? Tot? Du meinst, der ist für dich so gut wie tot?«

»Nein«, antwortete Licky verächtlich. »So schlimm nun wieder auch nicht. Den haben sie ermordet.«

»Was?«

»Diese Voll-Schleimer aus Minneapolis, die haben ihn erschossen. Purer Woolworth-Safarilook. Zu göttlich, aber sie hatten richtige echte Gewehre, kannst du dir so was vorstellen? Die haben sie nicht reingelassen, und dann hat die Frau gekreischt ›In Knotts Berry Farm wär das nicht möglich!‹ und dann Wamm, volle Pulle. Ist das nicht ätzend? Ich meine, mit diesem Outfit, da dächte man doch höchstens, daß sie irgendwie Gartenschläuche oder Stablampen oder so was dabeihaben, meinst du nicht?«

»Mann«, erwiderte Guy, »ja, denk ich schon.«

»Schätzchen«, schrie Venice von unten; sie schützte ihren Kopf mit einer alten Nummer von »Glaze« gegen den Regen. »Einfach ober-perfekt!«

»Was?«

»Darling«, Licky rollte die Augen angesichts von Guys Begriffsstutzigkeit gen Himmel. »Du kannst jetzt der neue Türmann werden. Arbeit für dich!«

»Der neue Türmann? Meint ihr?«

»Mach's«, kommandierte Venice, während der Regen langsam nachließ und die Nebel aufwallten.

»Komm schon«, Licky zerrte Guy in Richtung Treppe. Während sie hinunterkletterten, verschwanden die gemalten Regenwolken ruckend von der Leinwand. Die Sprinkleranlage wurde abgestellt, und wärmere Strahler, bernsteinfarbene Filter, leuchteten auf. Eine haushohe gelbe Sonne fiel vom Schnürboden herab auf die Leinwand. Sie hatte ein breites Lächeln voller Zähne und klimperte mit dicken Zellophanwimpern (die von zwei Bühnenarbeitern von hinten mit der Hand betrieben wurden). Die Tanzenden blickten nach oben, Hunderte von Badeanzügen wurden aus Zylindern in der Wand auf den Tanzboden geschleudert.

»Das gefällt dir bestimmt«, meinte Licky, als sie unten angekommen waren. »Wir gehen mal zu den Ganoven.«

»Den Ganoven?« Guy war immer noch verwirrt, aber schon erheblich aufgeheitert.

»Schätzchen!« erklärte Venice. »Zu den Besitzern.«

Licky führte Guy und Venice in einen Raum hinter der Tanzfläche und nahm sie mit hinter die Filmleinwand. In einem engen Durchgang fand Licky eine unauffällige Eisentür. Dahinter lag eine halbverfallene Treppe. Licky schob die Hubers vor sich her.

»Gehört der Club wirklich der Mafia?« fragte Guy.

»Klar«, antwortete Licky. »Der Mafia gehört alles, na ja zumindest alles, was Gewinn bringt. Diese Mafiatypen sind einfach himmlisch, irre viele Goldkettchen und schmierig aufgeknöpfte Hemden und Wahnsinnswolle auf der Brust, da drehst du voll ab. Die schaufeln das Geld einfach in Plastik-Müllsäcke und bringen es nach Hause zu Mama in Queens. Eigentlich total rührend, außer natürlich, wenn sie Leute an Fleischhaken aufhängen oder ihnen die Kniescheiben zertrümmern oder so.«

»Moment mal, zertrümmern die mir auch die Kniescheiben?« Guy zögerte ein bißchen.

»Schätzchen, natürlich nicht«, antwortete Licky. »Die werden dich lieben, jetzt beeil dich, wir fragen einfach nach der Personalabteilung.«

Die Treppe wand sich in vielen Verschlingungen, durchdrang ein Gestrüpp von Röhren, Zählern und Generatoren, mit deren Hilfe der Extasy Club beleuchtet, bewässert und belüftet wurde. Entlang des Weges tauchten Stücke aus den vergangenen Leben des Gebäudes auf: ein vergilbtes, zerfetztes Plakat für ein Epos von De Mille; die Straußenfeder eines Tanzmädchens, die sich in einem Geländer verfangen hatte; das Autogrammfoto einer längst vergessenen Fernseh-Berühmtheit. Schließlich tauchte eine Holztür mit blätterigem Anstrich auf.

»Da wären wir«, sagte Licky.

Venice warf ihr Haar nach hinten, rückte mit schneller Bewegung ihren Busen zurecht. »Ich bin bereit«, meinte sie, »ob die auch bereit sind?«

»Ist das alles aufregend.« Guy brannte darauf, endlich echte Kriminelle kennenzulernen.

Licky klopfte an, und eine deutlich großstädtisch gefärbte weibliche Stimme rief: »Hoi. Kommse rein.«

Das Trio betrat einen aus Briesblöcken gemauerten Lagerraum. An den Wänden reichten Pappkartons mit Mineralwasser und Säften bis fast zur Decke. Zum Mobiliar gehörten weiterhin ein Kartentisch und ein tragbares Sony-Fernsehgerät mit kleiner Bildröhre und ein hölzerner Schreibtischstuhl mit Rollen und einem Kissen auf der Sitzfläche. Man hatte aus einer Gruppe von Pappkartons eine Art Thron gebaut, und darüber saß eine Frau drapiert. Sie trug einen mikroskopisch kleinen Häkelbikini und hochhackige Silberlamé-Sandalen. Ihre Haut war tief orange, auf Finger- und Zehennägeln prangten kleine Streifchen. Ihr Haar strahlte in blendendem Platin und war himmelhoch toupiert und verdächtig reglos. So eine Frau hatte Guy noch nie gesehen. Ob sie eine Meerjungfrau war, fragte er sich, oberhalb des Kellergeschosses gar nicht lebensfähig?

»Hoi«, wiederholte die Frau und ließ eine Sandale von ihrem Zeh baumeln. »Wie geht's denn so?«

»Voll gut,« erwiderte Licky. »Schätzchen, erst einmal, Sie sehen fabelhaft aus, muß ich Ihnen sagen. Und dann, sind die Besitzer hier?«

»Nä. Mußten wohin. Irgend'n Chinese oder so was. Ich bin Jakkie. Mit zwei K, seht ihr?« Sie zeigte auf ein höchst verschnörkeltes Namenskettchen, das sie um den Hals trug und auf dem ihr Name in Diamantsplittern buchstabiert stand. »Ich bin hier der Boß, im Moment jedenfalls.«

»Ah«, meinte Licky, »dann sind Sie genau die Dame, die wir brauchen, Jakkie, mon image, sie haben den neuen Türmann erschossen.«

»Was, erschossen? Großer Gott, und die Besitzer sin nich mal hier. Wer hat'n den erschossen, möchtich wissen?«

»Och, irgendwer, Darling. Irgend so 'n Attentäter. Wichtig ist jetzt nur, ihr braucht nen neuen. Und ich habe hier genau den Richtigen, die Antwort. Mister Alles. Jakkie«, verkündete Licky, »dies ist Guy.«

»Hoi, Goi«, kicherte Jakkie und wollte sich über den witzigen Gruß schieflachen.

»Hi, Jakkie«, antwortete Guy und streckte die Hand aus. »Wie geht's?«

»Foin«, erwiderte Jakkie und ignorierte Guys Hand, weil ihr Nagellack noch feucht war.

»Das hier ist Venice, meine Frau«, stellte Guy voller Stolz vor.

»Darling.« Venice starrte wie hypnotisiert auf Jakkies Haar.

»Hoi«, sagte Jakkie. »Was kuckste denn?«

»Oh«, meinte Venice, »Ihr Haar. Ganz was Besonderes. Wo kaufen Sie das?«

»Ähm«, antwortete Jakkie, »hab ich im – äh – Wig-Wam in der 14th Street gekauft, is echt, also, haltbar. Heißt ›Polar-Rhapsodie‹, un könnse auch in, äh, Pink ham, mit so Zopfdingern.«

»Echt.« Venice war erschüttert.

»Jetzt also, Jakkie«, unterbrach Licky, der die Angelegenheit so schnell wie möglich regeln wollte. »Sie müssen uns helfen. Es ist eine amerikanische Tragödie. Guy ist von seiner Familie vor die Tür gesetzt worden, sie haben sich von ihm abgewandt, sie haben ihn aus dem Schoß der Familie verstoßen, und wir hassen die Scheißkerle aus tiefster Seele, n'est-ce pas?«

»Echt?« fragte Guy leicht verwundert.

»Echt«, bestätigte Venice, um Lickys Redefluß zu unterstützen.

»Guy kann eigentlich gar nichts«, fuhr Licky fort. »Hat keine Berufserfahrung, nur ein Loft, einen Treuhandfonds und ein Diplom von einem vornehmen College. Absolut nutzlos, der Typ.«

»Ganz schön peinlich«, meinte Venice vertraulich.

»Stimmt«, bestätigte Guy.

»Also, Guy will keine Almosen«, warnte Licky.

»Doch!« Guy schrie es beinahe.

»Er ist ein stolzer Typ«, erklärte Licky und blitzte Guy an. »Er will nur eine Chance zum Arbeiten, will ein bißchen helfen, irgendeinen menschlichen Wert auf diesem gottlosen Planeten haben.«

Licky packte Guys Kinn, hielt sein Gesicht ins Licht.

»Aua«, schrie der, denn Licky hatte schrecklich fest zugepackt.

»Sehen Sie ihn sich nur an«, bat Licky. »Sehen Sie sich diese gutgenährte, guterzogene glänzende kleine Visage an, diesen auf Wölkchen schwebenden kleinen Spinner, dieses Zierkissen auf Beinen. Können wir den einfach wieder wegschicken? Können wir dem sagen: ›Darling, tut mir leid, der Posten ist schon vergeben?‹ Können wir dem sagen: ›Nein, du hast gar nichts beizutragen, nichts außer ein paar flotten Tanzschritten und deinem tollen Haar?‹ Können wir das, Jakkie? Können wir diesen trübseligen kleinen Teddybär zurück in die Spielzeugkiste schmeißen und den Deckel zunageln?«

»Super!« sagte Venice.

»Ist das traurig«, sagte Guy mit tränenfeuchten Augen.

Jakkie war leichte Beute für Rührgeschichten. Jeden Monat zweigte sie vom Mafia-Schutzgeld ein paar Dollar ab und schickte sie an ein Waisenkind mit riesigen Augen in Nicaragua. Licky hatte so was vermutet und zog Guys Augenlider so weit wie möglich auseinander. Guy legte traurig den Kopf auf die Seite.

»Übertreib's nicht«, warnte Venice.

»Mann-o-mann«, meinte Jakkie. Erst gestern hatte sie dem Frauenhaus ein paar von ihren Baby-Doll-Nachthemden gespendet. Wie die Leute sagten, sie war einfach zu gut für diese Welt.

»Okay«, meinte Jakkie. Hab keine andre Wahl, dachte sie für sich, der arme kleine Kerl. Und seine Frau ist ziemlich niedlich, auch wenn sie keine Ahnung von Make-up hat.

»Kannst der neue Türmann sein«, sagte sie zu Guy. »Geht in Ordnung von mir aus.«

»Danke!« rief Guy. »Jakkie, Sie sind einfach fantastisch.«

»Darling«, sagte Venice, »quel Heilige!«

»Bitte, nehmen Sie eine Fanta«, lud Licky sie ein und pellte eine Dose aus der Plastikverpackung. »Wir bestehen darauf.«

»Danke«, erwiderte eine völlig verzauberte Jakkie und rollte sich die kühle Dose über die Stirn.

»Mann, das ist so toll«, stellte Guy fest. »Und wann soll ich anfangen? Also, als Türmann, meine ich.«

»Äh, morgen Abend«, beschloß Jakkie. »Laß einfach kein' rein, der nich okay is. Klar?«

»Ich tu, was ich kann«, meinte Guy feierlich und legte dabei die Hand aufs Herz.

»Na ja, mußte aufpassen hier. Ziemlich irr da oben.«

»Ein geheiligtes Vertrauen«, erklärte Licky, »ein Priesteramt, eine Adelskrone und mehr. Und jetzt müssen wir wirklich weg. Jakkie, Sie sind ein Heiligtum, eine Erlöserin und ein höllische kleine Männerfalle. Sagen Sie dem Besitzer, daß wir Ihnen zu den juwelengeschmückten Füßen liegen, er soll Ihnen mehr Verantwortung übertragen, mindestens Ihr eigenes Casino. Oder Ihren eigenen Callgirl-Ring. Ihren eigenen Senator!«

»Sag ich ihm!« Jakkie war beflügelt. »Hab schon verdammt hart gearbeitet.«

»Küsse für alle Ewigkeit!« meinte Licky, als er durch die Tür entschwand.

»Wir reden mal«, versprach Venice.

»Tschüs«, meinte Guy. »Und noch mal danke.«

»Mmmmmm«, meinte Venice und küßte Guy, sobald sie im Gang standen. »Mein Brötchenverdiener.«

»Deine Eltern werden so stolz auf dich sein«, sagte Licky. »Die werden platzen vor Stolz!«

»Das ist so eine tolle Idee«, wunderte sich Guy. »Da brauch ich gar nicht früh aufzustehen!«

Jetzt war sein Trübsinn vollends verflogen. Er schämte sich, daß er so traurig herumgehangen hatte. Guys angeborene gute Laune, seine ungeheuere Sucht nach Lebensfreude, waren vollständig wiederhergestellt.

In der Zwischenzeit hatte sich die Kunde von Guys neuem Posten als Türmann wie ein Lauffeuer im Club ausgebreitet, und von ferne vernahm man Hurrageschrei.

»Fabelhaft«, meinte Venice, die das Freudengeheul hörte.

»Oh, Leute«, grinste Guy, sein Gesicht von Venices Lippenstift in Flammen gesetzt. »Ist doch nur ein Job.«

7

Haare

Alle wachten am nächsten Tag so froh und zufrieden wie nur möglich auf, bloß weil sie wußten, daß Guy heute Abend an der Tür stehen würde. Die Telexe ratterten. Die Leute vergaßen die Geiselnahme in Sri Lanka. Jakkie erzählte den Club-Besitzern, daß sie Guy eingestellt hatte, und die waren auch mehr als zufrieden damit. Sie kauften ihr als Bonus sogar ein Kätzchen. Jakkie war begeistert und nannte das Tierchen Jakkie II. Ratallia Parv kühlte den blauen Fleck an ihrem Oberschenkel mit Eis. Diesä Väniss, dachte sie, sie war so bösä zu Ratallia. Was hattä Ratallia ihr gätan? Was fier einä Wält!

Caronia Desti beschlagnahmte eine seitenbreite Schlagzeile in ihrer Zeitschrift, in der sie Guy und Venice als eines der Zehn Stadtbekanntesten Paare vorstellte (die Contessa Larini hatte sich eigens wiederverheiraten müssen, um es auf diese Liste zu schaffen). Die Sonne schien, der Planet tanzte Watussi, die Natur jubilierte. Licky, Venice und Guy hätten so gerne ihre Gefühle miteinander besprochen, nur waren sie viele Straßenzüge, wenn nicht gar Stadtteile voneinander entfernt aufgewacht.

Venice öffnete ihr linkes Auge gegen ein Uhr, als das Bett leicht unter ihr zu schwanken begann. Sie öffnete verwirrt auch das rechte Auge, von echtem Forschergeist erfüllt.

»Guy?« murmelte sie und fragte sich, warum sich das Loft plötzlich ein Bullauge zugelegt hatte. War das wieder eine von Lickys Ideen gewesen?

Venice war jetzt ganz wach und blickte sich um. Sie sah luxuriöse französische Möbel, Familienbildnisse in Öl und noch mehr Bullaugen. Ich bin auf einer Yacht, wurde ihr klar, aber wessen Yacht? Wie bin ich hier hergekommen? Nachdenken, ermahnte sie sich, wo bin ich gewesen? Sie und Guy hatten eine rauschende Nacht hinter sich, hatten seinen neuen Job gefeiert. Sie hatten die Stadt der Reihe nach abgehakt, kreuz und quer, hoch und runter, sie waren auf allen Sides gewesen, der East Side, der West Side, in den Villages, East und West, in Tribeca und SoHo und NoHo und in dem perversen kleinen Uferabschnitt, den Licky HiHi getauft hatte. Aber wo hatte das alles hingeführt? Wie waren die Frischvermählten getrennt worden? Waren sie etwa bereits gesetzlich von Tisch und Bett getrennt? Manchmal brauchte es für die Zerrüttung einer Ehe nicht viel mehr als einen kleinen Streit darüber, wer müde war und wer mal das neue Restaurant ausprobieren wollte. Aber Venice konnte sich an keinen Streit erinnern, nur an eine endlose Kette von Taxis und Autos, vielleicht irgendeine Kutsche, eine kleine Pause für ein Gelato, und dann hatten sie ein Flasche ausgetrunken, damit nichts umkam.

Ich sollte wirklich Brotkrumen streuen, beschloß sie für die Zukunft, damit ich mein Leben finden kann.

Sie zerrte das Laken um ihren Körper, setzte sich im Bett auf. Sie sah sich in diesem Staatsgemach um, sie schien allein zu sein.

»Darling«, rief sie, das war immer ein guter Anfang für eine Konversation. Venice konnte sich nicht erinnern, wann sie das Wort Darling zum ersten Mal benutzt hatte; vielleicht war es ihr erstes Wort gewesen, möglicherweise hatte sie ein Quietschtier oder ihren Kinderarzt so genannt. Venice war gern auf du und du mit der Welt. Sie stellte sich oft vor, wie sie mit den Sowjets verhandeln und die Sitzung mit »Juri, Darling« eröffnen würde. »Darling« entwaffnet. Die Leute haben dann den dunklen Verdacht, daß man ihre Geheimnisse kennt … und billigt. Venice hatte nur ein einziges Mal ernsthaft an ihrer geistigen Gesundheit gezweifelt, als sie einen Baum mit »Darling« angeredet hatte; sie hatte nicht auf ihre Füße geachtet und war volle Pulle gegen eine Eiche geknallt. »Aber Darling«, hatte sie den Baum ermahnt.

Es klopfte an der Tür des Staatsgemaches.

»Darling?« antwortete Venice.

Die Tür öffnete sich und ein uniformierter Fähnrich zur See kam herein.

»Darling«, meinte Venice.

»Guten Tag, Madam«, sagte der Fähnrich. »Mr. Carlingcurl hat mich gebeten, ihn zu entschuldigen, er wurde zu einer unaufschiebbaren Besprechung abberufen.«

»Mr. Carlingcurl?« wiederholte Venice. Der Name kam ihr völlig unbekannt vor.

»Dies ist die Yacht von Mr. Carlingcurl«, informierte sie der Fähnrich. »Er mußte ins Werk in Montana fliegen. Er hat mich gebeten, Ihnen dieses Zeichen seiner Zuneigung zu überreichen.«

Er präsentierte Venice ein ledernes Etui mit Filigranprägung. Venice öffnete das Kästchen. Es lagen Brillantohrringe darin, perfekte Solitäre.

»Sieh an«, meinte sie und bewunderte die Ohrringe. »Frühstück.«

»Sehr schön, gnädige Frau«, kommentierte der Fähnrich.

»Finden Sie?« fragte Venice und hielt einen der Ohrringe das Licht. Sie überlegte einen Augenblick und befestigte ihn dann am Ohr.

»Taxigeld«, informierte sie den Fähnrich. »Von der Verfassung garantiert.«

Dann dachte sie noch einen Augenblick nach, und ihr wurde klar, wie wunderbar der andere Ohrring an Guys Ohr aussehen würde.

»Für meinen Mann«, erklärte sie dem Fähnrich und steckte den Ohrring in die Handtasche.

»Sehr wohl, gnädige Frau«, meinte der Fähnrich. »Mr. Carlingcurl hat Ihnen das Schiff zur freien Verfügung überlassen. Würden Sie gern an Land gehen?«

»Ich denke schon«, antwortete Venice und räkelte sich wollüstig. Sie sah sich im Staatsgemach um.

»Männer«, sie schüttelte den Kopf. »Was kann man da machen?«

»Sie sagen es«, meinte der Fähnrich und verschwand.

Und bald war Venice an Bord einer Barkasse und steuerte auf das Festland zu. Der Fähnrich stand am Steuerrad. Venice saß hinten im Bug und ließ sich den Wind ins Gesicht wehen.

»Ich glaube nicht, daß ich mit Mr. Carlingcurl geschlafen habe, was meinen Sie, Schätzchen?« fragte Venice. »Ich bin doch eine verheiratete Frau.«

»Das kann ich nicht sagen, Madam.«

»Ich glaube, ich war auf einer Party auf der Yacht und bin unter den Mänteln auf dem Bett eingeschlafen.«

»Sehr wohl, Madam.«

»Nein«, Venice überlegte weiter. »Es kam kein Taxi. Das war's. Da habe ich einfach eine Yacht angehalten, die gerade vorbeikam.«

»Die Erklärung gefällt mir«, lobte der Fähnrich und umfuhr eine Grundwelle.

»Das hat nichts mit Sex zu tun, das ist einfach … einfach …«

»Transport«, schlug der Fähnrich vor.

»Darling«, dankte ihm Venice.

»Wo soll ich anlegen?« fragte der Fähnrich, als sich die Barkasse dem Ufer näherte.

»Wo?« fragte Venice zurück. »Na, lassen Sie mich überlegen. Ich muß was für meinen Mann tun. Heute ist für ihn ein großer Tag. Was machen Frauen, wenn ihre Männer zur Arbeit gehen?«

»Einen Kuchen backen?« schlug der Fähnrich vor.

»Einen Kuchen kaufen?« konterte Venice.

»Einen Kuchen klauen?« parierte der Fähnrich.

»Nein«, beschloß Venice. »Das ist alles nichts. Ich weiß. Mein Haar. Das mach ich für Guy – mein Haar.«

Das Taxi setzte Venice mitten im Hennastrudel des Haar-Bezirks ab. In Manhattan sind ganze Straßenzüge für Schnittblumen reserviert und für die Bekleidungsindustrie, aber der Haar-Bezirk, eine konzentrierte Ansammlung von Stylisten, Coloristen und Laboratorien, ist völlig außer Rand und Band. Haar ist ein zentrales Thema im Leben einer Stadt. Haar ist das Barometer der Seele. Jeder Kopf produziert eine gewisse Menge Haar, und das verlangt Pflege, Aufhebens, endloses Getue und ständige Entscheidungen. Der Mensch ist das einzige Tier, das einen Kamm besitzt.

Als Person von gehobenem Bewußtsein bewegte sich Venice auf das Gebäude von Greer Schlesinger zu. Greer war der frischeste aller Lockendreher, ein süßer junger Analphabet, der völlig ohne eine Muttersprache auszukommen schien. Haar war alles, was er kannte, und alles, was ihn interessierte. In stumpfen Schnitten und Strähnchen fand Greer das, was andere in Sonaten und Freskos entdeckten. Er war mehr als nur ein bloßer Techniker; eigentlich auch mehr als ein Künstler. Greer war ein Haar-Heiliger.

Greer's Hair Studio nahm ein halbes Stockwerk in einem neu zum Leben erweckten rotbraunen Sandsteinhaus ein. Eine schreiend diskrete kleine Messingplakette an der Eingangstür kündete von der Existenz des Studios: »Greer Schlesinger, I.F.L, O.V.P.« stand für seine Mitgliedschaft in der Internationalen Frisur-Liga und für seine jüngste Auszeichnung, den »Orden Vom Pony« (er trug die Gekreuzten Locken am Schulterband allerdings nur zu höchst förmlichen Anlässen).

Venice betrat das Studio und hatte wie immer das Gefühl, in jemandes Trance einzudringen. Das Ambiente war auf Isolation und Stille angelegt, in Lavendel und Graubeige. Es gab keine Ecken, keine direkten Lichtquellen. Die Musik war ein trübes elektronisches Blöken, das Geräusch eines EKGs, eines Monitors für Herzpatienten. Die Kunden wurden gebeten, ihre Schuhe abzulegen. Venice zog sich in eine Umkleidekabine zurück und schlüpfte in einen lavendelfarbenen Kittel. Ein unendlicher Ernst hing über dem Studio, etwas Frommes und Gedämpftes und Unausgesprochenes. Venice verstand diese Atmosphäre und respektierte sie.

Ein dienstbarer Geist spülte ihr Haar in einem niedrigen Becken aus, und dann wurde sie zu einem Plexiglas-Hocker geleitet, wo Greer sich um sie kümmern würde. Venice war völlig entspannt. Sie machte weite Kreise mit dem Kopf, entkrampfte ihren Nacken. Sie starrte in das Rund des Spiegels an der Wand, sah ihr Haar in feuchten Strähnen herunterhängen, nasser Ton, der den Modelleur lockt.

»Hi«, hauchte Greer, der aus den Nebeln auftauchte. Er war ein knochenloser, milchig-blasser Kerl, jungfräulich weiß in seinem Mohair-Overall. Manchmal hatte Venice den Verdacht, daß Greer eigentlich gar nicht richtig existierte, daß größere Teile seiner Anatomie lediglich Hologramme waren, Projektionen von Ecken und Schatten.

»Darling«, grüßte Venice. »Ich kann's kaum erwarten.«

»Mmmmmmm«, meinte Greer, der Venice schon weit entrückt war, auf astrale Eingebungen wartete, während er an seinen Perlen fingerte. Greer verließ das Studio nie. Er überlebte dank Mikrobiotik und dank Akupunktur für seine überstrapazierten Handgelenke, und er überwinterte auf einer dünnen Baumwollmatte. Ein dankbarer Kunde hatte einmal als Geburtstagsgeschenk auf die Matte das Glaubensbekenntnis eines jeden Frisörs gestickt: »Ich will nur Waschen und Legen«.

Venice sprach während ihres Haarschnittes kein Wort. Plaudereien wären ihr frivol erschienen, als würde man während einer vierfachen Bypass-Operation mit dem Chirurgen Fangen spielen. Wie alle großen Stadt-Schönen verstand Venice, was Wartung bedeutete, die tägliche Knochenarbeit, die notwendig war, damit man bestaunenswert blieb. Venice weigerte sich standhaft, alle ihre täglichen Sorgen nur auf ihr Gesicht zu konzentrieren, aber sie war auch keine Närrin.

Venices Make-up-Set war nicht das geblümelte Satin-Reißverschlußtäschchen der Amateuerin, sondern die stählerne Werkzeugkiste der Professionellen. Venice mixte und mischte, schattierte mit der feinen Künstlerhand eines Tintoretto. Sie hatte eine volle Palette auf Lager: portweingoldener Sand, himmelblaue Morgendämmerung und sienabraune Reue. Sie sammelte Schwämmchen, Tupfer und Quasten. Sie hortete Schlamm-Masken und Embryo-Collagen-Peelings und Aloenöle. Sie besaß Hyper-Wimpern und Zwölf-Stunden-Toner und T-Zonen-Aufbau-Schaum. Ihre volle Ladung wog über zwanzig Pfund, und doch sah sie nie aus, als würde sie Make-up tragen.

Wenn ein Pickel heranknospte, versank sie in einen Requiem-Zustand, erging sich in moralischen Betrachtungen über den Grund dieses Makels. Wurde sie für irgendwas verurteilt? War ein Vergehen ungesühnt geblieben? Konnte irgend jemand eine Person lieben, die einen Pickel hatte, oder wäre sie ab jetzt in der Liebe auf Mitleid angewiesen?

Haar ist jedoch die extremste aller Prüfungen. Ein schlechter Haarschnitt kann eine Frau wochenlang entstellen, kann sie zwingen, zu Hause zu hocken und zu beten, daß alle annehmen, sie hätte nur Hepatitis und nicht etwa eine falsche Tolle. Haarschock, das wußte Venice, der 48-Stunden-Zeitraum selbst nach dem geringfügigsten Haarschnitt, war für fünfzig Prozent aller scheußlichen Hüte verantwortlich. Ein Mensch mit einem neuen Haarschnitt ist nackt und bloß, orientierungslos, völlig allein gelassen – bin ich Greta Garbo oder Harpo Marx? Venus oder Pluto? Schöpfung … oder Opfer?

»Denk nur an dieses Mädchen, eins von Tanzos Models«, warnte Licky oft. »Greer hat sie frisiert, sie ging weg, und drei Tage später fand man sie in der Innenstadt, sie irrte umher, mit einer einzigen Socke. Zwei Wochen lang konnte sie nur sagen ›Aber ich will keinen Zottelschnitt.‹ Und jetzt lebt sie wieder bei ihren Eltern.«

Venice hatte während des Haarschnitts fast die ganze Zeit die Augen geschlossen, sie konzentrierte sich auf Gedanken an Guy und andere angenehme Ablenkungen. Jetzt bemerkte sie Greers zufriedenes Winseln, nachdem das einschläfernde Pfeifen des Haartrockners verstummt war. Sie öffnete die Augen. Andere Kunden begannen um sie herumzuschleichen, in jedem Behandlungsstadium vom mit Gel angepappten Löckchen über Kappen aus Alufolie für Strähnchen bis hin zur heißen Ölpackung für die Farbfixierung. Harpyien, Schicksalsgöttinnen, Geier, alles war vertreten.

»Schau dir das an.«

»Na ja, mal was anderes.«

»Waghalsiger Versuch.«

»Beunruhigend.«

»Ich sehe da einen Einfluß von DiRicardi, aber es hat auch was Unmittelbares, wie soll ich sagen, ein völlig neues Gefühl für Länge.«

»Ich … ich … ich, tut mir leid, hat irgend jemand ein Taschentuch für mich. Greer …, Greer, das ist einfach zu …, Greer, seit mein Sohn gestorben ist, habe ich nicht mehr weinen können. Danke, danke, danke.«

»Seiner Zeit weit voraus.«

»Interessant.«

»Könnte mein Vierjähriger auch.«

»Wir werden Haar ab heute in einem völlig anderen Licht sehen. Ab heute wird es einfach niemand mehr wagen, noch zu toupieren.«

»Keine Lösung.«

»Status, aber mit Humor.«

»Man sollte nie Freiheit und Freizügigkeit verwechseln.«

»Obszön. Wie Spucken auf der Straße.«

»Die ›Belle Epoque‹ … der Pagenschnitt … die toupierte Hochfrisur … der Schlesinger.«

»Ich will genau die gleiche, nur hinten fünf Zentimeter länger. Ich hab so einen Hühnerhals, ich hasse meinen Hals, ich könnte meinen Hals umbringen.«

»Ein Meisterwerk.«

»Eine Lüge.«

»Die Zukunft.«

»Fabelhaft« erklärte Venice, vollkommen zufrieden. »Maximal. Purer Sex.«

Sie sammelte ihren Pelz wieder ein und verließ das Studio. Sie warf ihren Kopf nach hinten, sprang auf und ab, schüttelte die geballte Aufmerksamkeit des Nachmittags ab. Venice pflegte sich gern, aber eine Sitzung bei Greer konnte einen beinahe schon ersticken. Genug der Schönheit, dachte Venice. Ich brauche einen Schokoriegel.

»Haarschock«, erklärte sie einem vorübergehenden Polizisten. »Mach was dagegen!«

8

Melde-Einheiten

Während Venice den Haar-Bezirk verließ, räkelte sich Licky in einem völlig anderen Bundesstaat auf einem Wasserbett. Das Bett schwappte und schlickerte, und Licky fühlte sich ein klein wenig seekrank. Das Bett nahm den größten Teil eines glanzlos gewordenen stromlinienförmigen Wohnanhängers ein, eines fahrbaren Heims aus Aluminium, das vor einen Gebrauchtwagen gespannt war. Beide Fahrzeuge parkten auf einem Grundstück in den Außenbezirken von Ho-Ho-Kus, New Jersey.

Der Wohnwagen quietschte, war feuchtmuffig und roch nach Weihrauch. Sex muß wirklich furchtbar toll sein, um sogar Weihrauch zu entschuldigen. Licky blickte um sich und untersuchte die Überreste der Nacht: die Zigarettenkippen, die Styropor-Verpackungen der Cheeseburger, die schnarchenden Männer.

Nachdem er Guy die Stellung im Extasy Club vermittelt hatte, hatte Licky beschlossen, sich eine Belohnung zu gönnen. Zusammen mit seinem Turner hatte er gegen Morgengrauen den Club verlassen und sich auf die Suche nach derberen Vergnügungen gemacht. Irgendwann hatten sie auf ihrer Reise den Bodybuilder getroffen. Und die ganze Ménage war schließlich im Wohnwagen des Bodybuilders gelandet.

Licky sah sich gern als Romantiker. Er verkündete stündlich neue Lieben, oberromantisch, wie auf den spitzengesäumtesten Valentinskarten. In Wahrheit war er kein leidenschaftliches Passionsblümchen, eher ein Gourmand, der Finesse und Abwechslung zu schätzen wußte. Muskeln fand er außerordentlich, besonders in einer Welt, die selten ihren praktischen Einsatz forderte. Lickys muskelbepackte Lieblinge hatten für ihn den Reiz einer Lillian Russell, sie folterten sich zu strammen sanduhrförmigen Megapaketen, zu dreilagigen Muskeltorten. Sex mit diesen Männern war anstrengend, ein Triathlon, erschöpfend wie ein Tag Feldarbeit. Licky wunderte sich hinterher immer, wenn er feststellte, daß er bloß Geschlechtsverkehr gehabt hatte und nicht etwa noch ein Getriebe repariert hatte oder eine ganze Ranch mit Holz verkleidet.

Er fühlte sich in keiner Weise unter Zwang, seinen eigenen Körper zu entwickeln; er blieb der Jockey, die Boje, die auf dem Muskelmeer tanzte. Der Abend war mehr als befriedigend verlaufen: der Turner hatte sich in die unmöglichsten Positionen verknotet, der Bodybuilder war eine Art menschliche Matratze gewesen, und Licky hatte die Konversation übernommen. Das, dachte Licky, während er seine schlummernden Bettgesellen betrachtete, das hatte Gott wirklich am siebten Tag getan. Licky hatte immensen Spaß dabei gehabt, aber den hatte Licky immer. Für ihn waren Männer nicht so sehr Lover wie Mitfahrgelegenheiten.

Lickys wahre Liebe, die im Gegensatz zur allgemeinen Volksmeinung wirklich existierte, galt etwas ganz anderem. Er schlüpfte in eines der riesigen, schweißwürzigen T-Shirts des Bodybuilders und holte tief Luft. Er fand seine Mitte, salbte sich gewissermaßen, wurde hehrerer Gefühle würdig. Die Zeit ist reif, dachte Licky, kostete mit feuchten Handflächen die Spannung aus. Er wühlte sich tief in die Bettdekken, griff nach seinem Seelenfreund, seinem Zaubergehilfen, dem einzigen, der ihn wirklich verstand: nach dem Telefon.

Licky hatte eine schwere Geburt durchlitten, er hatte den mütterlichen Schoß nur widerwillig verlassen, im vollen Bewußtsein, wie schwer es ist, eine anständige Wohnung zu finden. Nur der Sirenengesang eines klingelnden Telefons hatte Licky dazu verleitet, sich aus dem Mutterschoß herauszubegeben. »Ist für mich!« hatte der Säugling gekräht. Licky war in seiner unendlichen Liebe zu diesem Apparat nachgiebig, rührend abhängig. Diese Liebesaffäre hatte eine innere Not und Hingabe, etwas Ikonenhaftes, etwas von einer Goldenen Madonna mit Telefon.

Aber durchaus auch Erotik. Licky betete das Telefon ebenso wegen seiner tastbareren Reize an: wegen des wehmütigen Plastikglanzes, wegen der willkommenheischenden Kurven des Hörers, wegen der Verführung für Lippen und Ohr, wegen des samtig schnurrenden Wähltons. Anruf-Wartet, Anruf-Weiterleitung, Konferenzschaltungen – Millionen und Abermillionen von möglichen Verbindungen. Das Telefon wußte, was ein Mann wirklich will: eine einzige Berührung, und es pulsierte und vibrierte. Licky war dem Telefon sklavisch verfallen, ein nur zu bereitwilliger Diener. Er prustete und griff nach dem Apparat, Modell Prinzessin.

»Du kleine Hure«, sprach er liebevoll in den Hörer und fing an zu wählen.

Bis Mitte des Nachmittags hatte Licky die folgenden Nummern angerufen und alle Gespräche auf Guys Kreditkarte anrechnen lassen: seine sieben besten Freunde (um Guys Job bis ins Detail zu sezieren), sechs mögliche Freunde (»meine Warteliste«, pflegte er sie zu nennen, behielt sich ein abschließendes Urteil vor, bis Testpunktzahlen und Honorare vorlagen), vier Gastgeberinnen (um für Parties zuzusagen, zu denen man ihn nicht eingeladen hatte), drei Multimillionäre, die er im Club kennengelernt hatte (nicht nur einfach Millionäre, »kaum der Mühe wert«, meinte er), fünfzig Niemande (um Lunch-Verabredungen abzusagen, nachdem er sie schon versetzt hatte), Guys Mutter (um sich eine Handtasche auszuleihen), sein Horoskop (»da bin ich altmodisch«, meinte er, »ich liebe Mondenschein«), seinen Dealer (einen Elfjährigen in Harlem, der in einem wunderbar restaurierten Bugatti umherfuhr: »Meine Idee«, meinte Licky), seinen Couturier (für höchst haltbare Hohlsäume), fünf Masseure (in Vorbereitung einer Geburtstagsüberraschung für sich selbst) und zehn Feinde in anderen Zeitzonen (nur um sie aufzuwecken und dann den Hörer aufzulegen).

Licky hatte seit über einem Jahr nicht mehr mit seiner Mutter gesprochen, weil sie schlicht am Telefon nicht durchkam. Das lag alles nur daran, daß man einen Abend eben planen mußte: Licky wollte einfach jede nur irgend denkbare Option kennen. Er wollte wissen, was absolut jeder machte, er wollte zum Mitmachen aufgefordert werden, auch wenn er unmöglich alles mitmachen konnte. Licky ließ Leute endlos lange in der Parkschaltung warten, brachte die Telefonistin dazu, rüde die Gespräche anderer zu unterbrechen, er bestach und jonglierte und redete kreuz und quer, nur um den maximal möglichen Spaß zu erhaschen.

Schließlich rief Licky bei seinem Arbeitgeber an, um sich zu versichern, daß Guy an diesem Abend im Club auch etwas Anständiges anzuziehen hatte (denn schließlich war Licky der perfekte Gentleman-Butler!). Er ließ das Telefon endlos lange läuten, aber es war niemand im Loft. Licky versuchte, sich irgendeine Tätigkeit vorzustellen, die er nicht unterbrechen würde, um ans Telefon zu gehen. Er ging mehrere Möglichkeiten durch: Sex, Mord, eigener Tod, aber im Vergleich zum Telefonieren schnitt das alles eher schlecht ab.

Inzwischen stieg vom Hörer Rauch auf, er war vom übermäßigen Gebrauch angeschmort. Licky ließ das flüssige Harz auf den Boden tropfen, blockierte so die Leitung der Hubers für ewige Zeiten. Er griff sich eine Scheibe aufwachenden Bodybuilder und stöhnte: »Glaubst du's denn? Also, ich liebe diese Hubers wirklich, aber echt, wie soll ich denn bei denen je meine Arbeit getan kriegen?«

9

Was zum Anziehen

Während Venice ihren Tag auf hoher See begonnen hatte und Licky sich in New Jersey wiederfand, wachte Guy unter den aller-aller-unwahrscheinlichsten Umständen auf: allein zu Hause. Frauen hatten ihn verfolgt, aber er hatte widerstanden. Er mochte Sex, aber die damit verbundenen Anstrengungen mochte er gar nicht. Seitensprünge würden das Leben so komplizieren: man würde mit jemand reden müssen, mindestens ein bißchen. Man würde sich überlegen müssen, wo man hingehen wollte und dann dort hinkommen. Man würde sich ausziehen müssen und Sex haben. Sich wieder anziehen und ein Taxi finden. Beim bloßen Gedanken daran brauchte Guy eine volle Woche Bettruhe.

Bei Guy war die Trägheit auf die Ebene beinahe vollkommener Einfühlung gesteigert. Er brauchte nur die Werbung für Cornflakes zu betrachten, und schon verspürte sein Körper die harte Plackerei des Feldarbeiters, war von Maisernte und Maisentkörnen am Boden zerstört. Deswegen las Guy auch nie Zeitung und sah sich keine Fernsehnachrichten an – er hatte panische Angst, daß er alle Vitalität der Welt in sich aufsaugen würde, daß er sich ein internationales Schlafdefizit zuziehen könnte und nie wieder aus den Laken erstehen würde. Sex mit Venice allerdings, das war eine transzendente Anstrengung. Er wachte um die Mittagszeit auf, wünschte sich sehnlichst Venice an seine Seite. Er fing an, sich all die Dinge vorzustellen, die er und seine Frau miteinander anstellen könnten. Der bloße Gedanke brachte ihn völlig außer Atem, und er mußte gleich noch einmal ein Nickerchen machen.

Um ein Uhr stand er auf und erinnerte sich an seine bevorstehende Berufstätigkeit. Heute Abend würde er im Extasy

Club an der Tür stehen. Ob das schwierig sein würde? Würde es Spaß machen? Würde es moralische Probleme geben? Unerhörten Streß? Gewalttätigkeit? Wird es mir gefallen? fragte er sich. Werde ich es furchtbar finden? Werde ich krank davon? Oder wird's ein Riesenspaß? Bin ich überhaupt qualifiziert für die Rolle des rücksichtslosen Schiedsrichters im Nachtleben von Manhattan, des unfehlbaren Stil-Wächters, der gesellschaftlichen Gottheit? Bin ich dessen würdig? Und ... das Allerwichtigste ... was soll ich bloß anziehen?

Ein Job, großer Gott, dachte Guy, ich hab mich schon für alle möglichen Anlässe passend angezogen, aber für so was noch nicht. Guy machte sich Gedanken, wie jeder Mann, der der herannahenden Pflicht ins Auge blickt. Er war der General, der sich zur Schlacht rüstete, der Präsident vor der Wiederwahl, der Astronaut auf der Weltraumreise zum Saturn. Ich muß wohl tun, was man als Mann einfach tun muß, beschloß er. Ich muß einkaufen gehen.

Er ging hinüber zum Loft-Fenster. Er legte seine Hände aufs Fensterbrett und ließ vor seinem geistigen Auge die Geschäfte der Stadt Revue passieren. So mußte sich der erste Mensch gefühlt haben, als er aufrecht dastand und den heraufdämmernden Morgenhimmel betrachtete. Ein Gefühl unbeschränkter Möglichkeiten, ein Grenzgefühl, ein Feld mit priesterlich reinem, frischgefallenem Schnee, der sich aus ganzer Seele nach dem ersten Fußstapfen sehnte. Es war der reinste geistige Sturmangriff – all die Sachen da draußen, die betatscht und betrachtet und mit nach Hause genommen werden wollten. Guy war wie magnetisiert, vom Geist durchdrungen, es juckte ihm in den Fingern. Der Kaufrausch hatte ihn im Griff.

Guy kaufte beinahe alles gern ein, aber Klamotten, das war der Maximalkitzel. Klamotten, das waren die intimsten Einkäufe, das Erwerben einer Haut, einer Persönlichkeit, einer Aussage. Kleiderkauf machte jegliche Psychoanalyse überflüssig, jegliches schizophrene Bedürfnis ließ sich hier erforschen und befriedigen. Guy sammelte Kleider. Er kaufte ein wie ein Besessener, als wäre er auf der Jagd nach einem Fix, auf der Suche nach seiner wirklichen Mutter. Er hatte den Materialismus von der bloßen Doktrin zum Fieberwahn erhoben. Er wußte, wenn er gut aussah, würde er sich auch fantastisch fühlen, vollständig, beschützt. Wieso brauchte bloß noch irgend jemand einen Therapeuten, wo es doch so viele italienische Designer gab?

Guy schüttete eine Packung Orangensaft herunter, denn der Tag würde Hartnäckigkeit und Durchhaltevermögen von ihm verlangen. Wer Guy kannte, hätte sich gewundert, denn sein mittäglicher Schlummerzustand war übermenschlicher Dynamik gewichen, seine Schlafzimmeraugen waren weit aufgerissen. Er war zum Jäger geworden, sein Schicksal war die Pirsch durch die Wildnis des Einzelhandels, Adrenalin wurde durch seine Adern gepumpt, alle Sinne waren auf ein Ziel gerichtet, das Einkesseln der flüchtigen Beute. Ja, Guy würde einkaufen, und er würde siegreich von der Jagd heimkehren. Er würde sich weigern, ohne das perfekte Ensemble nach Hause zurückzugehen, das an der Stoßstange seines Taxis festgezurrt war, ohne ein Hemd oder eine Socke, die sich neben früheren Beuten würden sehen lassen können.

Guy durchkämmte zunächst die Warenhäuser der Stadt, diese unerschütterlichen Stil-Demokratien, diese fröhlichen Giganten, die Ausverkäufe in Tischwäsche, Haushaltswaren und Ideen von allen Dächern posaunten, diese überbordenden, im Preis herabgesetzten Monolithe, wo man die ganze Familie mitbringen und seine ehrlich erworbenen Dollars ausgeben konnte. Es gibt in diesen Kaufhäusern immer zuviel zu sehen und nichts zu kaufen, außer vielleicht wattierte und abgesteppte Schuhbeutel, die man innen an die Schranktür hängen kann, und natürlich saubere Unterwäsche. Guy machte nur eine Blitztour durch diese Wüsten der Rabattmarken und Klugen Hausfrauen, blieb kaum stehen, um mal etwas anzufassen oder zu taxieren. Er war ein so erfahrener Einkäufer, daß er mit geschlossenen Augen seine Fingerspitzen über eine Kleiderreihe gleiten lassen und dabei die

Gewebequalität und Stichzahl pro Zoll ertasten konnte, mit der Präzision eines Blinden oder eines langgedienten Bond-Street-Veteranen.

Guy wußte genau, daß er in den Kaufhäusern nichts finden würde, er ging aus purer Gewohnheit und Dankbarkeit hin. Dies waren die Läden seiner Kindheit gewesen. Hier hatte er sich seine ersten Sporen verdient. Kinder lieben Kaufhäuser, weil zu Weihnachten oben in der Spielzeugabteilung der Weihnachtsmann sitzt. Guy hatte immer geglaubt, daß eigentlich der Weihnachtsmann das Einkaufen erfunden hatte. Er war sich nie ganz sicher, ob er je an den Weihnachtsmann geglaubt hatte oder nicht doch nur an R. H. Macy und Lord & Taylor. Das schienen alles nette, wohlmeinende Männer zu sein. Guy konnte die Warenhäuser bei seiner Kauforgie einfach nicht auslassen – er stand tief in ihrer Schuld.

Nachdem er diese Dankesschuld abgetragen hatte, machte er sich zielstrebig auf den Weg zu den Riffen der kleineren Boutiquen, die die oberen Avenues säumten. Diese Geschäfte existieren nur, um einzuschüchtern. Hier kaufen Leute ein, bloß um zu beweisen, daß sie es schaffen. Guy fand das Verkaufspersonal dieser Läden faszinierend. Das mußten die einzigen Leute in Manhattan sein, die noch weniger taten als er. Treibhauspflänzchen, die die Frage, wie weit genau sie ihre Ärmel hochkrempeln sollten, völlig in Anspruch nimmt. Sie ignorieren die Kundschaft nicht – sie nehmen sie nicht wahr. Sie erkennen nur einander. Und zwar am Aftershave. Die Kellner in Manhattan sind arrogant, aber die kommen wenigstens irgendwann einmal, die bestellten Pommes frites knabbernd. Verkäufer verweigern die Bedienung zu allen Zeiten. Den falschen Leuten versagen sie die Kleidungsstücke. »Also, dieses Top würde sich bei so jemand wie Ihnen einfach nicht wohlfühlen«, säuseln sie. Sie verkaufen keine Kleider, sie vermitteln sie.

Die Waren, über die diese hochnäsigen Hexen wachen, sind sowieso selten begehrenswert. Guy stöberte ein wenig herum, sah Tanzo Matta's Frühjahrskollektion für »Männer«, wie Tanzo sie bezeichnete, durch. Alle Stücke hatten ein Armloch zuviel oder eine merkwürdige Tasche am Knie hängen, wohl für Almosen, oder sie würden das Tragen von Frisuren erforderlich machen, die Guy nicht in Erwägung zu ziehen bereit war. Diese Läden sind die Antwort auf die Frage: »Wo um Gottes willen hat er das gefunden?«

Auch die traditionellen Herrenbekleidungsgeschäfte erwiesen sich als Ödland. Guy wußte Gabardine und Kammgarn zu schätzen, aber der allgegenwärtige, ewiggleiche Schnitt gab ihm ein steinernes, eingekapseltes Gefühl, er kam sich wie ein Herren-Imitator vor. Auch die Sportgeschäfte waren eine herbe Enttäuschung, vollgepackt mit Knautschsamt-Jogging-Anzügen und Schweißbändern mit Firmennamen. Guy ging schnell wieder, obwohl er eigentlich Kleidungsstücke mochte, die auf körperliche Aktivitäten schließen ließen, diese aber nicht erforderlich machten.

Die Suche zog sich hin. Aber Guy weigerte sich, in Panik zu geraten. Den Hochleistungs-Einkäufer verjüngt die Jagd. Kaufwütige sind die Herrscher Manhattans, sie nehmen hier den meisten Raum ein. Guy hatte das Gefühl, als verleibte er sich die Stadt ein, auf der Suche nach einem Goldkorn, einem Juwel, einem Preis, der irgendwo tief unten zwischen all dem Popkorn und Karamel verborgen war.

Schließlich bewegte sich Guy auf den teuersten und exklusivsten aller Märkte, das Mekka aller Kauflustigen, zu. Sein Taxi näherte sich der Bowery, der Heimat der Heruntergekommenen und der Wohlfahrtsmissionen, einem Kriegsgebiet mit bröckelnden Mietskasernen und ukrainischen Imbißstuben. Als er einen ganz besonders schäbigen Straßenzug erreichte, dirigierte er den Fahrer auf eine Herde von Limousinen zu, die wartend am Straßenrand stand.

Er stieg aus und schritt auf ein scheinbar ausgekerntes Gebäude zu, dessen Fenster mit Briesblöcken zugemauert waren. Eine Tür gab es nicht, nur ein schwarzes Loch. Über diesem Schlund stand auf einem Pappschild »Deering-Rant-Schilddrüsen-Stiftung Spar-Shop. Gottes Segen dem Fröhlichen Spender«.

Deering-Rant ist einer der führenden Second-hand-Spar-

Shops der Stadt. Er wird von einem Krankenhaus aus den Außenbezirken betrieben, der Deering-Rant-Klinik für Schilddrüsenerkrankungen und verwandte Leiden. Das Verkaufspersonal besteht aus ältlichen Freiwilligen – gebückten, skeptischen Frauen in Blümchenkleidern, wilden Zwergen, die GUTES TUN.

Guy betrat den Laden. Eine beinharte Lady mit blaugetöntem Haar in einem Häkelbolero telefonierte mit einem Kunden. Sie legte die Hand über die Sprechmuschel und wandte sich an eine Kollegin.

»Scheich Oded Ben Fadood möchte vierzig Bowling-Hemden, fünfzig dicke Schafsfelljacken und alles, was wir an Pullovern mit Teamaufschriften dahaben«, meinte sie, »schreib's auf, Vera, du weißt doch, wie vergeßlich du bist.«

Guy erglühte. Deering-Rant war so ziemlich sein Lieblingsladen. Er betrachtete tiefsinnig einen verbeulten Toaster, an dem die Schnur fehlte.

»Tut mir leid, junger Mann, der ist schon verkauft«, erklärte ihm eine alte Tante mit Haarnetz und Alu-Krücken. »Contessa Larini hat ihn zurücklegen lassen.«

»Schon in Ordnung«, antwortete Guy, »ich suche was zum Anziehen.«

»Wie alle, Schätzchen«, meinte die Tante, die ihre ehrenamtliche Arbeit bei Deering-Rant weitaus zufriedenstellender fand als die Mobile Bibliothek oder das Lunch-Projekt, bei dem man diese unmöglichen Puten zu füttern hatte.

»Ich brauch was wirklich extra Tolles«, vertraute ihr Guy an. Er spielte sein Trumpfas aus: »Für meinen Job.«

Mit älteren Damen kannte sich Guy aus.

»Ach, wie nett«, meinte die Oma erfreut, »so ein feiner junger Mann. Kommen Sie mit, mein Lieber, da wollen wir mal sehen. Wir haben gerade eine wunderbare große Lieferung hereinbekommen, von einer so netten Frau. Sie sagt, wir sollen ihrem Mann nicht sagen, daß sie seine Sachen wegschenkt, aber sie fallen allmählich auseinander, und er sieht schon wie der reinste Tramp aus. Na, da wären wir, 920 Park Avenue, diese schönen großen Kisten. Wir müssen bloß noch die Schnur durchschneiden. Vielleicht schauen Sie sich auch mal im Keller um, da hatten wir noch Bügelunterlagen und ein paar Einzelschuhe, aber die legen wir eigentlich immer für Mr. Banes zurück. Wie auch immer, bitten Sie bloß nicht das Mädchen da drüben um Hilfe, sehen Sie sich die an, diesen schrecklichen Besen! Die stiehlt, das weiß ich ganz bestimmt; hat die Strickjacken völlig ausgeräumt.«

»Mann, die sehen ja toll aus«, staunte Guy und stapelte die Kisten aufeinander. Er zitterte vor Erwartung. Ein solcher Schatz schrie danach, daß man ihn in aller Abgeschiedenheit betrachtete.

»Vielen, vielen Dank«, sagte er zu der Oma, »und entschuldigen Sie bitte, aber ist vielleicht Ihr Auge rausgefallen?«

»Nicht schon wieder«, seufzte die Alte. »Gottogott, ist es weggerollt?«

»Glaub schon«, improvisierte Guy. »Ich glaube, es ist unter dem Tisch mit den Regenhüten.«

»Danke, lieber Junge, Sie hat wirklich der Himmel geschickt.« Die Oma zockelte von dannen.

»Viel Glück, Madam«, schrie Guy ihr hinterher. Er hatte Gewissensbisse, aber jetzt war er endlich allein mit den Kisten. Er bugsierte seine Beute in eine entlegene Ecke, kichernd, der erste Weiße, der je Angkor Wat zu Augen bekam.

Bald bemerkten auch andere Kunden Guys Tätigkeit in der hinteren Ecke.

»Was macht der da?« fragte eine Kundin. »Das sind doch nicht etwa Topflappen, oder?«

»Was hat der da?« fragte jemand anders. »Ist das Chiffon, Kumpel?«

»Auf ihn!« heulte eine dritte, war sich sicher, den Geruch vermodernder Keilsandalen erschnüffelt zu haben.

Guy wurde von der Meute beinahe zerfetzt, die auf ihn einstürmte. Die Kisten flogen durch die Luft und verschossene schottisch karierte Boxershorts, mottenzerfressene Tennispullover und ein unvollständiger Satz Spielkarten regneten herab.

»Nehmt sie alle«, brüllte Guy und warf noch ein paar alte Armeedecken ins Gewühl. Er umklammerte ein schwarzes Etwas und sprang behende über die Sperrholztische, erwehrte sich der Einkaufswütigen mit dem Absatz seiner Motorradstiefel und mit dem Handrücken. Endlich erreichte er die Kasse, wo ihn eine andere Freiwillige bereits erwartete, eine ehemalige Ziegfeld-Schöne, dann Matrone von der Fifth Avenue und nun aktive Witwe.

»Hallo, mein Lieber«, sagte sie. »Was haben wir denn da?«

»Das ist so schick.« Guy ließ sie an seinem Fund Anteil haben. »Das ist hier echt voll der Spitzen-Laden!«

Guy hatte sich wirklich das tollste Teil rausgesucht: den Smoking seines Großvaters, den Averill Dapple Huber 1921 zum Deering-Rant Black and Gold Cotillion getragen hatte, auf dem er Guys Großmutter kennenlernte, damals ein zögerliches Rehkitz in weißen Spitzenhandschuhen; Handschuhen, die übrigens Venice eine Woche zuvor erworben hatte, ein wahrer Schatz, auch wenn die Hälfte der Perlenknöpfchen fehlte.

Der Smoking war engelgleich himmlisch. Er war aus dem schweren stumpfen schwarzen Wolltuch gefertigt, dem die Schneider unserer Tage Dacron und andere, noch fadenscheinigere Gewebe vorziehen. Die Jacke war zweireihig, mit breiten, grobgerippten Seidenrevers. Die Hose war extravagant weit und taillenhoch geschnitten, mit Tausenden von Fältchen und scharfen Bügelfalten, die alle zu einem hymnenhaften Ende am Knöchel zusammenliefen, mit jenem eleganten Durchhängen, das mühelos das Wort »Weltmännisch« buchstabierte. Der Smoking war eine Ingenieurarbeit höchsten Ranges. Es waren zu diesem einzigen Kleidungsstück mehr Tuche und Anproben zusammengefügt worden als zu Hunderten von zeitgenössischen Modellen. Smokings wie dieser rechtfertigten die Wirtschaftskrise. Die bittere Armut, die brutale Härte der Ausbeuterbetriebe in den frühen Tagen der Bekleidungsindustrie waren durch sie mehr als ausgeglichen. Dieser Smoking hatte eine unzerstörbar schlaksige Haltung, schwungvolle, beinahe griechische Konturen. Ein Smoking adelt, überspielt jeden körperlichen Makel, läßt sogar den mickrigsten aller Mickertypen absolut umwerfend wirken. Ein Mann im Smoking ist ein Archetyp; er verwandelt sich in eine Art Skulptur, in einen niedrigen, eleganten schwarzen Sportwagen, dessen Chromleisten im Mondlicht schimmern.

Perfekt, dachte Guy im Taxi auf dem Weg zurück in das Loft. Jetzt habe ich für heute Abend was zum Anziehen! Er barg seinen Smoking liebevoll in den Armen, streichelte ihn, ließ inzestuöse Finger über den Satinstreifen am Hosenbein gleiten. Es gibt eine Befriedigung, die nur superbe Kleidungsstücke vermitteln können, die tiefe Freude der aus dem Urschlamm auftauchenden Menschheit, Beweis und Rechtfertigung für die Evolution. Das Leben kann einfach nicht sinnlos sein, wenn es einen solchen Smoking gibt – die schlagende Antwort auf das Credo eines Samuel Beckett. Guy fühlte sich wie eine junge Mutter, die mit ihrem Wunderbaby aus dem Kreißsaal kommt. Seine Seligkeit erblühte vollends zum Delirium, als er in der Brusttasche des Smokings noch eine vergammelte Tüte M&Ms fand. Er knabberte seinen Weg nach Hause, von Geschichte durchdrungen.

Als er ins Loft kam, schliefen Venice und Licky beide, erschöpft von Sex, Haaren und Telefon. Bei der Jugend Manhattans sind Nickerchen de rigueur als Trennlinie zwischen den geschäftigen Vorbereitungen des Tages und dem mondänen Tumult der Nacht. Jeden Abend zwischen sechs und zehn herrscht in den besseren Lofts, in den Wohngemeinschaften und den Bruchbuden sanfte Kinderzimmerstille. Die geschäftigen Kleinen brauchen ihre Ruhe, ihre kleinen Gesichtchen sind saftig vor Cold Cream oder starr unter Schlamm-Masken, ihre kleinen Bäuchlein mahlen hörbar die Paté, das Hunan oder Percodan des Abendessens, ihre Körperbehaarung wird mit Wachs, Bleichmitteln und Pinzetten zurückgedrängt, ihre Träume wimmeln nur so voneinander, ihre Fantasiegebilde waren begleitet von Hintergrundgeplapper wie »nie im Leben« und »Darling« und »tiefer«.

Eltern sind immer sehr zufrieden, wenn sie ihre Sprößlinge um diese Zeit schlafend vorfinden. Es ist ihnen nicht klar, daß es sich um einen bloßen Prolog handelt, daß sich diese Sprößlinge sehr bald erheben und bis zur Morgendämmerung oder länger durch die Stadt spuken werden.

Guy ging auf Zehenspitzen hinein und hängte seinen Smoking ins Bad, neben die Outfits von Venice und Licky. Er drehte die Dusche voll auf, ließ die heißen Dämpfe um das Arrangement wallen, um alle Fältchen und Gerüche auszutreiben. Er blickte ins Schlafzimmer, wo Venice und Licky auf dem Bett zusammengesackt waren. Er brachte es nicht übers Herz, die beiden zu wecken oder Licky auf den Fußboden zu schubsen.

Guy schrubbte sich das Gesicht und zog die Kleider aus. Er hängte sich eine schwarzsamtene Schlafmaske mit einem blinzelnden Straßauge um den Hals und wanderte auf Zehenspitzen in den Hauptraum des Loft zurück. Er legte sich neben Danilo, teilte Kopfkissen und Zudecke mit dem Hund. Er bemerkte, daß Licky einen Teil von Danilos Fell in kleine Strähnchen abgeteilt und in hübsche Zöpfchen geflochten hatte, damit sich auch der Hund in der abendlichen Stilorgie nicht vernachlässigt fühlen würde.

Während er langsam im Schlaf versank, stellte Guy fest, daß er sich auf den Abend freute. Er dämmerte am Abgrund des Erwachsenenlebens dahin. Würde er hinabplumpsen, würde er dahingleiten, würde er sich weit in die Lüfte emporschwingen? Welche Belohnung würde mit seinem bevorstehenden Mannestum einhergehen? Selbsterkenntnis? Rückgrat? Ein Universitätsdiplom? Oder etwas – und hier hielt Guy sogar mitten unter dem Einschlafen den Atem an – etwas mit Cashewnüssen?

10

Caronia

Während der Huber-Trupp schlummerte, fingen anderswo die Vergnügungen des Abends bereits ernsthaft an. Überall begannen Männer und Frauen zu gurgeln, Parfüm auszuwählen und den Spiegel zu küssen, ehe sie in die Nacht hinein aufbrachen. In der ganzen Stadt knisterte das gesellschaftliche Leben und brach dann in lodernde Flammen aus: der Party-Parcours belebte sich.

Caronia Desti fing ihren Abend im Manhattan Museum of Larger Art an. Es ging das Gerücht, daß Caronia schon vor ein paar Jahren verstorben war, aber auf Grund ihres absolut unverwüstlichen Charakters und auch wegen ihres bis zum Jahre 2000 voll ausgebuchten Terminkalenders noch auf Erden verblieben war. Manchmal schien Caronia tatsächlich so körperlich zerbrechlich, so grundlegend gewichtslos, daß man sie für paillettenbesticktes Helium, für einen bloßen Hauch von Shantungseide und purer Begeisterung hätte halten können. Caronia war die Essenz des Vergnügens, das Destillat eines nächtlichen Zuges durch die Stadt. Heute sollte sie als Ehren-Gastgeberin fungieren, bei der alljährlichen Benefizveranstaltung für die Kostüm- und Accessoire-Sammlung des Museums.

Das Manhattan Museum of Larger Art ist ein riesiger Kalksteinhaufen mit grenzenlosen Kolonnaden und weiten Granitplazas. Es besitzt jene stattliche Pracht, die Schulkinder zunächst so beeindruckt und sie später unruhig zappeln läßt. Es enthält viele weltberühmte Werke, die, mit lehrreichen Beschriftungen versehen, in hohen Marmorhallen ausgestellt sind. Hierhin zieht sich die Kunst zum Sterben zurück.

Man hatte die Kostüm- und Accessoire-Sammlung in dem

Versuch angelegt, die Massen wieder ins Museum zu locken. Hier wurden die Moden verschiedener historischer Epochen gezeigt, aufgearbeitet und in reichen Faltenwürfen über Schaufensterpuppen drapiert. Alles ein toller Spaß, die Museumsbesucher konnten viel über ihre Vorfahren lernen, wenn sie sich deren Fischbeinkorsetts und Kettenhemden ansahen. Ganze Völkerscharen strömten herbei, hielten allerdings die Sammlung irrigerweise oft für eine Art Großhandel. Jedes Jahr wurde mit einer Galaveranstaltung die Zusammenstellung einer Sonderausstellung verkündet, heute war es eine zauberhafte Ansammlung antiker Fußbekleidungen mit dem Titel »Verbotene Schritte: Schuhe im Kaiserlichen China«.

Caronia hatte schon Stunden zu tun gehabt. Das Museum war für den Tag geschlossen gewesen, wegen der Vorbereitungen. Jetzt stand die Große Halle des Museums voll mit unzureichenden runden Tischchen und gemieteten Klappstühlen. Assistenten huschten hin und her, bauschten hier eine Serviette auf, rückten dort ein Kristallglas zurecht oder unternahmen Wiederbelebungsversuche bei einer Hyazinthe. Die Große Halle konnte mehr als fünfhundert Menschen fassen, in verschiedenen Konfigurationen, die Caronia endloses Kopfzerbrechen beschert hatten. Sie hatte erwogen, den Sitzplan völlig aufzugeben und die Menge einfach um die Plätze rangeln zu lassen. Wäre das nicht total verrückt, dachte sie, wie in den guten alten Zeiten der Landnahme!

Jetzt stand sie am Rande einer Terrasse hoch über der Große Halle an der Balustrade. Alles schien bereit. Caronia beschloß, sich eine Zigarette zu gönnen und die Ankunft der Festgäste zu beobachten. Einen Augenblick lang erfaßte sie die gelinde Furcht der Gastgeberin, der ehrliche Wunsch, daß doch bitte alle einfach wieder nach Hause gehen sollten. Das geht vorbei, sagte sie zu sich, als langsam die Frühkommer auftauchten, die Leute, die vorhatten, das Büfett zu stürmen, die Bar zu stürmen und dann nach Hause zu stürmen. Ihr Leute, dachte Caronia, nur hereinspaziert!

Die Party diente einem Guten Zweck. Also würde sie nur wenige junge Leute anziehen, die sich ja meist selber für

Gute Zwecke hielten und keinen Grund sahen, ihre Reichtümer mit irgend jemandem zu teilen. Die Menge heute abend würde also das ekelhafte Menschenmischmasch sein, das als Die Alte Garde durchgeht. Als nächstes erschienen die Brunch Babies, soziale Succubi. Frauen, Flotte Fünfzigerinnen mit nichts zu tun. Sie existieren nur für die aufgemotzten Museumsparties und Galaveranstaltungen der Spastiker-Stiftung. Sie sind das Balsamieröl für das Nachtleben von Manhattan.

Diese Frauen tauchen immer wieder in den Zeitungen auf, keiner weiß genau warum. Sie sind ständig in hektischer Bewegung, als stellvertretende Komitee-Vorsitzende, beim Organisieren eines Mittagessens, sehen, auf spindeldürren Goldstühlchen hockend, die Herbstkollektion an, die schwarzen Sonnenbrillen wie in Bernstein eingeschlossene Fledermäuse auf die Lackfrisuren hochgeschoben. Diese Frauen wollen nicht arbeiten, sie wollen beschäftigt sein. Sie sind Diätfetischistinnen und hungern sich zur Figur eines El-Greco-Christus herunter, verkniffen und verzwickt und straffgespannt. Die Antithese zu Sex. Geschlechtsverkehr könnte die Termiten stören.

Diese Frauen haben Ehegatten, Juniorpartner und stellvertretende Aufsichtsratsvorsitzende und dergleichen, fleißige, golfende Herren, deren schütteres Haar immer genau die Farbe ihrer Haut hat. Diese Männer sind immer müde und nie spaßig. Sie hassen Parties und drücken sich, wo sie nur können. Also sprinten ihre Gattinnen allein hin oder in Begleitung ewig schwatzender Designer. Eine Ehefrau und ein Homosexueller, das ist praktisch die einzig wahre Ehe in Manhattan. Wenn diese Paare irgendwie eine Vereinigung zustande brächten, wäre ihr Nachwuchs wohl ein Terminkalender.

Die Brunch Babies stürzten sich ins Partygewühl, quietschend und Küßchen verteilend, als hätten sie sich seit dem Nachmittag nicht gesehen.

»Tanzo, Tanzo ohne Ende!« rief Caronia, als sie endlich ein bekanntes Gesicht im Meer des gehobenen Mittelstands entdeckte. Sie glitt die Treppe hinab zur Großen Halle und stürzte sich ins Gedränge. »Tanzo, die Schuhe, du mußt dir die Schuhe ansehen!« erklärte sie dem japanischen Designer. »Die sind nicht für Füße gemacht, das sind Schuhe für die Hirnrinde, für das Kleinhirn, für den Geist selbst! Sie werden für eine Auferstehung des Zehs sorgen! Jawohl! Ab heute werden wir wieder Zeh tragen!«

Caronia war wie ein wildes Kind, das man in einer sonnenlosen Höhle aufgezogen hatte und dem nun die Welt endlos lebensstrotzend und erstaunlich erschien. Sie sprach nur in Offenbarungen, in Verklärungen. Sie wünschte sich so sehr, daß die Welt erstaunlich war, daß sie die Norm übertraf. Sie führte Tanzo fort, damit er sich die Ausstellung ansehen konnte. Sie schoben sich zentimeterweise durch die Menge, die Party strudelte und wirbelte um sie herum.

»Also, ich liebe so was hier«, flötete ein Brunch Baby und zupfte einen Rubin zurecht. »Das ist soviel angenehmer als Krankheiten. Na, da weiß man wenigstens, daß sie nicht jeden Augenblick, na ja, irgendwas auf Krücken vorzaubern.«

»Also, meine Liebe«, erwiderte ihre Begleiterin. »Letztes Jahr war ich bei dieser Olympiade, dieser Spezialolympiade für Behinderte, und da waren sie alle und rannten und schwammen und warfen Sachen um. Also, da hab ich zu Harrison gesagt: ›Dieses Jahr gehen wir mal wieder ins Larger.‹ Also ich mag Sachen nicht, bei denen ich mich dann später unterhalten soll.«

Lucy Yates Membrane hatte ihre Großtante im Schlepp und rauschte an den Brunch Babies vorbei. »Wir fangen hier an, Tante Gretchen.« Sie zeigte auf ein Gemälde. »Mit dem Tizian.«

Lucy hatte am Informationsstand zwei Kassettenrecorder und eine Reihe von Kassetten »Alte Meister im Larger« ausgeliehen. Mit übergestülpten Kopfhörern konnten Lucy und Tante Gretchen nun das Museum frei durchstreifen und wurden mit Vorträgen über die verschiedenen Urnen und Freskos und Fälschungen bombardiert. Lucy hatte den Kassettenrecorder an der Schärpe ihres Gewandes befestigt, einer Kreation aus zitronengelbem Taft mit applizierten Tulpen aus Zackenlitze. Tante Gretchen Dow Membrane mochte Lucy wirklich gern, wenn die Etepetete-Sittsamkeit ihrer strammen Nichte sie auch manchmal bis an den Rand der Verzweiflung trieb.

»Faszinierend, Tante Gretchen. Wußtest du, daß Ramses der Zweite mit seinem gesamten Haushalt beerdigt wurde?«

»Ja, Kindchen. Damals hat das Wort ›dienen‹ in diesem Land noch was bedeutet.«

Die Membrane-Damen schoben sich weiter, umschifften säuberlich eine Streiterei zwischen zwei Industriekapitänen in benachbarten Rollstühlen.

»... und dann ist Strap Deering zurück, zu weit, aber er gab wieder an Carp Kettleberry ab, ha!«

»Und was ist mit Null Sieben, das war ein tolles Spiel!«

»Null Sieben? Null Sieben? Moment mal – Punt Kepley? Zehn zu zehn? Dreifinger Kepley und die Höllenhunde?«

»Dieses dritte Viertel! Creeley, der Junge von Hurd Meltmore, und dieser Petergitz mit dem Knie ...«

Die Party, die immer gegen Mitternacht zu Ende ging, stand kurz vor dem Höhepunkt. Die Membrane-Damen schmuggelten verwegen Fingerhüte voll Beaujolais in den Prähellenischen Membrane-Patio.

Contessa Larini hielt ihrer Schwester einen Vortrag darüber, wie überaus tollkühn eine Heirat mit einem Heterosexuellen wäre (»die erwarten was von dir«).

Alice Huber, in ein hübsches Ensemble aus langem Rock und Pullover gehüllt, traf eine alte Schulfreundin, Mrs. Dorothy Wainmess, die im Aufsichtsrat des Museums saß. Die Damen nutzen ihr Treffen, so gut sie konnten.

»Sag bloß, Diffy Wainmess, wie geht's dir? Mein Gott, ist das lange her, du siehst fabelhaft aus, ist das ein mexikanischer Stoff? Was für ein netter Abend, so viele nette Leute ... ja, Dick geht es gut, die Jungen gedeihen prächtig ... Ja, auch Guy, der arbeitet richtig hart, ganz stolz sind wir auf ihn ... Ja, ist mit irgend jemand verlobt, Augenblickchen, ich glaube, mit Lucy Membrane, ist das nicht nett? Also, ich bewundere ja die Membranes, immer in Bewegung ... Was? Ja, doch, die Membranes hatten einen Sohn, Bayliss oder so hieß der, glaube ich. Irene sagt, daß er im Peace Corps war und irgendwo im Veldt vermißt ist ... Aber Diffy, wie geht's Gray und den Kindern? Weißt du, ich fand das immer wunderbar, daß du Gray Wainmess geheiratet hast. Ich hab immer gedacht, ihr könntet eure Babies Peach und Coral nennen ... Nein, versteh ich, andere Kinder können ja so gemein sein ... Ach wirklich? Eure Courtney? Unter einen Zug? Bist du sicher, daß ihr nicht nur was runtergefallen war? Ich krieche auch immer unter was rum und suche – meine Schlüssel, die Puderdose, das nimmt kein Ende. Nein? Na, das tut mir wirklich leid, so ein Pech ... War sie unglücklich?

Großer Gott, von einem Dämonen besessen? Na, das ist vielleicht ein Ding, und so kurz vor dem Examen ... Ach Diffy, jetzt hör doch auf zu weinen, jetzt tut's mir schon beinahe leid, daß ich überhaupt gefragt habe ... Diffy, wer kennt sich denn heute schon noch aus? Die jungen Leute, die scheinen alle nur noch zu tanzen, steht jedenfalls in der Zeitung. In diesem Club? Gestern kommt unser Guy reingewandert, lodernd blaues Haar. Ich hab gar nicht gefragt. Das geht alles wieder vorbei, so seh ich das immer: Mr. Roosevelt, Achselhaare, Sex ... Erinnerst du dich noch an das Affentheater in den Sechzigern? Und das war ja wohl wirklich nicht der Aufregung wert, oder? Neulich habe ich auf dem Weingut das Gästebad neu tapeziert, und da habe ich gedacht, Erdbeer auf Limone, das waren die sechziger Jahre, höchste Zeit für einen Tapetenwechsel, und schwups, hübsche kleine Pünktchen auf Marineblau hingeklebt, und alles war wieder in Ordnung ... manchmal reißt ja ein kleines Trokkensträußchen die ganze Sache raus ... Ja, über die Drogen mach ich mir schon Sorgen, ich hab mich mal mit meinen Jungen hingesetzt und sie gefragt, ob sie das je gereizt hat. Und da erinnere ich mich, wie Guy gleich geantwortet hat ›Nein, Mami, nie‹ und mir dann gesagt hat, wie gut ihm mein Drittes Auge gefällt. Wirklich ein lieber Junge ... Schau mal, Mrs. Desti geht ... so eine lebendige Frau, ich könnte das ja nie tragen, aber ich wollte ja auch nicht … ach Diffy, nicht doch, nein wirklich, ich würde absolut grauenhaft damit aussehen …«

Dankbar stieg Caronia in Tanzo Mattas Limousine, die vor dem Museum parkte. Sie holte tief Luft, war überglücklich, ihren Gastgeberpflichten entronnen zu sein. Diese Leute wirkten im Museum viel zu heimisch, beschloß sie.

»Zum Extasy Club«, sagte sie zum Chauffeur. »Wir hauen ab!«

11

Premiere

Guy stand gleich hinter der Eingangstür des Clubs, strich zwanghaft immer wieder seine Revers glatt und versuchte, nicht zu hyperventilieren. Es war beinahe Mitternacht, und seine Schicht sollte bald beginnen. Er hoffte, daß er gut aussah. Er hatte sich in allen möglichen Dingen genau überprüft: im Rückspiegel des Taxis, in einer Pfütze, in den Hornhäuten der beiden Garderobenmädchen, in Quadratkilometern von Schaufenstern. Nachts spiegelte einfach alles.

Venice hatte in Erwägung gezogen, Guy ein Lunchpaket mitzugeben, ehe er das Loft verließ, eine ehefrauliche Geste. Sie hatte auch die richtige Blechdose für die Butterbrote gefunden, mit aufgeprägten Cartoonfiguren, aber die hatte ihr dann so gut gefallen, daß sie beschloß, sie statt dessen als Abendtäschchen zu benutzen. Guy war in seinen Smoking geschlüpft, unter dem er ein schlichtes weißes T-Shirt trug. Licky hatte am Nachmittag die Zebraschuhe abgeholt, und Guys Zehen wackelten dankbar, als er in die Schuhe stieg.

Guy wartete im Inneren des Clubs und zitterte, schob seinen Körper in den tollen neuen Klamotten hin und her. Er hatte sich das Haar nach hinten gestriegelt, mit Ausnahme der Strähne, die er federgleich nach vorne gezwirbelt hatte, wie den Flügel eines Raben.

Renzo, einer der himalayamäßigen Mafia-Rausschmeißer, schob seinen Schädel durch die Tür und suchte Guy.

»He, wo is 'n der Neue?« fragte er.

Die Rausschmeißer hatten nichts mit Lickys statuenhaften Apollos gemein, sie waren einfach nur riesige, formlose Muskelhalden. Sie pflanzten sich vor dem Club auf, unverrückbar und mit starrem, leerem Blick. Sie brachten jeder lockere zweieinhalb Zentner auf die Waage, das meiste davon war Nacken. Zum Frühstück fingen sie mit einem Steak und Dutzenden von Eiern an, sprachen davon, daß sie »ihr Gewicht halten« und »aufspecken« müßten. Unter den überhängenden Neandertalerbrauen linsten kleine Äuglein hervor, die Schädel waren rasiert, alles fügte sich zu einem wohlgeplanten Bild bemühter Brutalität und unerreichbarer Ungeheuerlichkeit zusammen. Die Vorbilder dieser Männer waren Mineralien.

»Ich bin Guy«, erklärte Guy Renzo. »Hi, ich bin der Neue.«

»Jo«, erwiderte Carmine, der andere Rausschmeißer, der mit der Augenklappe. Er hielt die Tür auf und meinte: »Raus mit dir.«

Guy beschloß, sich die Rausschmeißer warmzuhalten, er überlegte, ob er ihnen vielleicht Feldmäuse in den Käfig werfen sollte. Sie waren unverzichtbar: Falls es zu Schießereien kommen sollte, konnte er hinter einem von ihnen in Deckung gehen. Er war ziemlich sicher, daß Kugeln ein gutes Stück Renzo oder Carmine durchdringen konnten, ohne merklichen Schaden anzurichten. Er stellte sich die Schnittzeichnung eines Rausschmeißerkörpers vor, in dem das Projektil irgendwo in einem Unterarm oder Kinn verlangsamt worden und zum Stillstand gekommen war.

»Hi, Leute, da bin ich!«

Guy machte sich bereit, holte tief Luft. Leichte Panik ergriff ihn, er machte auf dem Absatz kehrt und bewegte sich wieder in Richtung Club. Renzos Hand packte ihn beim Genick, und schon stand Guy wieder draußen vor dem Club.

»Diss iss Guy«, erklärte Renzo Carmine.

»Jo«, erwiderte der. »Wie geht's 'n so.«

»Hi«, grüßte Guy, der langsam sein Gleichgewicht wiederfand. Er starrte auf seine Fußspitzen, stellte fest, daß er nun in jenem geheiligten Rechteck stand, in der heiligen, durch Alu-Ständer und abgewetzte rote Samtkordeln abgetrennten Zone. Da wäre ich also, dachte er.

»Es geht mir gut«, sagte Guy laut vor sich hin, er untersuchte immer noch seine Schuhspitzen und den Betonboden drum herum.

Ganz langsam, um sich nicht irgendwas zu zerren, hob er die Augen. Er blinzelte, wurde vom blendenden Weiß der Bogenlampen erwischt, das die Fotografen auf ihn richteten, für die Fotos der Boulevardpresse und die Fernsehkameras. Dann erblickte er jenseits dieses gleißenden, eigentlich gar nicht so unangenehmen Heiligenscheins die Menge. Großer Gott, dachte er, guck dir das an!

Von dieser Seite hatte er die Sache noch nie gesehen. Er hatte noch nie in den Schlund der ausgehungerten Bestie geblickt. Da waren sie, Hunderte von Gesichtern, die Vergnügungssüchtigen, die Bittsteller, die wirren Menschenmassen, die Leute, die in den Club wollten. Guys starrer Blick war voller Unschuld, verzaubert, der Blick eines Kleinkindes beim ersten Geburtstagsfest, wenn es noch zu klein ist, um richtig zu verstehen, was eine Geburtstagsparty ist, aber dennoch vom Getümmel benommen. Der schweigenden Menge war bewußt, daß soeben ein neuer Türmann seine Arbeit angetreten hatte.

»Hi«, grüßte Guy schüchtern in die Meute.

»HI«, schrie die Meute zurück. Alle versuchten, so toll wie möglich zu klingen.

»Wie geht's denn so?« fragte Guy, der schließlich eine gute Kinderstube hatte.

»GUT«, antwortete die Meute.

Nachdem nun die Nettigkeiten ausgetauscht waren, starrte Guy weiter, wie hypnotisiert. Er sah das Lächeln, die Schweißflecken, die verwelkenden Frisuren, die noch ein wenig steifen Kleider frisch vom Kleiderbügel. Er schnupperte Moschus-Parfüm, männlich-herbes Aftershave, medizinische Mundsprays. Er fühlte sich wie der einsame Jesuit, der jeden Morgen losgeschickt wird, um in Lourdes das Tor aufzusperren. Er dachte, eigentlich sollte ich eine Startpistole haben.

Und dann ging es los. Die Sehnsuchtsseifenblase platzte. Die höfliche Stille verebbte. Die Meute explodierte.

»GUY, ICH LIEBE DICH«, kreischte eine Dermatologengattin, die in der Morgenzeitung die Nachricht von Guys neuem Job gelesen hatte.

»Ich will dich, Guy«, flüsterte eine Stewardeß und streckte die Hand aus, um seinen Smoking zu liebkosen.

»Mann«, meinte Guy zu Carmine. »Sind die nicht toll?«

»GUY, GUCK MAL, EIN KLEINER GUY!« schrie eine rotgesichtige Frau im Krankenhausnachthemd und hielt ein wenige Stunden altes Baby hoch über den Kopf. »ICH HAB IHN GUY GENANNT!«

»Danke!« Guy fühlte sich mächtig geehrt.

»HE, DÄMLACK, LÄSSTE MICH WOHL REIN HIER!« verlangte ein muskelbepackter Line-Backer, der mit seinem gesamten College Football Team schon drei Stunden wartete. Die Sportstypen begannen einen Sprechgesang, schwangen Baseball-Schläger und brüllten: »DÄM-LACK! DÄM-LACK! DÄM-LACK!«

Guy drohte den Knaben neckisch mit dem Zeigefinger, sie wollten sich auf ihn stürzen, wurden aber vom Gedränge verschlungen.

»Drei Personen, Guy«, ein Showbusiness-Anwalt wedelte mit zusammengefalteten Banknoten. Showbusiness-Anwälte wollen nicht wirklich als Rechtsanwälte arbeiten, sie wollen bloß Ratallia Parv kennenlernen. Guy fragte sich, ob es wohl als nächstes Showbusiness-Medizin geben würde, für Ärzte, die nur noch Berühmtheiten operieren wollten.

»EINHUNDERTSECHSUNDFÜNFZIG PERSONEN, GUY! MISS MIPPY UND DIE KLASSEN VIER BIS ACHT EINSCHLIESSLICH!«

»Guy, Guy, Super-Darling! Mich kennst du, von Brett und Erica in Amagansett, weißt du noch, es war ein himmlisches Wochenende, mit Sackhüpfen, und dann dieser Endiviensalat! Ist das nicht zum Totlachen? Absolut aberwitzig? Guy, ich bin's, Marisa!«

»GUY; BITTEBITTEBITTEBITTEBITTE! BIIIIIITTE, O BIIIIIIITTE, ICH BIN DEIN BESTER FREUND FÜR EWIG, WIR FAHREN ZUSAMMEN WEG, TELEFONIEREN, GEHEN IM PARTNERLOOK ZU ALLEN HEIMSPIELEN!«

»Guy, ich kenn deine alten Herrschaften, und das hier ist Mrs. Meertop. Als du noch ein winzig kleines Kerlchen warst, sind wir manchmal gekommen und haben dir was vorgelesen. Und Mrs. Meertop hat dir Salbe auf dein kleines Bäuchlein gerieben. Ich weiß noch, wir haben dir mal so eine komische kleine Knubbelpuppe geschenkt, mein Gott, hast du da gelacht! Du warst so ein liebes Kerlchen, immer unser absoluter Liebling. Guy, laß mich rein, dann kannst du SIE BEHALTEN!«

»HÖR SICH EINER DEN KERL AN!« kreischte Mrs. Meertop, der die silberne Perücke verwegen schief über einem Auge hing.

»Hi, Mrs. Meertop!« Guy winkte.

»Sieh mir in die Augen, Guy! Spürst du es auch? Gespenstisch, nicht? Uns verbindet, wie soll ich sagen, so eine dynamische Strömung, ich kenne dich, du kennst mich, vielleicht aus Rom oder Karthago. Ich war damals äthiopischer Konsul, und du eine Konkubine ...«

»O GOTT, IST DER SÜSS. SELBST WENN ER NICHT AN DER TÜR STÜNDE. HI, GUY, ICH BIN'S! LEONARDA! LEONARDA LADURCCA!«

»Jemand rein?« erkundigte sich Carmine, der in entspannter Paradehaltung mit auf dem Rücken verschränkten Pfoten dastand und die Meute kaum anblickte. Es juckte Carmine sehnsüchtig in den Fingerspitzen, er hungerte nach einem Rückgrat oder einem Genick, das er packen und in die Luft schleudern könnte. Eins mußte man zu seiner Ehrenrettung sagen, er konnte wunderbar mit Kindern umgehen. Er steckte sich oft seine kleine Tochter locker hinters Ohr, wie eine Zigarette.

»Was?« stotterte Guy, den die Meute hypnotisierte.

»Jemand rein?« wiederholte Carmine und klopfte Guy freundlich auf den Kopf.

»Oh«, meinte der und rieb sich den Schädel. Mein Gott, dachte er, ich muß sie jetzt auswählen. Ich arbeite hier. Das ist jetzt mein Job! Aber für wen sich entscheiden? Guy ließ seine Augen hektisch über die Menge schweifen, suchte verzweifelt nach Anhaltspunkten. Soll ich einfach alle reinlassen, fragte er sich. Oder gar niemand?

Guy wußte, daß er bestimmt nicht alle reinlassen sollte. Das mochte zwar sehr menschenfreundlich sein, aber das Management würde sicher die Stirn darüber runzeln. Und außerdem würden sie Guy niedertrampeln. Wenn ich gar niemanden reinlasse, dann wäre der Club echt exklusiv. Und pleite, ging ihm auf.

Eine ungewohnte Angst erfaßte seine Seele. Er hatte das Gefühl, als hätte er eine große Stahlkugel mit Widerhaken verschluckt. Seine Arme wurden taub, hingen wie vor Kälte erstarrt herunter. Seine Füße schienen mit dem Bürgersteig verschweißt zu sein. Die gesellschaftliche Verantwortung lähmte ihn. Könnte ich bitte morgen Abend wiederkommen? wollte er schreien. Könnte ich einen Trainingskurs machen? Kann ich einfach mit geschlossenen Augen auf Leute zeigen? Als er gerade am Rande einer Ohnmacht schwebte, sandte der Gütige Herr Rettung: Guy sah Oded Ben Fadood und zwei seiner Frauen, wie sie auf die Absperrung zukamen.

Halleluja! dachte er. Oded! Der Scheich war ein sicherer Treffer. Unvorstellbar reich und im oberen Bereich der internationalen Freak-Skala. Seine Mehrfach-Gattinnen im typischen Erkennungsschwarz verliehen ihm Status, ja Trendsetter-Weihen (»Glaze« plante im Augenblick eine Titelstory über »Die Neue Polygamie«).

»Drei Personen!« rief Guy fröhlich und deutete Renzo an, daß er die Kordel öffnen sollte. Oded trottete an Guy vorbei, kopfnickend in seinem Kapuzenburnus. Er schien ungewöhnlich groß zu sein, aber Guy schrieb diese Veränderung der gesunden amerikanischen Kost zu.

»Nammilammi nam nam nam«, meinte Oded, Guy hielt es für eine arabisches Dankeschön. Jovial machte er mit dem Daumen und Zeigefinger ein rundes OK-Kringelchen.

»Hi!« Guy salutierte schneidig. »Jederzeit!« Er wollte so gern tüchtig erscheinen, so wie die hilfreichen Tankwarte in den Werbespots im Fernsehen, die ohne Aufforderung Ölstand und Reifendruck überprüften.

»Drei Personen«, erwiderte Renzo und schob Fadood und Co. in den Club. Renzo fragte sich, warum Fadood heute abend nur zwei seiner Frauen mitgebracht hatte. Vielleicht hatter die andern irgendwo innem Keller angekettet, dachte er, oder sie sinn im Schönheitssalong. Möcht bloß wissen, was die Tussis unter dem ganzen schwarzen Scheißzeug anhamm.

Man kann getrost davon ausgehen, daß Renzo keinen Gedanken je lange in seinem Kopf behielt.

»Puh«, schnaufte Guy, als sich die Tür hinter den emsigen Nomaden geschlossen hatte. Er war so erleichtert. Langsam kriege ich wohl den Bogen raus, so scheint's, dachte er. Oded! In Ordnung! Okay, auf geht's. Er schüttelte die Hände aus, lockerte seine Gliedmaßen. Dann schnipste er mit den Fingern und setzte sich die Sonnenbrille auf.

»Jetzt kommt langsam Schwung in die Sache!« erklärte er Renzo.

»GUYYYYYYY! GUCK MAL! WENN ICH DIE AUGEN ZUMACH, KANNST DU ES SEHEN, AUF DEM AUGENLID G-U-Y. GEHT NICHT MEHR AB!«

»Dwayne Fencer, Guy, ABC-Nachrichten, Nachtausgabe. Wir haben gehört, dies ist dein erster Abend hier draußen. Könntest du uns mit eigenen Worten sagen, was du da empfindest, zum ersten Mal solo vor dem Numero uno Nachtklub Amerikas, wo die Beautiful People und das Jet-set sich treffen und wo alles, aber auch alles möglich ist!«

»Tja«, meinte Guy zum Mikrofon. Er blickte in die Kamera. »Hi, alle miteinander. Kommt einfach mal her!«

»Guy, ich bin eine echt voll total gute Tänzerin, Hustle, Latin Hustle, Bump, Double Bump, Freeport Lock, Freeport Lock mit Variationen, Needlenose Drytickle, Rockdown Bleedbustle, Rockdown Bleedbustle mit Dips ...«

»Guy, hier ist noch mal Dwayne Fencer. Du siehst toll aus, wenn wir jetzt auch noch ein paar Meter Film innen im Club aufnehmen könnten ...«

»LOS, ALLE MANN SINGEN! GUY, IST DAS NICHT EINE OBERGEILE SUPERIDEE? WIR SINGEN ALLE, UND DANN GEHEN WIR ALLE REIN!«

Ein Bus voller Fundamentalisten kam an, als Streikposten. Sie wurden gleich abkommandiert: es waren leblose Körper zu stapeln und herumirrende Kleinkinder mit den passenden, im Augenblick anderweitig abgelenkten Eltern wieder zusammenzuführen. Jemand warf eine Handgranate, aber Carmine warf sie zurück in die Menge. Sie explodierte, ohne irgendwelche echten potentiellen Clubgäste zu zerfetzen.

Die Straßenverkäufer füllten ihre Vorräte an Selbstmordpillen auf, die sie zusammen mit herzförmigen Silberballons verkauften, auf denen »New York, New York – So Nice They Named It Twice« stand.

»Willste 'nen Ballon?« fragte ein Verkäufer Guy.

»Klar!« antwortete der.

Als er den Ballon in Empfang nahm, fiel im das Glitzern eines Diamantohrrings ins Auge. Der Ohrring hing an einer jungen Dame, die sich auf dem Dach einer Limousine lümmelte, ganz weit hinten in der Menge, mitten auf der Straße. Sie war in ein schulterfreies hautenges schwarzes Kleid gegossen, sie saß mit übereinandergeschlagenen Beinen da, hatte den Kopf in den Nacken geworfen. Sie blickte träge in den Nachthimmel, blondes Haar fiel ihr in Kaskaden über die Schultern.

Diese junge Dame war einsame Weltspitze, wahnsinnig abgerückt. Sie schien sich im Mondlicht zu baden, auf ihrer ganz privaten Terrasse. In einer handschuhumhüllten Hand hielt sie eine Zigarette. Sie führte die Zigarette zum Mund, inhalierte.

Guy starrte auf diese sorglose Vision, sein Kinn war ihm auf die Brust geklappt. Sein Ballon schwang sich himmelwärts.

Dann riß er sich zusammen. Ich hab Dienst, wurde ihm klar. Ich hab hier einen Job zu machen! Dieses Mädchen ist so atemberaubend, für die würde ich Morde begehen, aber ist sie ... Extasy? Ist sie der Pralltriller, den die Sinfonie unbedingt noch braucht? Wen kennt sie? Wer sind ihre Leute? Auf wessen Weihnachtsliste steht sie? Was würde sie beitragen können, welches unausweichliche Prickeln, welches Ultra-Plus? Hatte der Club ihre Gegenwart nötig? Würde er darunter leiden, wenn er ihren besonderen Schimmer entbehren müßte? War sie ein absolutes Ja? Wer war sie überhaupt?

»Darling«, artikulierte die junge Dame, der Fahrer der Limousine ließ den Motor aufheulen, begierig darauf, endlich weiterzufahren.

»Venice!« schrie Guy entzückt auf, drehte sich dann zu Renzo um: »Eine Person, bitte!«

Renzo watete durch die Menge, zerteilte die Wogen und ein oder zwei Visagen. Er stapfte hinaus zur Limousine, wo Venice sich lümmelte. Er war dankbar für die Jahre, die er mit den Green Berets in den Sümpfen von Thailand verbracht hatte, bei der Liquidierung von Krokodilen und Saboteuren. Im Vergleich zu einem mit einer Nagelfeile bewaffneten Mädchen aus Flatbush war das allerdings alles der reinste Kinderkram gewesen.

Renzo hob sich Venice auf die Schulter wie ein Starker August im Zirkus; und er pflügte sich zurück durch die Menge. Venice winkte den Horden da unten fröhlich zu, stach mit ihren ellenlangen Stöckelabsätzen auf Angreifer ein. Sie fühlte sich wie eine Heiligenstatue, die an hohen Festtagen durch kleine italienische Städte getragen wird. Wenn sie sich recht erinnerte, sollte eigentlich die Menge noch bunte Papierschnipsel auf sie herabregnen lassen. Das machte allerdings keiner. »Hi, Darlings!« rief sie den Massen zu, während sie hoch oben schwankte. »Na, macht schon!«

Renzo setzte Venice hinter der Absperrkordel ab. Sie trat ein bißchen zurück und betrachtete Guy. Dann packte sie ihn beim Revers und küßte ihn leidenschaftlich.

»Du arbeitest!« meinte sie und hielt noch immer sein Revers fest. »Einfach tödlich!«

»WER IST DIE SCHLAMPE DA?« schrie jemand aus der Menge. »HE, SCHAMPUS!«

Schampus? Guy erkannte seinen Spitznamen aus Kindertagen wieder, den Freunde ihm verliehen hatten, als sie die sprudelnde Quelle seines Treuhandfonds entdeckt hatten. Er hatte den Namen eigentlich nie gemocht, also hatten seine Schulkameraden ihm diese Bezeichnung pausenlos an den Kopf geworfen. Der Name war schließlich irgendwie sogar auf all seinen Diplomen aufgetaucht. Guy blickte in die Menge, um herauszufinden, wer diese Folter wieder zu neuem Leben erweckt haben könnte.

»Licky!« meinte er. »Renzo, eine Person bitte, die mit den Netzstrümpfen!«

Licky hatte beschlossen, Guy zu Ehren als keckes französisches Hausmädchen zu erscheinen: im kurzen schwarzen Satinkleidchen mit Petticoats und weißem Spitzenschürzchen, hochhackigen Schuhen und einem kleinen gestärkten Häubchen. Längst hatte er das Kriterium Geschlecht als Beschränkung bei der Kleiderauswahl weit hinter sich gelassen. Warum um alles in der Welt sollte man sich die Hälfte der Mode entgehen lassen? Licky betrachtete die ganze Welt als seine Bühne, alle Bekleidungsstücke lediglich als seine Kostüme. Er hatte sich heute gegen eine Perücke entschieden, hatte statt dessen sein eigenes Haar in eine gewagte, sehr männliche Wellenfrisur gestriegelt.

Renzo weigerte sich, auch Licky abzuholen, der ihn in Angst und Schrecken versetzte. Er hatte den trüben Verdacht, daß Licky der einzige Mensch auf der ganzen Welt war, der ihn verhauen könnte. Renzo gab lieber sekundenschnell zu, daß er geschlagen war, als daß er sich durchkitzeln ließ. Licky mußte sich beißend und boxend selber seinen Weg durch die Meute bahnen. Schließlich kletterte er auf einen Sozialkundelehrer und stürzte sich von da in den Raum hinter der Kordel.

»Du arbeitest!« sagte auch Licky, als er sich wieder vom Boden aufrappelte und seinen Strumpfhalter zurechtgezurrt hatte. »Oh, Monsieur Huber!«

Guy, Venice und Licky blickten einander atemlos an. Sie hatten das rettende Floß erreicht, sie waren beieinander, die Nacht war noch säuglingsjung.

»Renzo«, bat Guy. »Kannst du einen Augenblick übernehmen? Ich möchte nur mal einen Moment reingehen mit diesen Leutchen hier, geht das in Ordnung?«

»Klar doch«, meinte Renzo gutmütig. Der Kleine hatte bisher anständig gearbeitet, und Renzo wollte außerdem den Typ im Kleid so schnell wie möglich loswerden.

»Mach mal Pause«, meinte er zu Guy, und an Venice gerichtet: »Hallo, Zuckerpuppe!«

»Caro«, schnurrte Venice. »Ooooooo …«

»Oh, Renzo«, Licky rauschte vorbei. »O-la-la!«

»GUYYYYYYY!« kreischte die Menge, als Guy und seine Vasallen im Club verschwanden. »GUY, KOMM ZURÜCK, WIR LIEBEN DICH!«

»Also wirklich, Schätzchen!« sagte Venice zu der tosenden Menge, während die Tür zischend hinter ihnen zufiel. »Der Mann ist doch verheiratet!«

12

Die Schlägerei

Guy, Venice und Licky rannten durch die Vorhalle, von den verspiegelten Wänden wie Bumerangs reflektiert. Guys Erfolg hatte sie alle mit Freude erfüllt, und sie waren nur zu bereit für ein Tänzchen. Sie konnten die Musik, den ansteckenden Pulsschlag des Clubs, schon hören, Stillstehen erwies sich als unendlich schwierig.

»Leute, das ist wirklich bizarr«, Guy schaukelte an einer Palme. »Dieser Job ist echt kinderleicht. Ich bin einfach da rausgegangen, klar, und zuerst hab ich gedacht, ich brech mir einen ab, aber dann war's voll gut. Ich hab's einfach gemacht. Na ja, so einfach auch wieder nicht, ich wollt schon fragen, ob sie mir vielleicht 'nen Stuhl oder so rausbringen, denn wenn ich so drüber nachdenke, anstrengend war's schon, aber ich hab's geschafft!«

»Aber jaaaa«, Venice wiegte ihre Schultern im Takt der Musik.

»Du bist ein Türmann«, lobte Licky, »ein Stil-Sheriff! Geschmackspolizei!«

»Ich weiß«, gab Guy mit leichten Gewissensbissen zu. »Furchtbar, was?«

»Eine Drecksarbeit«, meinte Licky. »Schämen solltest du dich.«

»Licky!« protestierte Guy. »Du hast mir den Job selber besorgt!«

»Weiß schon!« kicherte der und rannte voraus.

»Darling«, Venice legte ihren Arm um Guy. »Mach dir keine Sorgen!«

»Echt?« Guy klang besorgt.

»Echt!« beruhigte ihn Venice. »Du kommst sowieso in die Hölle.«

Als das Trio zum Zentrum des Clubs vorstieß, bot sich ihnen eine Szene höchster gesellschaftlicher Verzückung: Caronia Desti bei der Begrüßung von Scheich Fadood.

»Oded!« kreischte sie. »Oded Ben Fadood, mein Scheich, mein Pascha, mein unermüdlicher Moslem! Tönet, ihr Schalmeien!«

Caronia schlang die schilfdünnen Gebeine um ihren Lieblingsbarbaren. Sie hatte schon lange eine Schwäche für Fadood, war sich sicher, daß man nur in seinem ausgemergelten, ölhaltigen Eckchen der Dritten Welt den Schleier noch wahrhaft zu schätzen wußte. Sie hob die Kapuze seines Burnus hoch, wühlte in den fleckig gesprenkelten Leinenbergen, suchte die glühenden Augen und den ranzigen, leicht gesalzenen Schnurrbart, den sie so anbetete. Wir erinnern uns, Caronia war eine Frau mit weit gestreuten Leidenschaften. Sie genoß jegliche Erfahrung aufs äußerste, hatte sogar einmal eine Modeseite in der Todeszelle fotografieren lassen und dann unter dem Titel »Der letzte Schrei« gebracht.

»Ein Ungläubiger!« heulte sie nun auf, wich entsetzt zurück. Dies waren nicht Fadoods glühende Augen! Dies war nicht Fadoods Schnurrbart! Dies war kein Potentat in irgendeiner Form oder Farbe!

»Wer sind Sie?« verlangte Caronia zu wissen, noch völlig entgeistert vom grausamen Betrug. »Und was haben Sie mit Fadood gemacht?«

Ein paar häßliche, freifallende Sekunden lang hatte Debbie versucht, ihre List weiter zu vertuschen, hatte ihre Verkleidung fest um sich gerafft. Sie hatte sich den Burnus aus einem Kaftan ihrer Mutter gemacht und aus einem Spannbettuch der Wamsutta-Kollektion »Schick des Orients«. Sie hatte als Accessoires die Ausgehleine ihres Beagles und ein paar goldene Kettengürtel hinzugefügt, wie sie im Zeitalter der Go-Go-Go-Stiefel so rasend populär gewesen waren. Sie wackelte wie wild mit den Hüften und hoffte, daß ihre Gürtel als überzeugend persisch durchgehen würden. Ihr Gesicht hatte sie mit einer Schnellbräunungscreme eingeschmiert, einem orangen Papp, der jetzt auch Caronias Wangen zierte. Sie zog schnell eine Tube aus der Tasche und wollte die Wirkung wieder auffrischen, im verzweifelten Versuch, ihr Fleisch so ausländisch wie möglich erscheinen zu lassen.

»Aber … aber …«, stotterte sie, rang um arabische Laute.

»Hab dir gleich gesagt, daß das nicht klappt«, meinte Michelle nüchtern. Sie zog sich den schwarzen Tüllschleier vom Gesicht. Ihre Maskerade bestand aus einem kleinen Pfadfinderzelt, das sie ein paar Tage lang in einem Waschtrog mit schwarzer Wäschefarbe eingeweicht hatte. Debbie hatte alle notwendigen Nähte in der Hauswirtschaftsklasse der High-School fabriziert, wo sie vorgab, einen Poncho zu nähen.

»Scheiße, ist das peinlich«, japste Bruce und riß sich seinen improvisierten Schleier vom Kopf (zu gleichen Teilen Bettdecke und Duschvorhang). Er war heilfroh, endlich dieses sperrige Kostüm los zu sein. Wenn ihn hier einer von den Jungs sehen würde, angeschirrt wie so 'ne beschissene Arabertussi? Bruce hatte sich nur einverstanden erklärt, überhaupt bei der Sache mitzumachen, weil ihm Debbie gewisse Versprechungen gemacht hatte, Versprechungen, bei denen ein in der Nähe gelegenes Motel und Höschen mit sexy Sprüchen eine gewisse Rolle spielten. Bruce hatte eigentlich zunächst den Part des Fadood übernehmen wollen, aber Debbie hatte eben von Natur aus mehr Schnurrbart und setzte sich durch.

»Aber wir sind REINGEKOMMEN!« schrillte Debbie. »Laß uns in Ruhe!«

»O Gott«, Licky erforschte die Sachlage, hörte sich Caronias Gezeter an. »Jersey ist mitten unter uns!«

»He«, Guy war beeindruckt. »Du bist ja gar nicht Oded!«

»Schätzchen«, gurrte Venice. »Ihr schlauen kleinen Kerlchen!«

»Wasn hier los?« Einer von den Servierboys hatte Carmine geholt. »Wer sinnen die Scheißer hier?«

»FASS MICH BLOSS NICHT AN!« schrie Debbie. Ihr Burnus klaffte jetzt weit auf, darunter konnte man ein beinahe neues puffärmeliges Nylon-Partykleidchen in puderblau mit winzigen lächelnden Lurexgesichtern sehen. »ICH BIN DRIN!«

»Heiliger Himmel.« Carmine klemmte sich die brüllende Debbie unter den Arm. »Immer machense das. Versuchen hier reinzukommen, schrein dasse jemand kennen – wie im Busch!«

»Meine Idee war's nicht«, protestierte Michelle, die ihre Hauer in Carmines Oberschenkel versenken wollte. »Ich wollte ja zu meiner Freundin Janice Pitterman, und wir wollten uns Rotze an die Finger schmieren und ihren kleinen Bruder durchs Haus jagen.«

»Auuuuu«, meinte Carmine, als Michelles Zähne ihr Ziel gefunden hatten. »Schmier du bloß keine Rotze an mich ran!«

»Deb, hab ich dir's nicht gesagt, das ist eine total beknackte Klapsmühle hier«, meinte Bruce, als sich Renzo näherte. Bruce nahm Karatehaltung an, er konnte sich noch schwach daran erinnern, wie das in dem Werbespot für das Männerdeo »Banzai Protection« ausgesehen hatte. »He, Junge«, sagte er Renzo. »Eine Berührung, und du kannst deinen Scheißarm auf dem Müll suchen!«

»ICH BIN DRIN! ICH BIN DRIN!« quietschte Debbie, während Carmine sie um die Bar jagte. Die Barmänner amüsierten sich königlich und beschossen jeden, der in die Nähe kam, mit einem Sodastrahl.

»Wow«, meinte einer und spritzte Renzo an. »Auf sie mit Gebrüll!«

»Mensch, Kleiner«, meinte ein anderer zu Bruce, »jetzt mußte aber blitzschnell die kleinen grauen Zellen in Aktion bringen!«

»Halt Abstand, Kumpel! Ich sag dir, bleib mir vom Leib, du Scheißer!« warnte Bruce Renzo. Dann stolperte er, als sich seine Manuel-Elegante-Laufschuhe, zwölf Pfund Latex und Segeltuch, hoffnungslos in seinem gefallenen Schleier verhedderten.

»Schätzchen, der ist einfach himmlisch!« kreischte Licky, der eine Schwäche für alles Rückschrittliche hatte. »Darling«, er pirschte sich an Bruce heran, »du bist einfach gottvoll.«

»Scheiße, wer zum Teufel bist du denn, Lady?« fragte

Bruce und versuchte, seine ungeteilte Aufmerksamkeit dem herannahenden Renzo zu widmen.

»He, Dreckstück«, Renzo hatte bereits Schaum in den Mundwinkeln, »auf welcher Seite hättste denn gern das Hirn gescheitelt?«

»Ist das nicht einfach köstlich?« trillerte Licky, jetzt, da Blutvergießen unvermeidlich schien. »So machen normale Männer Sex!«

»HAIIIIIIII-JA«, brüllte Bruce und hieb mit der Handkante auf Renzos Nacken ein. Die Hand erschlaffte beinahe augenblicklich. Renzo nahm kaum Notiz davon und warf den wild um sich schlagenden und fluchenden Bruce locker über die Schulter.

»Letzte Warnung, du Pißkopf!« fluchte Bruce. »Ich kenn DRUCKPUNKTE!«

»Ach Brucie, HALT DIE SCHNAUZE!« schrie Debbie, die Carmine inzwischen mit einem Schwitzkasten außer Gefecht gesetzt hatte. »BITTE, BITTE, BITTE, LASS MICH LOS! ICH BIN DRIN! ICH BIN REINGEKOMMEN!«

»Rotzerotzerotze!« jaulte Michelle, die Carmine mit seiner freien Hand an den Haaren hinter sich herzog. »ICH HAB ROTZE AM FINGER!«

»O NEIIIIIIIIIN!!!!!!!« stöhnte Debbie mit dem nackten Horror eines Muttertiers, das von seinen Jungen getrennt wird, mit dem Jammern der gepeinigten Kreatur. »BITTEBITTEBITTE!«

»Meine Lieben.« Caronia fand wieder zu Worten. »Was war denn das? Saboteure! Provokateure!«

»Tolle Action!« kommentierten die Barkeeper und überschütteten sich gegenseitig mit Bier.

»Waren die nicht absolut irre?« Licky strich sein Schürzchen glatt. »War das nicht hundert Pro obergeil? Ach, was sag ich, geradezu absolut marsmäßig!«

»Zu heiß«, meinte Venice, die an der Bar saß.

»Ich komm mir so blöd vor«, sagte Guy. »Ich mein, ich hab die reingelassen, auch noch an meinem ersten Abend! Ich bin ein solcher Käsekopf! Aber toll war's trotzdem!«

13

Das stadtbekannteste Paar

Man schleifte Debbie, Bruce und Michelle heraus. Die Ordnung war wiederhergestellt, sehr zur Enttäuschung aller Anwesenden. Licky rannte zur Kabine des Diskjockeys. Er wollte ihn dazu ermuntern, sein Lieblingslied zu spielen, irgendwas über einen Boogie-Doktor, der »heiße Liebes-Injektionen« anbietet.

Die Musik im Extasy Club war für Primitivst-Bewegungen angelegt. Nur Rhythmus, nichts als unermüdliches, eindringliches Wummern. Die Lautstärke war teuflisch, so laut, daß die Tanzenden das Gefühl hatten, von den elementaren Baßlinien geradezu verschlungen zu werden. Die Musik war beinahe massiv, eine Wand aus klopfendem Gehämmer. In den beliebtesten Stücken waren die Instrumente elektrische Maschinen, die man so programmieren konnte, daß sie traditionelle Instrumente imitierten oder neue Geräusche hervorbrachten, TNT-Explosionen und Maschinengewehrgarben und unmögliche Echos.

Die Musik war der reinste Orgasmus, unwiderstehlich, sie zielte tief unter die Gürtellinie. Keine Hüfte konnte ruhig bleiben, die Musik lockte auf der elementarsten, auf der Hormonebene. Wenn man die Worte überhaupt hören konnte, dann erzählten sie stöhnend und zischend immer wieder vom Liebeskummer schwarzer Frauen. Die Diskjockeys köderten die Tanzenden mit kleinen Häppchen ihrer Lieblingsnummern, bis die Menge vor Frust schrie. Und dann endlich wurde das Lied der Stunde aufgelegt, die Tanzfläche brodelte. Die DJs spielten damit herum, wiederholten einzelne Fetzen, spielten übereinander, verzerrten den Rhythmus, bis starke Männer schluchzten und starke Frauen sie anlachten.

Die Leute tanzten allein oder im Rudel, aber selten mit

nur einem Partner. Sie verloren sich völlig in der Musik, tanzten mit der ganzen Welt. Sie schlossen die Augen und bewegten ihre Gliedmaßen in athletischen Wirbelmustern. Es gab hervorragende Tänzer, geschmeidige Pirouetteure; und schüchterne Tänzer, die sich auf kleine verkastelte Bewegungen beschränkten. Und immer gab es auch den einen oder anderen Börsenmakler, Männer mit um den Kopf gebundenen Krawatten, die nicht die blasseste Ahnung hatten, was sie mit ihrem Körper anfangen sollten, wenn sie nicht vor dem Computer hockten oder einen Squash-Schläger schwangen.

Die besten Tänzer lieferten sich auf Gedeih und Verderb der Musik aus, ließen sie auf sich hereinprasseln. Tanzen im Extasy Club hatte nichts Romantisches, es war purer Sex. Tänzer in Ballsälen erleben Rituale, Rätselhaftigkeit, Höflichkeit; jegliche Emotion wird durch Foxtrott oder Menuett verschleiert. Im Extasy Club japsten und hechelten die Tänzer nach Erleichterung und Entladung und Schweiß.

Guy und Venice machten sich auf den Weg zum Laufsteg, während die Musik langsam auf Touren kam (die besten Stücke wurden erst gespielt, wenn der Abend schon in vollem Gange war). Sie kletterten die Treppe hinauf und standen schon bald Seite an Seite gegen das Geländer gelehnt. Sie gehörten dazu, Guy war jetzt Personal, sie waren Admirale und nicht bloß Passagiere an Bord dieses stampfenden Luxusdampfers. Sie sprachen nicht, wegen der Musik, aber das war auch nicht nötig. Sie waren glücklich.

Guy wußte, daß Venice ihn liebte, denn wenn sie allein waren, nannte sie ihn nie »Darling«. Und Venice? Männer hatten ihr Sportwagen und Araberhengste angeboten, Filmrollen und Wochenenden in der Nähe von Gstaad. Aber noch nie hatte sich jemand ihr zuliebe die Haare blau färben lassen. Die Hubers bewohnten eine blitzsaubere kleine Hütte aus gegenseitiger Anbetung im dampfigen Dschungel des allgemeinen Vergnügens.

Sie standen einander gegenüber, fingen zu tanzen an. Venice konnte in ihrem wie angegossenen Kleid keine großen

Bewegungen machen. Sie blieb beinahe reglos, benutzte nur ihre bloßen Schultern und den Schwung ihrer Haare. Sie warf den Kopf zurück und hielt die Augen halb geschlossen. Die Wirkung war betörend. Es sah aus, als würde sie sich Zentimeter für Zentimeter aus ihrem Kleid herausschlängeln.

Guy tanzte für sein Leben gern. Tanz ist ja das genaue Gegenteil von Arbeit. Er war ein sehr guter Tänzer, voller Übermut und Hingabe. Manchmal schnitt er beim Tanzen Grimassen, zerkrumpelte sein Gesicht im Takt der Musik. Das war eigentlich total uncool, aber Guy machte es trotzdem. Sein Haar wurde feucht, seine blaue Strähne fiel ihm ins Auge, sehr elvismäßig.

Guy und Venice lieferten ihre Körper den Launen des Diskjockeys aus. Die Musik flutete durch sie hindurch, bis sie es keine Sekunde länger aushalten konnten. Genau gleichzeitig rissen beide ihre Augen auf.

»Guy«, sagte Venice, immer noch tanzend, mit glänzenden Augen, lüsterne Untertöne in der Stimme.

»Was?« fragte Guy eifrig.

»Es schauen absolut alle her!« Und mit herrlicher Brutalität schnappte sie sich Guy und fing an, ihn zu küssen.

Unten ging der Klatsch auf wie frisches Brot, wohlduftend und dampfend. Guy und Venice waren das Stadtgespräch, ohne jeden Zweifel eines der Zehn Stadtbekanntesten Paare.

»Sehen Sie nur, Baron … Venice und Guy Huber«, säuselte eine Backpulver-Erbin. »Sie ist wirklich top-amüsant…top-top, nicht? Zu traurig, sie leben jetzt getrennt. Das hier ist alles nur Fassade. Er ist in Wirklichkeit mit diesem Filmsternchen zusammen, mit dieser Ungarin, der mit den Brustwarzen, wissen Sie. Und sie ist mit meinem Mann zusammen, sie haben ein Apartment in der Lower Fifth, voller, na ja, Poster. Mein Mann behauptet zwar, daß er da ein Mädchen aushält, das er irgendwo in einem Vorort von Kairo aufgesammelt hat, und daß er sie als Sklavin dort hält, aber so blöd bin ich nun auch wieder nicht. Heutzutage kann sich in der Stadt doch niemand mehr Sklaven halten!«

»Warum hat er bloß seine Haare so färben lassen?« fragte sich ein Dokumentarfilmer. »Mega-bäh! Glaubst du, daß die sich wirklich diese Spritzen für die Haut geben lassen? Schafsembryos oder so?«

»Schafsembryos?« erkundigte sich sein Freier.

»Na klar, die werden püriert, dann noch die Plazenta dazu, und davon kriegt man dann diesen Schimmer auf der Haut. Ich bin ganz sicher, wenn du einen von denen am hellichten Tag siehst, ist das ganz über die Maßen tragisch. Ich hab gehört, er soll völlig pleite sein. Die leben in einem Wohnwagen.«

»Ich kann sie nicht lejdän«, verkündete Ratallia. »Sie hält ihm fäst. Ich würdä ihn machen sähr glicklich. Ich würdä sejn dick in Bauch mit säjn Kint. Ich muuß habän Kint, um zu säin Frau, und Uuhr, wäißt du, Uuhr von Frau tickt in mäin Schoß. Ich machä Film darieber, Frau wos wäählt zwischän die Karriär und das Kint, ist so wichtick. Ich habä Kint, irgäntwo, sie lassen mir nicht sähän. Momänt, ich nähmä andärä Nasänloch, bittä.«

»Mir ist so langweilig«, meinte Licky und stolperte auf den Laufsteg. Er hatte unten mit fliegenden Petticoats getanzt. Er war ein hervorragender Tänzer. Er konnte sich in den wildesten Windungen verzwirbeln und doch dabei noch ganz ruhig eine Zigarette balancieren.

Guy und Venice lockerten ihren Clinch.

»Darling«, meinte Venice zu Guy und strich ihm das Haar glatt. »Für heute hast du hart genug gearbeitet.«

»Aber sicher«, sagte Guy und wischte sich den Schweiß von der Stirn. So ein Job, das macht einen ganz schön fertig, dachte er. Und es gab ja noch soviel mehr zu tun heute Abend.

»Wohin?« fragte Guy.

»Quo Vadis«, antwortete Venice.

14

Fehler Nummer zwei

Guy, Venice und Licky holten ihre Mäntel. Sie gingen durch die Vorhalle, besprachen die weiteren Möglichkeiten für den Abend und das Transportproblem.

»Carmine, wir gehen jetzt«, sagte Guy, als sie auf die Nachtluft prallten und aus tausend bebenden Mündern Guys Name ertönte. »Kannst du eine Weile übernehmen? Für die Spätschicht kommt dann wieder jemand, okay?«

»Ist das okay, Carmine?« wiederholte Venice und streichelte den Rausschmeißer über die Wange. »Du riesiges, süßes Schätzchen!«

»Null Problemo«, meinte Carmine und dann zu Guy: »Die macht dich alle.«

»Eins a warste, Junge«, sagte Renzo zu Guy.

»Ruf mich an«, meinte Venice zu Renzo.

»Mittagessen«, versprach Licky Carmine.

»Danke, Kumpel«, erklärte Guy den Rausschmeißern. »Ihr seid tolle Typen!«

Während dieses ausgedehnten Abschiednehmens fuhr ein schon beinahe tödlich langer Prunkschlitten vor. Daraus tauchte ein in wallende Tücher gehüllter Beduine auf, gefolgt von sechs gefügigen Frauen in schwarzem Tüll und mit Sonnenbrillen. Mit Hilfe ihrer Leibwächter bahnte sich die Gruppe einen Weg in Richtung rote Samtkordel.

»O-o«, kommentierte Guy das Herannahen des Trupps.

»Hi, Jersey«, grüßte Licky. »Das nenn ich mutig.«

»Zieht Leine, ihr Penner!« sagte Renzo. »Lernt ihr denn nie aus?«

»Schätzchen«, meinte Venice, »das muß euch ja ein Vermögen gekostet haben!«

Venice hob spielerisch einer der Frauen den Schleier hoch und sagte »Kuckuck!« Die Frau kreischte, wurde von ihren Mitfrauen überfallen und geblendet.

»Ach du liebe Zeit«, meinte Licky. »Schulmädchen.«

»Ich habe Einladung«, sagte die Kapuzengestalt und versuchte, sich an der Kordel vorbeizudrängeln. »Sie nicht verstehen.«

»Ich sehr wohl verstehen, du Prolo«, erwiderte Renzo und ließ erwartungsvoll seine Knöchel knacken. »Ich verstehen, du bist ein blöder Haufen Scheiße.«

»Ich Fadood!« antwortete der schockierte Wilde und baute sich zu seiner vollen Höhe von einsfünfundfünzig auf.

»Er Fadood!« sagte auch Hassad und versuchte sich krampfhaft daran zu erinnern, wo er bloß wieder seinen Ochsenziemer gelassen hatte.

»Er Scheißkerl«, erwiderte Renzo, und dann ging der Berg zum Propheten und warf ihn etwa einen Häuserblock weit. Carmine für sein Teil schnappte sich Hassad bei den schmalen Hai-Leder-Revers und schickte ihn seinem Arbeitgeber hinterher hoch durch die Lüfte.

»Du meine Güte!« sagte Ramira. »Dies hat die Aufregung.«

»Hipps Hipps Hurra!« brüllte Hofstra.

»Partiiiiiie!« kreischte Salima, und die Ehefrauen rannten ekstatisch in alle Richtungen in die Nacht hinein, wie Billardbälle, die eine Berührung des Spielballes freigesetzt hat. Nur Tira verharrte noch eine winzige Sekunde und erkundigte sich bei Licky nach seinen Wimpern.

»Also, wenn die noch mal zurückkommen, da gibt's aber gebrochene Knochen«, drohte Carmine.

»He, Mann«, beschwerte sich Renzo. »Du hast gesagt, die nächsten Knochen mach ich!«

»Wer ist die?« fragte Licky, der auf Zehenspitzen stand, um den verknitterten Fadood sehen zu können, der sich vom Bürgersteig aufrappelte.

»Arme Kerlchen«, meinte Venice.

»Alles okay, Leute?« erkundigte sich Guy bei Renzo und Carmine.

»Mann, ich lauf gerade warm«, versicherte ihm Carmine.

»Ich mach mir echt Sorgen um euch«, meinte Guy. »Das reinste Irrenhaus hier.«

»BYE-BYE SCHAMPUS!« schrie die Menge, als Guy und seine Freunde wegfuhren.

»Hassad, du sofort Polizei anrufen!« kommandierte Oded Ben Fadood, während er zu seiner Limousine zurückhumpelte. Er tupfte sich mit dem Saum seines zerfetzten Burnus das Blut von der Lippe. »Und du anrufen den Bürgermeister-Mann und die Größeren Männer.«

»Ich das mache«, antwortete Hassad und langte nach dem Autotelefon. »Wo haben die Ehefrauen?«

»Ich nicht weiß«, erwiderte Fadood, vor Wut kochend. »Sie haben das Weglaufen! Ich sage: ›Hassad, wir nehmen Kamelleine und Sachen von Fesselung.‹ Und du sagst: ›O nein, nicht nach Amerika. Warum die mittragen? Wir kaufen neue in Fifth Avenue.‹ Wo haben die Ehefrauen, Hassad? Du sagst mir!«

»Kein Problem«, erwiderte Hassad gleichmütig und wandte sich an den Chauffeur. »Fahrermann, du uns fahren in Zentrum. Wir finden Ehefrauen, wir kaufen Fesselung für Frauen.«

»Wohin, Kumpel?« erkundigte sich der Fahrer.

»Macy's«, erwiderte Hassad.

15

Quo Vadis

Guy, Venice und Licky stürzten sich in Venices geborgte Limousine, die vor dem Club vorgefahren war. Es wußte ja nun wirklich jeder, daß es unbestreitbar schäbig war, eine Limousine zu mieten; eine Limousine zu besitzen, das war eine mühselige Angelegenheit, mit Parken und so. Eine zu borgen schien eigentlich wirklich das einzig Wahre.

Die drei gaben kleine Maunzlaute von sich, als sie sich in die Nerzdecke kuschelten. Guy betete Limousinen an. Es war eine absolut neureiche Leidenschaft, zugegeben, aber er konnte einfach nicht anders. Limousinen haben etwas herrlich Wiegengleiches, Süßduftendes und Beschützendes. Herumgefahren werden kommt gleich nach Herumgetragen werden. Am liebsten mochte Guy die allervulgärsten, endlos langen, maßgeschneiderten Luxusschlitten wie den von Fadood, echte Vergnügungsinseln. Limousinen sind die letzten Überreste der Sänfte in unserer westlichen Zivilisation.

»Ich liebe Limousinen«, bekannte Guy und drückte Venice unter der Nerzdecke.

»Und ich liebe Chauffeure«, meinte Venice und drückte zurück.

»Kein bißchen Geschmack habt ihr«, kommentierte Licky, »keiner von euch beiden.« Dann stellte er den Farbfernseher an und mixte sich in der Bar einen Daiquiri.

Nachdem sie eine Weile herumgefahren waren, dirigierte Licky den Fahrer zum Solitary, einem Mitternachtsclub für Sadomasochisten, den Licky top-populär zu machen hoffte. Solitary lag am Wasser, im Fleisch-Verpackungs-Bezirk.

Die Gruppe betrat den Club durch eine Tür mit einem

kleinen vergitterten Fenster, die man zum festlichen Gruß mit einem Einlauf-Beutel geziert hatte.

»Ein Einlauf-Beutel!« bemerkte Licky begeistert. »Hut ab!«

Der Club war riesig und überraschend hell. Die schäbige Wandverkleidung aus Walnuß-Paneelen vermittelte die Atmosphäre eines Freizeitzentrums. In den Boden war eine strahlend glänzende Porzellanwanne eingelassen, und auf einem erhöhten Podest in der Mitte des Raums hatte man einige grob behauene Holzklötze aufgestellt. Von der Decke hingen Ringe und Schraubzwingen an Ketten. An einer der Wände wurde auf einem Lochbrett eine umfassende Auswahl von Peitschen, Knebeln und verschiedensten Gleit- und Schmiermitteln dargeboten. »Ist das nicht paradiesisch?« zwitscherte Licky, der das Lochbrett genau untersuchte. »Wie in der Zoohandlung!«

»Ich hüte meine Zunge«, meinte Venice, die eine fünfunddreißig Zentimeter lange Gummizunge in der Hand hielt.

»Mann, ist das ein Hut?« fragte Guy, der eine Gummisaugglocke auf dem Kopf balancierte. Er blickte auf, als die Clubmitglieder einer nach dem anderen auftauchten.

»Ach du liebe Güte«, meinte Licky, als ein paar Stammgäste für einen Plausch auf ihn zutrotteten. »Aufruhr in Tahiti.«

Es wurde bald ziemlich klar, daß das Solitary hauptsächlich Bondage-Freaks als Kunden hatte, Leute aus Bensonhurst und Perth Amboy, und leider nicht die Traumhengste und überlebensgroßen Dominas, von denen Licky lustvoll fantasiert hatte. Die Leute im Solitary waren gesetzt und jovial. Sie hatten sich über selbstgebastelte Zeitungsannoncen kennengelernt, mit Überschriften wie »Hi! Wir sind Janet und Ed!« Es waren alles Leute, die sich einen Abend lang gegenseitig fröhlich auspeitschten und dann mit ihren Kombis brav wieder nach Hause fuhren, an der Stoßstange Aufkleber wie »Schöne Grüße aus den Luray-Grotten«.

»Tag«, sagte einer der Clubfunktionäre, der bei Tag Aluminiumverkleidungen verkaufte. Heute Abend trug er eine lederne Henkerskapuze, Cowboyhosen mit Silbernieten und eine Digitaluhr mit zwanzig Sonderfunktionen. »Ich bin Marv Winkler«, stellte er sich vor und streckte seine Hand aus, »und das ist Denise.«

»Tag«, sagte Denise. Sie war eine üppige Hausfrau in Ketten-BH, schrittdekolletiertem Höschen und einer orthopädischen Kopfstütze. »Heute isses 'n bißchen lahm hier«, erklärte sie. »Wally is nich da, und Connie konnte kein Babysitter kriegen.«

»Mann, wer ist denn Wally?« erkundigte sich Guy.

»Och, der würde euch gefallen«, erwiderte Denise und kratzte sich mit einem venengemaserten Kunstpenis Marke Wanderers Nachtlust an einem Mückenstich. »Der macht ganz tolle Wackelpuddings, aber mit echt viel Bier, damit wir nach dem Büffet, na ja, auf ihn pissen können.«

»Wally ist wirklich zum Totlachen«, bestätigte Marv und zupfte an seinem ledernen Sackbeutel. »Connie, na ja, da habt ihr nicht viel verpaßt. Die läßt die Kerls nur gerne Perücken tragen. Echt öde, manchmal zieht sie sie ihnen dann weg, und sie heulen, aber die meiste Zeit eben bloß Typen in Perücken. Wen interessiert das schon groß, sag ich immer.«

»Ach, Marv meint das nicht so«, fuhr Denise schnell dazwischen. »Connie is 'ne tolle Nummer. Wir wollen so 'ne Art Kinderkrippe machen, im Vorraum, damit sie öfter kommen kann. Wir Mädels müssen doch zusammenhalten«, meinte sie zu Venice. »Hab ich recht, Süße?«

»Die Kopfstütze find ich toll«, meinte Venice. »Ich wünschte nur, ich hätte den Mut zu so was.«

»Och, das gehört eigentlich nicht zu meinem, äh, Ensemble«, erwiderte Denise entsetzt. »Ich hab mir in der Aerobik den Hals verrenkt. Ganz schön gefährlich, Sport.«

»Erbärmlich«, grunzte Licky. Er starrte auf eine Horde Buchhalter, die nackt waren, bis auf Hundehalsbänder und schnallenbewehrte Keuschheitsgürtel, die sie sich um die Lenden gegürtet hatten. Sie krochen auf allen vieren an ungegerbten Lederleinen, die an ihren Halsbändern befestigt waren. Geführt wurden sie von einer winzigen Frau in einem patentgestrickten marineblauen Hosenanzug mit einer riesigen, an einer Kette gesicherten Sonnenbrille. An ihrem

Handgelenk klimperte ein Armband, jeder Anhänger das Goldprofil eines Enkelkindes.

»Habt ihr schon gefressen?« verlangte sie von ihren Bluthunden zu wissen. »Warum schlagt ihr nicht an?«

»Tut uns leid, Herrin!« bellten die Buchhalter. Sie wurden mit Welpenleckerli und warmen Pullovern belohnt.

»Hier stimmt überhaupt nichts«, meinte Licky, zutiefst enttäuscht. »Das hat so was von ... Grillparty ... von Familienfest. Ohne jeden Schick meine ich.«

»Hast recht«, stimmte Guy zu. »Aber irgendwie ist es auch süß. Ich meine, jeder sollte ein Hobby haben.«

»Quo vadis?« fragte Venice und drückte ihre Zigarette in jemandes Ohr aus. »Ein dreifach donnerndes Quo Vadis.«

Wenn Venice »Quo Vadis« sagte, dann war das ein sicheres Symptom für beinahe unheilbares Debütantinnen-Dilemma, jene schleichende Krankheit, die junge Erwachsene befällt, jene Weigerung, die Morgendämmerung zu akzeptieren, jene Forderung nach nachtverlängernden Narkotika, jenes Beharren auf Sonnenbrillen, auch im finstersten Loch, jene akute Unfähigkeit, nach Hause zu gehen. Man kam nur sehr ungern vor Mittag heim – das sah so vernünftig aus, so irgendwie feige, so sinnvoll beschäftigt. Mit den Jahren hatte sich das Lange-Wegbleiben zu einer Art Härtetest und Wettbewerb entwickelt. Vergnügungssucht ist unstillbar, keiner will das erste Opfer sein, das stopp! ruft und Entschuldigungen über einen Termin früh am nächsten Morgen vorbringt. Venice brüstete sich oft, daß sie ihre Adresse völlig vergessen hatte. Und Licky behauptete gerne, daß er seit 1982 nicht mehr zu Hause gewesen war.

Guy, Venice und Licky kamen im Forty-Second Street Utopia, einem Fernfahrer-Imbiß, an, als gerade die Sonne aufging. Es war ein klassischer amerikanischer Imbiß, pure Eisenhower-Ära, wie im Museum: fleckiges Resopal, Kaffeemaschinen und rotierende Kuchenständer. Sie saßen auf Alu-Hockern an der Theke und schwatzten mit anderen Überresten aus den heißen Diskos und Clubs der Nacht.

»Und wo wart ihr?« fragte ein Partyhäschen.

»Och, überall eigentlich«, antwortete Guy. »Überall.«

»Warst du heute Abend nicht an der Tür?« fragte jemand anderer. »Im Extasy Club?«

»Mh«, erwiderte Guy bescheiden und knabberte an seinem Eiertoast. »War mein erster Abend.«

»Er war einsame Spitze«, meinte Venice stolz, legte ihren Arm um Guys Schulter. »Gehaßt haben ihn die Leute!«

»Gab's da wirklich ein Massaker?« fragte jemand. »So mit Faustkämpfen und leblosen Körpern und Maschinengewehren und so?«

»Nicht daß ich wüßte«, antwortete Licky und hielt sich ein Frostie ans Ohr, als Modeschmuck. »Na ja, toll war's, aber so toll nun auch wieder nicht.«

Die Fernfahrer hatten die Gespräche mitgehört und brachten ihre Verachtung dadurch zum Ausdruck, daß sie brennende Streichhölzer auf Guy und seine Konsorten warfen.

»Also, ich bin pappsatt«, meinte Guy und zupfte sich ein Streichholz aus dem Haar.

»Ihr Rohlinge«, sagte Licky zu den Truckern. »Seid wahrscheinlich bloß zu schüchtern. Ich steh im Telefonbuch.«

Guy, Venice und Licky verließen den Imbiß. Sie machten sich auf zu dem Nach-Nach-Mitternachtsclub, von dem sie hatten munkeln hören; angeblich sollte der in einer verlassenen Tankstelle an der äußersten Spitze von Manhattan Island existieren.

Die Tankstelle fanden sie, und sie kletterten durch eine zerbrochene Fensterscheibe hinein. Sie saßen eine geschlagene Stunde auf dem Regal mit dem Motoröl, sahen zu, wie die Schatten sich vom bröckelnden Keilriemen-Stand hoben. Venice benutzte eine Radkappe als Spiegel, zog sich die Lippen nach. Guy spielte mit den Landkarten, die Licky im angrenzenden Büro gefunden hatte. Er studierte die Geographie von Ohio, versuchte zu tippen, wo wohl im »Buckeye State« das Top-Night-Life abging.

Licky hatte gerade den Rhode Island Turnpike zu einem napoleonischen Dreispitz gefaltet. »Entweder ist das hier der absolute Spitzenrenner«, schloß er, »oder wirklich nur eine verlassene Tankstelle.«

Venice wollte gerade »Quo Vadis?« sagen, hielt sich aber gerade noch die Hand vor den Mund.

»Sind wir müde?« erkundigte sie sich. »Steht's so schlimm um uns?«

Eine inhaltsschwere Pause trat ein, eine Pause, wie sie sicher einmal vor dem Abschuß eines Atomsprengkopfes eintreten wird.

»Jawohl«, meinte Guy.

16

Nachteulen

Auf Guys Bitten hin setzte die Limousine Guy, Venice und Licky ein paar Straßen vom Loft entfernt ab. In der Nähe war eine Konditorei, wo die drei einen Stopp für frische Eclairs einlegten.

Sie gingen von dort zu Fuß nach Hause. Guy liebte diesen morgendlichen Abschnitt des Tages , wenn die Welt säuberlich in zwei Fraktionen gespalten war, in zwei Straßenseiten. Auf der einen Seite eilten Leute in Richtung auf die großen Avenues, auf die Busse und Untergrundbahnen und Bürogebäude zu, jene Leute, die sich am Vorabend zu einer vernünftigen Zeit, sagen wir gegen elf Uhr, zurückgezogen hatten. Sie wirkten frisch geduscht, knackig, zielstrebig. Sie trugen Anzüge und saubere Hemden und Aktenkoffer und zusammengerollte Zeitungen. In die Gegenrichtung, in Richtung trautes Heim, war eine andere Bevölkerungsgruppe unterwegs: die Nachteulen, die Partyhäschen, die Nicht-Tot-Zu-Kriegenden, Leute wie Guy, Venice und Licky. Eine etwas zerzauste Gattung, erkennbar am verschmierten Make-up, den herunterhängenden Säumen, den glasigen Augen mit den schweren Lidern. Diese Leute hatten die Nacht durchgetanzt und brauchten dringend eine kleine Ruhepause. Manche hatten sich in fremden Betten getummelt und bei Sonnenaufgang ihre Kleider geschnappt und die Flucht ergriffen.

Bei ihrem Rückzug waren die Nachteulen alle mit verschiedenem Gebäck bewaffnet oder mit einer Tasse Kaffee aus dem griechischen Café. Guy und Venice hielten sich eng umschlungen, lehnten aneinander, als müßten sie sich einen Weg durch eine unmenschliche Wildnis bahnen auf dem Weg zu ihrem warmen, vom trauten Kerzenschein erleuchteten Wigwam. Sogar Licky machte langsam schlapp. Er war kaum noch in der Lage, seinen Kopf hochzuhalten und nach attraktiven Männern Ausschau zu halten. In solchen Augenblicken waren alle von großem Kameradschaftsgeist durchdrungen, von einem stadtumspannenden Gemeinschaftsgefühl. Der Nachteulen-Code war in Kraft, der Code, der nur ein einziges, unumstößliches Gebot enthielt: Du sollst mich nicht vor Mittag anrufen – da bin ich noch nicht auf.

Guy näherte sich seinem Heim und identifizierte unterwegs einige Mit-Eulen. Die ist auch eine von uns, dachte er, als er ein Mädchen mit Trenchcoat über dem Abendkleid in der Tasche nach dem Hausschlüssel wühlen sah. Und der da, der sein Hemd in der Hand trug, die Bomberjacke auf der nackten Haut, wie er an der Straßenecke stand und sich zu erinnern versuchte, wo bloß Westen war. Und dann die beiden – ein Mann und eine Frau auf Rollschuhen, die sich abwechselnd gegenseitig anschoben. Guy nickte all diesen Leuten zu und wurde mit einem Nicken zurückgegrüßt. Die erkennenden Blicke drückten ein freundschaftliches, unausgesprochenes Gefühl aus: »Ich weiß, was du gemacht hast.«

Als sie an einem Schaufenster vorbeikamen, erhaschte Guy einen Blick auf sich und Venice in ihrem leicht verwelkten Glanz. Venice hatte sich einen Faden im Strumpf gezogen, ihre Frisur wirkte noch um einiges zerzauster als normalerweise vorgesehen. Guy hatte sich in bestem Sinatra-Stil die Smokingjacke lässig über die Schultern geworfen.

»Guck mal«, meinte er und zeigte auf das Spiegelbild. »Wir sind's.«

Venice linste ins Schaufenster.

»Hallo, ihr Süßen«, sagte sie.

»Wir sehen gut aus«, meinte Guy. Er warf einen finsteren Blick in das Fenster, versuchte, böse dreinzuschauen.

Venice betrachtete ihren Mann. Sie lachte.

»Du bist der albernste Mann von ganz New York.«

»Ehrlich?« fragte Guy überrascht.

»Ja«, sagte Venice und küßte ihn.

»Gut«, entschied Guy. Dann küßten sie sich wieder und wanderten nach Hause.

Guy hatte den trüben Verdacht, daß er vielleicht wirklich düsterer, angstverzerrter werden müßte, um echten Schick zu bekommen. Viele Manhattaniter hatten ja eine Vorliebe für Depressionen und nicht enden wollende Nabelschau, aber Guy konnte sich damit nicht so recht anfreunden. Wenn er über die Hungernden der Welt oder über Krankheiten nachdachte, dann schämte er sich stets, wieviel Glück er doch im Leben immer gehabt hatte. Er wußte, er konnte nicht klagen. Schmollen wäre geradezu obszön. Leute, die in Taxis herumfahren, sollten lieber nicht meckern.

Im allgemeinen haben New Yorker zuviel Zeit und zuviel Geld. Sie denken dann zuviel nach, insbesondere über die winzigsten Probleme. Wenn man sie ordentlich hätschelt, können diese kleinen Schrammen zu ungeahnter Größe aufblühen und eventuell sogar eine Therapie erforderlich machen. Erst dann kann der Manhattan-Neurotiker endlich wirklich froh sein. Guy fand dieses Phänomen zwar höchst unterhaltsam, aber er bekam den Bogen einfach nicht raus. Er versuchte, Depressionen zu simulieren. Er versuchte sich am ausgemergelten, stolz verkniffenen Gesichtsausdruck des Analyse-Junkies. Er versuchte, die Telefondienste seiner Freunde anzurufen und bitter zu schluchzen. Aber schließlich scheiterte er doch immer wieder. Er weigerte sich, seine Mutter für alles verantwortlich zu machen, wenn sie auch noch so gemein war. Er war einfach nicht für Existenzangst gebaut.

Nachdem sie das Loft betreten hatten, schaltete Licky sofort den Fernseher ein. Er rollte sich auf dem Boden vor dem Apparat zusammen und sah sich sein Lieblingsprogramm an, eine Gymnastikserie mit dem Titel »Morgen-Taille«. Männer in kurzen Höschen wanden sich zu Tanzmusik und besprachen mit ernster Miene ihre Kreuzbänder.

»Guckt euch das an«, sagte Licky. »Neun Uhr morgens, und die Jungs tanzen immer noch. Gottvoll, diese Sendung. Es wäre aber auch eine schreckliche Vorstellung, daß wir alle gleichzeitig in den Seilen hängen.«

Es gab eigentlich nichts, das Licky am Fernsehen nicht

mochte. Er räkelte sich im Bildschirmstrahl wie unter einer Höhensonne. Manchmal drängte sich ihm der Verdacht auf, daß er vielleicht Fernsehen sogar lieber mochte als Sex; vielleicht weil sogar schlechtes Fernsehen ihn zutiefst rührte. Ehe Licky einschlief, küßte er noch den Fernseher. Er hatte das Gefühl, daß der Apparat nie genug Zärtlichkeit abbekam.

Guy und Venice gingen ins Schlafzimmer und schlossen die Tür hinter sich. Sie ließen ihre Kleider als schicke kleine Verwehungen auf den Boden fallen, schufen einen Minengürtel aus zerknittertem Satin und abgelegtem Flanell. Sie bewiesen sich die Tiefe ihrer Zuneigung, indem sie sich voreinander mit schludrigen Frisuren und geschrubbten Gesichtern zeigten. Sie tätschelten den Hund, der neben einer aufgeschlagenen Zeitschrift eingeschlafen war.

Es war eine Nacht wie so viele andere gewesen. Eine spaßige Nacht, nach der man das Gefühl haben konnte, mindestens zweitausend Jahre alt zu sein. Guy und Venice fielen ins Bett, zu erledigt für Sex, kuschelten nur, müde kleine Häschen, übel zerzaust, aber in Sicherheit. Sie machten sich keine Sorgen um die Zukunft, denn sie hatten ja Grund zur Annahme, daß alle Nachtclubs in Manhattan die nächsten paar Stunden die Schotten dicht haben würden.

»Du schläfst mit einem arbeitenden Mann«, flüsterte Guy.

»Tatsache?« antwortete Venice, versuchte drauf zu kommen, wen Guy wohl meinen könnte. Den Industrieboß von heute morgen? Den Hausmeister ihres Blocks?

»Guy!« flüsterte sie überglücklich, es war ihr wieder eingefallen.

17

Der Morgen danach

Guy und Venice wachten spät am nächsten Nachmittag auf, als hätten sie ein langes, geruhsames Wochenende in einem Landgasthof verbracht. Sie lungerten stundenlang herum, knabberten ein bißchen aneinander, badeten. Nebenan schnarchte Licky, der Fernseher quengelte in höchster Lautstärke dazu, wie ein liebender Verwandter. Danilo lag platt auf dem Bauch, zu müde, um mit seinem Gummi-Hydranten zu spielen oder auf die Suche nach einer Zigarette zu gehen.

Guy machte es sich mit nassen Haaren auf dem Bett bequem und beobachtete, wie Venice sich nackt vor dem Schneewittchenspiegel ihr Make-up auflegte. Er liebte dieses Ritual, bei dem Venice Künstlerin und Modell zugleich war. Es faszinierte ihn. Er verfolgte jeden Bürstenstrich, während Venice ihre Lippenkonturen mit der Kamelhaarbürste nachmalte, einer Bürste, die eigentlich für die Unruhen feinster Schweizer Uhren bestimmt war.

Er hatte nicht den geringsten Wunsch, Venice zu verändern, ihr Leben neu zu organisieren, auf häuslichen Kompromissen zu bestehen. Wenn Venice sich ändern würde, wenn sie sich an konventionelleren Verhaltensformen versuchen würde, dann wäre sie nicht mehr Venice. Und Venice zu sein, das erforderte ihre ungeteilte Konzentration. Schaut sie euch an, dachte Guy mit endloser Bewunderung, wie hart sie arbeitet!

»Venice, erwartest du Besuch?« fragte Guy, als das Scharren an der Eingangstür dringlicher wurde.

Venice antwortete nicht. Sie war völlig in eine äußerst wichtige Operation mit ihrer unteren Wimpernreihe versunken.

»Licky?« rief Guy, aber Licky war im Tiefschlaf oder aber pharmazeutisch verhindert.

Das Scharren an der Tür wurde immer lauter, wurde noch von einem piepsenden »Biep, biep« begleitet, eine Stimme mit ausländischem Akzent imitierte eine Autohupe. Guy beschloß, daß er wohl besser die Sache etwas genauer untersuchen sollte. Er zerrte seinen üppigen weißen Bademantel zu und zog einen einsamen schwarzen Ralley-Handschuh an.

»Ich geh schon«, sagte er zum Hund, marschierte raus und machte die Wohnungstür auf.

»Oh, Mister Guy«, gurrte Salima. »Es hat du!«

»Hi!« grüßte Guy. »Wie geht's.«

»Oh, Mister Guy«, wiederholte Salima. »Ich dir finden!«

»O je, kann ich Ihnen irgendwie helfen?« fragte Guy und versuchte sich daran zu erinnern, ob er vielleicht eine Cocktailparty geplant oder nach einer der Fadood-Frauen telefoniert hatte. Ehe er sich entscheiden konnte, war Salima schon in das Loft gestürmt und stand mitten im Zimmer, hüpfte von einem Bein aufs andere und gab kleine, anerkennende Zirpgeräusche von sich.

»Oh, Mister Guy! Zelt von Mr. Guy! Hat zuviel die Wunderbarkeit! Nein, das ist das Altmodische zu sagen ... hat ... hat ... funkadelisch!«

»Danke«, sagte Guy. »Tut mir leid, ist ein bißchen kahl hier. Ich hab noch keine Zeit gehabt, was zu finden, Sie kennen das ja.«

»Oh, Mister Guy«, Salima kam auf ihn zugeprescht. »Du mein Einziges. Immer. Und ich dir finden!«

»Wirklich?« antwortete Guy, den Salima gegen die Coca-Cola-Truhe gedrängt hatte. »Jemine, ich versteh wohl nicht ganz ...«

Er rettete sich auf die Truhe, hoffte so, dem drohenden Angriff arabischer Weiblichkeit zu entgehen. Er stellte einige nicht gerade besonders subtile Veränderungen in Salimas Erscheinung fest. Ihre Flucht aus dem Extasy Club hatte schließlich in den Kauf verschiedener neon-bunter Plastikgirlanden gemündet. Wippende Antennen wuchsen ihr auf dem Kopf, an einem Plastik-Haarreifen befestigt.

Außerdem hatte sie ihren Nasenring, ein altes Familienerbstück, durch eine Sicherheitsnadel ersetzt.

»Augenblick mal.« Guy war verwirrt. »Sind Sie wirklich eine Araberin, oder sind Sie aus New Jersey?«

»Oh, Mister Guyness«, zwitscherte Salima, während sie neben ihrer Beute auf die Truhe kletterte und Guy herabzog, bis sie beide flach auf der Kühlkiste lagen. »Du mein Süßes! Du mein Einziges! Vorher alle sagen: ›Ja, Oded Ben Fadood, Natürlichkeit, Oded Ben Fadood, bitte nehmen meine Ziege, Oded Ben Fadood!‹ Aber du gestern sagen: ›NEIN, ODED BEN FADOOD!‹ Und er gehen hoch und auf Straße, bum, bum, bum! Es hat zu viel der Wunderbarlichkeit, es hat ... über Maßen lesbisch!«

»Ähem, Mrs. Fadood ...«, begann Guy.

»Oh, Mister Guy.« Salima bedeckte Guys Hals mit Küssen. »Du hast zu viel des Fabelhaft. Du nicht verstehen. Fadood, er hat Alter, mit viel der Geruch. Und schrecklich Leben ist mein. Ich junges Mädchen, in Zelt mit Brüder. Alles hat Liebe. Aber Brüder sagen: ›Salima, du bist zuviel schön. Wir verdienen nicht. Wir Dreck von Kamel‹, sagen Brüder. ›Du Wüstenblume.‹ Fadood ist nah, sie mich verkaufen.«

»Sie verkauften Sie? Wirklich?« fragte Guy und versuchte auf elegante Art und Weise Salimas Hand vom Gürtel seines Bademantels zu entfernen.

»Zwei Schakale«, antwortete Salima stolz. »Weil ich habe Jungfrau! In Palast ich komme in das Öl und die schöne Sachen, so Fadood haben das Vergnügen. Viel Vergnügen er haben. ›Salima‹, er sagen, ›warum du tun so viele Vergnügen. Hassad, nehmen zurück ein Schakal.‹ Mit Ehefrauen und andere ich komme; erst sie nicht das lieben. Sie nehmen weg meine Haar, sie werfen viele Stein. Dann ich mache Fadood holen Bildkiste von Amerika, und alles hat Glücklichkeit.«

»Bildkiste?« fragte Guy. »Meinen Sie Fernsehen? Äh, Salima, äh, bitte, könnte ich jetzt meinen Gürtel wiederhaben?«

»Die Kiste mit Lachen, ja. Warum du hast alles diese Kleider? Ist zu viel die Heiße. Erst wir nicht sehen, wer lachen, wir denken, Kiste lachen vielleicht über Frauen von

Fadood. Fadood sagt: ›Frauen, ihr leere Köpfe, ist Lachen von Allah.‹ Dies ist richtiges Teil?«

»Äh, ja«, sagte Guy und versuchte zu verhindern, daß sein Bademantel ihm über die Schultern herabglitt. »Es ist Allahs Lachen. Also, Salima, Sie leben in einem Palast und haben Fernsehen. Jemine, wo ist da das Problem?«

»Ich sage. Ich bin Lieblingsfrau. Fadood sagt, Salima ist Lieblingsfrau. Das ist, weil ich nicht bin mit Hasenzähne. Andre Frauen, die sind mit Hasenzähne, darum sie tragen Tschador. Wir sagen die Amerikaner, Tschador sein für Allah, aber Tschador ist für Zähne, die sind wie von Hasen. Ich bringe viele moderne Dinge für die Frauen, die Bleiche und die Bildkisten und die dunkle Augendinger. Und Fadood hat Glücklichkeit. Dann ich bringe andere moderne Dinge für die Frauen, und Fadood hat nicht Glücklichkeit.«

»Was?« erkundigte sich Guy, den Salimas Lippen nun gefährlich kitzelten. »Was haben Sie noch gebracht?«

»Mein Bruder Arat.«

»O ja. Und, haben die Frauen Arat gemocht?«

»Sie ihn möchten sehr gern. Ich sage: ›Fadood, das modernes Leben‹, und er sagt: ›Salima, ich nehme morgen Kamelleine und Sachen von Fesselung.‹ Er nicht verstehen. Er ist der Fremde, der Barbar, ist richtig?«

»Salima, also, hören Sie doch auf, da muß ich kichern, könnten Sie das nicht einfach heimlich tun? Mit Arat, meine ich?«

»Das ich versuchen, aber hat Schwierigkeit. Andere Frauen greifen Arat, sagen: ›Ich haben Arat heute Nacht, bin ich an Reihe‹, und ich sage: ›Nein, Sir!‹ Sie sagen Fadood, sie sagen: ›Salima wie Wüstenblume, erlauben alle Männer riechen.‹ Ich sage: ›Bitten um die Verzeihung, Arat wie Wüstensand, kommen herein überall.‹ Hassad kommen und brauchen Kamelleine und die Dinge von Fesselung an alle Frauen. Viel Probleme. Wir kommen nach Amerika, ich sage: ›Hier hat die moderne Leute, hier Fadood wird lernen.‹«

»Und lernt er? Moderner zu sein? Ganz sicher, er ist ein toller Kerl, Salima, bitte, Salima ...!«

»Nein! Er hat das Schlimmere. Er hat das Biest mit Horn in Flammen. Aber du sagen NEIN zu ihm. Du sagen: ›Fadood, lassen Frauen sein frei!‹ Du sein die Süße in Duft und nicht mit Haarigkeit in Nase. Ich suche dich überall, und der Taxi-Mensch sagt: ›O ja, Mister Guy‹, und er mich bringen hierher! Ist Wille von Allah! Du absolute Top von die Scheißer Toll Geile Typen!«

Plötzlich erschien eine andere in schwarze Tücher gehüllte Gestalt in der Tür. »Salima«, kreischte sie.

»Tira«, sagte Salima.

»Mister Guy«, Tira rückte näher. Sie trug jetzt eine blonde Afroperücke auf ihrem verschleierten Haupt. »Mister Guy, wir dir finden!«

»Meine Damen, bitte!« wehrte sich Guy, dessen Bademantel irgendwo am Boden auf der Strecke geblieben war. »Es ist wirklich noch sehr früh am Tag. Und ich bin verheiratet. Und ich habe noch keinen Bissen gegessen ...«

»Oh, Mister Guy«, meinte Tira und zog sich auch auf die inzwischen ziemlich übervölkerte Kühltruhe, »du haben die Bläue in Haar und die Süße in Atem ...«

»Ich ihn sehe erste«, schniefte Salima. »Oh, Mister Guy, ich dich suche über alles.«

»Wirklich nett, Salima. Na ja, das schmeichelt mir sehr und so ... aber ...«

»Salima! Tira!«

»Latinda!«

»Latinda, komm hier her, sehe Mister Guy, der uns retten von Fadood.«

»Oh, Mister Guy«, flötete Latinda, küßte Guy die Zehen und schleuderte ihr Frisbee in eine weit entfernte Ecke. »Du hast solche Hübschheit Zehen ...«

»Oh, Mister Guy«, sagte Salima, »du hast Hübschheit alle Stellen ...«

»Salima! Tira! Latinda!«

»Ramira!«

»Hofstra!«

»Cardima!«

»Also, Mädels!« stotterte Guy, während sein nackter Körper von einer köstlichen Karawane feinen braunen Fleisches umschlungen wurde. »Mädels, meine Damen … o Gott!«

»Oh, Mister Guy«, sagte Hofstra über dem nassen schnurrenden Toben, »du nicht Sorgen machst! Fadood immer hat Glücklichkeit mit viele Frauen. Er sagt die amerikanische Wörter, wenn er begehren. Latinda, was Fadood sagt, wenn alle Frauen sollen kommen wie einzige Frau ihm bringen Glücklichkeit?«

»Er sagt«, antwortete Latinda. »Soup's on!«

»Danke, Latinda!« Guy schaffte ein kleines Stöhnen, fühlte sich wie ein Football, der unter einem Spielerhaufen liegt, heiß begehrt, aber zerquetscht.

»Und Ramira«, sagte Ramira.

»Ach ja, richtig, danke, Ramira«, stöhnte Guy.

»Und Salima.«

»Danke, Salima …«

»Und Tira.«

»Danke, Tira …«

»Und Hofstra.«

»Danke, Hofstra …«

»Und Hassad.«

»Und Hassad?«

»Hassad!«

»AIIIIIIIIEEEEEEEEEE!!!!!«

Das Auftauchen von Fadoods Henkersknecht zur Unzeit führte zu einem wahren Tumult von wirbelndem Tüll und koptischen Flüchen. Die Ehefrauen sprangen von der Kühltruhe, warfen mit kleinen Gegenständen, ließen andere Objekte bei der Flucht vor der sicheren Bestrafung mitgehen. Innerhalb von Sekunden lag Guy allein und nackt auf dem Boden. Umringt war er von sechs Sonnenbrillen und einem T-Shirt mit der Aufschrift »Meine Mami war in New York und hat mir nichts als dieses Scheiß-T-Shirt mitgebracht«. Außerdem klebte ihm ein Lutscher (Traubengeschmack) an der Stirn.

»Jemine, Sie müssen Hassad sein«, sagte Guy zu dem einzigen noch im Raum verbleibenden Araber. »Junge, Junge, tut mir echt leid das Ganze.«

»Wieder du bist der …«, sagte Hassad. »Du bist der von Club von Extasy. Ich erzähle Fadood.«

»Aber … aber …«, murmelte Guy.

»Ich erzähle Fadood.«

Hassad zerrte seine Ärmel über die Manschetten und spuckte dann drauf, in seinen Breiten eine Geste äußerster Verächtlichkeit und Verspottung. Während ihm noch der Sabber vom schmalgeschnittenen italienischen Sakko troff, lachte Hassad höhnisch und verschwand.

»Darling.« Licky rappelte sich aus seiner Ecke auf, wo er auf einem Stapel Abendhandschuhe geruht hatte. »War da jemand an der Tür?«

»Ja«, antwortete Guy in entschiedenem Ton.

»Guy.« Venice kam zur Schlafzimmertür, voller Sinnlichkeit, jetzt da ihre Lippen gemalt waren. »Guy, warum bist du weggegangen. Ich bin soooo einsam …«

»Tut mir leid«, meinte Guy, den Venices Lippen immer völlig hilflos machten. »Ich mußte an die Tür.«

»War da jemand?« fragte Venice. »Für mich?«

»Nein«, antwortete Guy und versuchte, den Vorfall zu vergessen. »Hast du, äh, den Gürtel von meinem Bademantel irgendwo gesehen?«

»Hier«, Venice hob den Gürtel auf und schleifte ihn auf ihrem Rückweg ins Schlafzimmer hinter sich her. »Ich eß ihn jetzt auf.«

Licky schlief wieder ein, und Guy und Venice tollten im Schlafzimmer als Mann und Frau herum. Alle hatten so viel zu tun, daß beim nächsten Klopfen der Hund die Tür aufmachen und die Polizei begrüßen mußte.

18

Der Prozeß: Die Anklage

Die Polizei kam am späten Nachmittag und informierte Guy, daß er verhaftet wäre. Oded Ben Fadood hatte die Klage eingereicht, hatte es fertiggebracht, Guy wegen Körperverletzung und der Entführung der Fadood-Frauen, wegen Fluchen und »Verletzung von Territorialgewässern« anzuzeigen. Die Vorladung kam vom City Court auf Veranlassung der Vereinten Nationen und von der OPEC, dem internationalen Ölkartell.

Die Polizisten warteten geduldig, bis Guy sich angezogen hatte. Ein Sergeant war besonders hilfreich bei der Suche nach Venices weißem Kaschmiroberteil. Sie war ihm so dankbar, daß sie einen Joint mit ihm rauchte, damit sie beide wieder ein bißchen die Fassung zurückgewinnen konnten.

Guy wurde auf die Polizeiwache geführt, seine Personalien wurden aufgenommen. Venice und Licky bestanden darauf, daß man auch ihnen die Fingerabdrücke abnahm, und lösten damit unter den Kennern der Szene die kurzlebige Modeströmung aus, schwarze Fingerkuppen zu tragen. Licky fand die Wache himmlisch und konnte nur mit List und Tücke dazu gebracht werden, sie wieder zu verlassen. »Schaut euch bloß das alles hier an«, stöhnte er. »Kriminelle und Schwerverbrecher und Schlägertypen – eine wahre Oase.«

Die Kaution war schnell zusammengebracht. Venice rief einen gewissen Herrn an und bat um erhebliche Beträge: »Schätzchen, das ist eine Investition«, sagte sie zu Mr. Carlingcurl. Die restlichen Mittel stammten aus der Unterschlagung einer größeren Summe bei einer Wohltätigkeitsveranstaltung für Obdachlose. »Obdachlose?« fragte Licky? »Also bitte! Und was ist mit den wirklich Bedürftigen? Den Zweitdachlosen? Wo bleibt mein Platz an der Sonne?«

Der Angeklagte und sein Troß kamen lange nach Mitternacht heim, hundemüde. Guy und Venice fielen ins Bett und versuchten, die Ereignisse des Tages in einen sinnvollen Zusammenhang zu bringen.

»Guy«, fragte Venice. »Bist du echt in Schwierigkeiten? Brauch ich etwa neue Klamotten?«

»Mann, weiß ich nicht«, antwortete Guy. »Ich denke, das ist alles ein Mißverständnis. Ich mein, ich hab 'nen Rechtsanwalt und alles. Und ich glaub, ich hab nichts gemacht, aber das ist irgendwie schwer zu sagen.«

»Stimmt«, meinte Venice. »Wenn du wenigstens jemand umgebracht hättest, dann hätten wir eine Leiche und Blut und so, dann hätten wir keine Probleme. Das wär Spitze. Aber so ist es echt fromage. Ich weiß was, wir laden sie einfach zum Essen ein und erklären ihnen alles – den Fadoods, meine ich. Das ist die Lösung.«

»Mann, das wär Klasse. Aber ich glaube, das geht nicht«, erwiderte Guy. »Das sind echt Tausende, die Fadoods. Wir haben nicht genug Stühle.«

»Ist schon irgendwie zum Kreischen«, sagte Venice und betonte den positiven Aspekt der Sache. »Sieht ja nicht aus, als würde überhaupt irgendwas verhandelt werden. Ach, guck mal, Danilo hat sein Quietschtier gebracht, der will dir auch helfen. Das wird supertoll. Licky weiß schon, was er anzieht.«

»Was er anzieht?« fragte Guy. »Wo?«

»Im Zeugenstand«, antwortete Venice.

»Mann-o-mann«, stöhnte Guy.

Guy bekam eine schnelle Verhandlung, denn Jon Gelle interessierte sich bereits für die Filmrechte. Tanzo Matto entwarf für Venice eine luxuriöse Prozeß-Garderobe. Irgendwie waren die Skizzen dafür zu »Glaze« durchgesickert. Die Presse berichtete ausführlich, auch in den Tageszeitungen. Die Schlagzeilen waren unter anderem »ALPTRÄUME AUS 1001 NACHT«, »JETZT KOCHT DAS ÖL!« und in den proletarischeren Blättern »GUY – HELD ODER HALUNKE?«

Guys Rechtsanwälte empfahlen ihm, sich bedeckt zu halten und auch einmal über eine religiöse Wiedergeburt nachzudenken. Es wurde angedeutet, daß ein Kind die Hubers in einem sympathischeren Licht erscheinen lassen würde, aber als Licky dann eins erwarb, führte das nur zu höchst bedauerlicher Publicity.

Die Geschworenen wurden ausgesucht, und der Prozeß begann unter der Leitung der Ehrenwerten Nadine LaTarga. Richterin LaTarga war eine füllige schwarze Frau von untadeligem Ansehen und großem Humor. Sie hatte auf den besten Universitäten des Landes Jura studiert, wo sie sich einen Ruf für Fleiß, Genauigkeit und Hausschuhe im Seminarraum erworben hatte. Richterin LaTarga war nun die höchste Rechtsperson im New York State, und es gingen Gerüchte über einen Gouverneursposten um. Die Leute sprachen auf sie an, sie spürten ihre angeborene Fairness, die allen Entscheidungen zugrunde lag, ihre unerschütterliche Integrität. In ihren Roben ähnelte die Richterin aufs Haar einem ersten Alt in einem innerstädtischen Baptistenchor.

Guy war höchst beeindruckt von ihr. Er war beinahe froh, daß man ihn verhaftet hatte, weil er sie auf diese Weise einmal in Aktion erleben konnte. Wenn Richterin LaTarga sagen würde, daß er schuldig war, dann wußte Guy, es stimmte. Er bewunderte, wie sie den Gerichtssaal im Griff hatte, ihn beeindruckte ihr umfassendes Wissen über die regionalen und bundesweiten Statuten und Gesetze und ihre Angewohnheit, während aller Reden der verschiedenen Rechtsanwälte ihr Essen zu mampfen.

Die ersten Prozeßtage erwiesen sich als wenig ereignisreich. Die Anklage verlas die Anklage gegen Guy. Oded Ben Fadoods Rechtsanwälte berichteten von Guys unzähligen Verbrechen. Angeblich hatte er Fadood mit einem riesigen Bolo-Messer und einem Morgenstern angegriffen und ihm dann dreimal mit der Pistole direkt in den Kopf geschossen.

Augenzeugen gaben an, daß Guy die vielen Mrs. Fadoods mit gezücktem Dolch entführt hatte. Er hatte die Fadood-Damen dann zu unaussprechlichen Taten gezwungen: darunter Gotteslästerung, Ehebruch und Gebrauch gestreifter Zahnpasta.

Fadood trat in den Zeugenstand. Auf Anraten seines Rechtsanwaltes hatte er einen Schlips und ein Einstecktuch an seinen Burnus geheftet. Er begann seine Zeugenaussage mit der Zurschaustellung von großem, naivem Eifer, die Handflächen fest an die Brust gepreßt, in einer Unschuldsgeste, die jeder auf Feilschen aufgebauten Zivilisation bestens bekannt ist.

»Ich komme nach Amerika«, fing er an. »Wo alle haben Vergnügen, wo alle sind Gleiche, wo alle sind erlaubt tun viele glückliche Dinge.«

»Laber keinen Scheiß, Schlaffi«, unterbrach ihn Richterin LaTarga. »Will ich nix von hören. Der ganze Gleichheitskram, weißt du, warum sie den immer aufs Tapet bringen? Damit wollen sie uns farbige Leutchen dazu überreden, daß wir Opern singen. Schätzchen, der gute alte Sklavenhändler, okay, der hat uns geprügelt, okay, der hat uns die Kinder weggenommen, okay, der hat uns bis zum Umfallen Baumwolle pflücken lassen, aber er hat uns wenigstens nicht gezwungen, diesen gottverdammten Scheiß-Puccini-Wieni zu singen.«

»Einspruch!« schrie der Anklagevertreter.

»Ach, laßt mich doch in Ruhe«, murrte Richterin LaTarga und warf mit einer Fritte nach dem Anwalt. Sie wandte sich wieder Fadood zu und seufzte tief auf: »Okay, weiter im Text.«

»Es hat so viel das Furchtbare, alle die Schrecklichkeiten, die getan werden Fadood«, greinte Fadood. »Ich gehe haben Spaß in Platz von Spaß, in Extasy Club, und dann, bum, bum, bum, ist viel Schlagen auf mein Kopf und Treffen auf meine Person! Mein Blut rollt auf Straße, und mein Arm fällt ab, und mein Gehirn rollt aus Kopf unter Auto! Und er, am meisten der Böse, bei Tür, sagt: ›Fadood, er ist tot! Jetzt ich kann nehmen seine Frauen!‹«

Fadood machte eine kleine Pause, fiel auf die Knie und brach in Klagegeheul aus. Richterin LaTarga öffnete zischend eine Dose Bier, nicht ohne sie vorher gründlich geschüttelt zu haben, so daß der Schaum Fadood völlig durchnäßte.

»Hoppla!« meinte sie. »Was bin ich doch heute für ein wildes Ding. Sie sagten?«

»Er nimmt weg meine Frauen!« kreischte Fadood, wischte sich das Gesicht ab und kletterte wieder in den Zeugenstand. »Er sie nimmt in schlechten Ort, sie schreien: ›Nein! nein! nein! Wir für Fadood!‹ Aber er sie zwingt mit seine Lippen. Er sie zwingt mit die Zeitschrift und die Unzucht, die ich kann nicht vorstellen, weil ich habe Diener von Allah, weil ich habe Ehrendoktor von Universität von Südkalifornien! Ehefrauen, wenn sie gerettet, haben Wasser in Augen, sagen: ›Wir jetzt nicht gut mehr für Vergnügen von Fadood, wir jetzt nur Gedärme von Paviane!‹ Sie bitten Fadood: ›Bitte brauchen Kamelleine und Dinge von Fesselung und tun unsere Hände in Mixer!‹ Ich komme nach Amerika, und ich bin jetzt blind und Krüppel und mit keine Ehefrauen und nie wieder mit Tanzen!«

Hier überkam es Fadood, und er grapschte sich Richterin LaTargas Käse-Taco und biß ein gewaltiges Stück davon ab. Sie ließ ihren Richterhammer auf seine Hand niedersausen, und er gab das Taco wieder her.

»Ich habe Traurigster von Männer«, stöhnte Fadood und lutschte an seiner Hand. »Ich habe nicht einmal die Dates! Alles hat Fehler von der Mann da! Von rottende Hyäne mit Geifer-Schnauze! Von dem da an Tür!«

»Schätzchen, wärst du so gut und würdest mal auf den da zeigen?« bat Richterin LaTarga.

»Es hat wie Zeichen an meine Kopf, wie stumpfe Messer in meine Männlichkeit! Ich erinner Gesicht in ewig, bis ich bin mit Sterben, in Arme von geliebte Mutter, einzige Frau von Sauberlichkeit, Betty Ben Fadood!« sagte Fadood. »DER DA!« donnerte Fadood und deutete mit einer weit ausladenden Geste auf Licky.

»Schätzchen«, sagte Licky. »Also wirklich!«

»Sie können gehen«, sagte Richterin LaTarga. »Wow, ist das vielleicht ein Typ!«

19

Der Prozeß: Die Verteidigung

Nach einer Woche Zeugenbefragungen hatte die Staatsanwaltschaft die Beweisaufnahme abgeschlossen. Der Prozeß hatte nach wie vor großen Nachrichtenwert, und Guy verbrachte das Wochenende als Preisrichter bei einem Schönheitswettbewerb in Fort Lauderdale. Venice wurde tapfer lächelnd bei einer Vielzahl von Premieren und in seriösen französischen Restaurants fotografiert. Licky hatte beschlossen, seine Memoiren meistbietend zu versteigern; er interviewte bereits die ersten Ghostwriter. Der Arbeitstitel war »Der Fall Huber: Licky Banes' Geheimes Tagebuch«.

Guys Verteidigung begann mit einem sorgfältig recherchierten Überblick über die Fakten. Seine Rechtsanwälte wiesen auf die Verwechslung verschiedener Personen hin und lieferten fundierte Beweise dafür, daß Renzo und Carmine mit ihrem Körper für die Entfernung von Fadood aus dem Extasy Club verantwortlich gewesen waren. Guys Anwälte hätten gerne auch Bruce, Debbie und Michelle vorgeladen, aber es fand sich niemand, der nach New Jersey gehen und die Vorladungen zustellen wollte.

Fadoods Harem konnte nicht in den Zeugenstand gerufen werden, da Ehefrauen nicht gegen ihre Gatten aussagen dürfen. Man konnte die Frauen nicht einmal für Aussagen gewinnen, denn Fadood war der Meinung, daß ihre Privatsphäre am besten in einer versiegelten Suite in einem Hotel gewährleistet wäre, wo man auch der Bitte um Stacheldraht ohne weitere indiskrete Fragen nachgekommen war. Aber Guys Rechtsberater-Team war es gelungen, die scheußlichen Plastik-Ansteckblumen, Whitman-Sampler und Krawattennadeln mit glückbringenden Geburtssteinen als Beweismittel in den Prozeß einzubringen, die man Guy in letzter Zeit immer wieder geschickt hatte. Immer lag diesen Geschenken eine schrillbunte Karte bei, auf der »Gepriesen sei Allah« stand, gefolgt von sechs klebrigen Lippenstiftküßchen.

Um Guys Sache stand es gut. Die Geschworenen nickten freundlich. Bis zur dritten Prozeßwoche, als Guys Charakterzeugen in den Zeugenstand gebeten wurden.

Zuerst erschien Guys Mutter, denn seine Rechtsanwälte dachten, das wäre doch sicher ungeheuer nett. Mrs. Huber wurde vereidigt und dann darum gebeten, die Ehrlichkeit, Urteilsfähigkeit und insgesamt Charakterstärke ihres Sohnes zu bezeugen.

»Guy? Mein Jüngster?« fing sie an. »Nun, ich finde, der ist toll. Ich weiß ja nicht, was das mit den Haaren soll, aber das wächst ja auch wieder raus. Zumindest hängen sie ihm nicht in die Augen wie bei Sniggy Derrymans Jungen, ich sag immer, der sieht wie ein Hirtenhund aus. Kennen Sie Sniggy? Ein Prachtmädel, und sie und Tarp haben so ein hübsches Häuschen am Cape, da kann man die tollsten Muscheln rausholen, keine drei Meter von der Haustür entfernt. Also ich hab Sniggy ja immer sehr gern gehabt, sie macht einen köstlichen Rumpunsch, an den Feiertagen gehen wir immer mal vorbei, sie tut Nelken rein, das ist das Geheimnis, und Wermut. Ich habe gehört, nächsten Monat soll sie auch ihren Führerschein wiederkriegen. Toll, was?«

Mrs. Huber holte kurz Luft und reichte dann Richterin LaTarga eine Einkaufstasche mit säuberlich gefalteten ausgefransten Blusen und frischgewaschenen Staubtüchern. Oben auf diesen ausrangierten Lumpen ruhte ein Umschlag mit einer großzügigen Ostergratifikation.

»Wir sind so stolz auf unseren Guy«, fuhr sie fort, »besonders jetzt, wo doch so viele junge Leute nur mangelhaft ausfallen, man liest es jeden Tag in der Zeitung. Hängen immer in diesen Nachtclubs rum, stecken sich Gott weiß was in die Ohren, wirklich eine Schande, ich mach ja die Eltern dafür verantwortlich.«

»Bye-bye, Süße«, verabschiedete sich Richterin LaTarga, als Mrs. Huber den Zeugenstand verließ.

»Wiedersehen, meine Liebe«, erwiderte Mrs. Huber. »Das Kalbfleisch war ausgezeichnet.«

Guys Vater wurde nicht aufgerufen, schickte aber einen Brief an den Dekan von Guys Fakultät, in dem er versprach, daß der Junge im nächsten Semester versuchen würde, fleißig zu studieren.

Als nächste kam Ratallia Parv in den Zeugenstand. »Guy, är ist guut«, erzählte sie Richterin LaTarga. »Ärr ist nicht guut wie Negär, Sie sint Negärin, Sie värstehän. Ich bin Frau, abär ich bin auch Kiint. Wir müssän aufhaltän nukläärä Waahnsinn.«

Dann folgte Caronia Desti. »Guy! Guy Huber!« deklamierte sie. »Oh, diese Unschuld der Schuld!«

Als nächste erschien Lucy Yates Membrane. Sie hielt beim Betreten des Zeugenstandes eine Basttasche an die Brust gepreßt, die sie unlängst auf einer DAR-Pauschalreise nach Yucatan erworben hatte.

»Okay, großes Mädchen, was hast du uns zu sagen?« fragte Richterin LaTarga.

Ehe sie sprach, arrangierte Lucy ihr farbenfrohes Dirndl, auf dem ein handgemaltes Guadalajara-Dorf komplett mit Kaktus, schlummerndem Señor und Missionsstation zu sehen war. Sie zupfte ihre Taxco-Bauernbluse wieder auf die Schulter (zum gegenwärtigen Zeitpunkt war ihr Busen noch unzureichend für den angestrebten Kecke-Rosita-Effekt).

»Nun, Euer Ehren«, fing sie an. »Ich kenne Guy schon ewig, und er war immer ein Gentleman. Ich sammle Frösche – diese Anstecknadel hier ist Papiermaché, aus Xocoxomillio, das bedeutet ›Unsere Liebe Frau vom Kunstgewerbe‹, wunderbare Arbeit. Also, Guy hat mir immer und immer wieder die nettesten Komplimente zu solchen Stücken gemacht. Und ich denke, das sagt einiges über eine Person aus.«

»Geht klar«, meinte Richterin LaTarga, die Lucys festes Schuhwerk eingehend betrachtete.

»Guy und ich sind zusammen aufgewachsen«, fuhr Lucy fort. »Unsere Familien sind eng befreundet. Sind diese Hubers nicht toll? Meine Mutter hat tatsächlich mal gesagt: ›Also, Guy Huber, warum kannst du nicht mehr sein wie er, und hör endlich auf, an deinen Fußgelenken rumzufummeln.‹ Und ich hab geantwortet: ›Mutter ...‹, na ja, und dann ist das Ganze ziemlich unangenehm geworden.«

»Wo hast du die Schuhe her, Schätzchen?« erkundigte sich Richterin LaTarga. »Ich krieg die nie in der Extraweite dreifach E.«

»Laß ich nach Maß anfertigen«, meinte Lucy. Sie brauchte einen Augenblick, um die üppige Krepp-Mohnblume wieder mitten auf ihrem Kopf zwischen den Zopfschnecken festzustecken. »Der absolut allernetteste Mann in der ganzen Bowery macht mir meine Schuhe; er ist so verständnisvoll. Als ich gehört habe, daß Guy in irgendwelche Schwierigkeiten geraten war, da hab ich gedacht, ich muß gleich was unternehmen. Euer Ehren, ich bin sicher, das Ganze ist ein furchtbares Mißverständnis, ich weiß das einfach. Nennen Sie es, wie Sie wollen, nennen Sie es meinetwegen weibliche Eingebung.«

»Einspruch!« schrie der Anklagevertreter.

»Mit welcher Begründung?« fragte Richterin LaTarga, aber Lucy war schon aus dem Zeugenstand geflohen und stand nun mit klappernden Kastagnetten in bittere Tränen der Kränkung aufgelöst da.

Guys Rechtsberater-Team hatte sich Venice und Licky bis zuletzt aufgehoben, weil sie der Meinung waren, daß sie als Guys intimste Freunde bei den Geschworenen den größten moralischen Eindruck hinterlassen würden.

Licky betrat den Zeugenstand in einem zwanglos konstruierten Anzug aus Noppenseide mit hochgeschlagenem Kragen, einer Samaragdnadel in Form einer schwankenden Palme am Revers und Alligatorschuhen ohne Socken. Sein Haar war in einer fest gedrehten Tolle wie ein Entenbürzel nach hinten geschmalzt. Ergänzt wurde das Ensemble durch farblosen Nagellack, einen Zwicker und einen Spazierstock aus Ebenholz mit Goldknauf. Das Ganze war Lickys nächste Näherung an verantwortungsbewußte männliche Kleidung, obwohl einem eher Marlene Dietrich in einer ihrer besseren Launen vor dem geistigen Auge schwebte.

»Schwören Sie, die Wahrheit zu sagen, die ganze Wahrheit und nichts als die Wahrheit?« fragte der Gerichtsdiener.

»Immer«, erwiderte Licky.

Im Saal brach Kichern aus.

»Einfach ignorieren«, sagte Licky zum Gerichtsdiener. »Alles Niemande.«

»Name?«

»Licky Banes. Jaaa.«

»Beruf?«

»Zeuge.«

»Davor.«

»Oh, Hausangestellter. Oh, und manchmal schreibe ich Kunstkritiken für bessere kleine Zeitschriften. Aber nur über das siebzehnte Jahrhundert, alles andere ist wirklich viel zu triste, finden Sie nicht auch?«

»Wie lange kennen Sie den Angeklagten schon und in welcher Eigenschaft?« fragte Guys Anwalt.

»Guy? La Guy? Den kenn ich schon immer. Wer nicht? Nun, wie war noch mal der Rest der Frage – meine Eigenschaft? Beinahe zu einfach, Schätzchen, aber ich kann mich gerade noch beherrschen. Ich bin sein Hausmädchen.«

»Sein was?« fragte Richterin LaTarga.

»Hausmädchen. Echte Knochenarbeit, aber die Hubers sind wirklich sehr großzügig.«

»Wohnen Sie auch da?« fragte Richterin LaTarga.

»O ja«, antwortete Licky.

»Fernseher?«

»Klar.«

»Abends Ausgang, dienstags frei?« erkundigte sich Richterin LaTarga erbarmungslos.

»Dienstags nur freier Nachmittag«, gestand Licky.

»Junger Mann«, Richterin LaTarga wandte sich an Guy, »jetzt kriegst du Probleme.«

»Hab ich's dir nicht gesagt«, meinte Licky, ebenfalls an Guys Adresse. »Aber, Frau Richterin, werfen Sie es ihm nicht vor. Es gibt immer ein gutes Mittagessen, und er hat mir versprochen, daß er mir eine Chaiselongue kauft. Er ist wirklich himmlisch. Für ein Bleichgesicht.«

»Werden wir sehen«, meinte Richterin LaTarga. »Also, Kind, warst du da zu der Zeit? Während des fraglichen Vorfalls?«

»War ich?« Licky war tödlich beleidigt. »Natürlich, was denken Sie denn, was ich mach? Zu Hause rumhocken und mich fröhlich einpökeln? Schätzchen, ich war aus an dem Abend, es war einfach ewig-gut. Und dieser Fadood, also wenn Sie mich fragen, das mußte ja so kommen mit dem. Ich meine, ungebleichter Musselin? Und dann diese Frauen, immer in diesem ewigen Schwarz, klar, das ist eine sichere Sache, funktioniert beinahe immer, steht jedem. Morgen tragen wir's alle, aber nun mal ehrlich, ich kann's nicht mehr sehen. Wenn Sie mich fragen, die gesamte Arabische Republik, nichts als Stoffbahnen. Ihr Outfit dagegen«, fuhr er fort, als er den Talar der Richterin bemerkt hatte, »Ihr Outfit, das hat Linien, das sagt mir was, das sagt mir: Tradition, ja schon, aber mit Humor. Und die Kette, einfach inspiriert!«

»Finden Sie?« fragte Richterin LaTarga und nestelte an den bunt bemalten Scherben, die sie an einer Lederkordel um den Hals trug, das Geschenk eines Enkelkindes im Vorschulalter.

»Aber sicher doch«, sagte Licky. »Woher? Aus Mailand? Dafür haben Sie bestimmt ein Vermögen ausgegeben, aber, sehen Sie, das lohnt sich eben. Wenn Sie heute so ins Extasy kämen, da wüßten Sie, Sie kämen sofort rein.«

»Wirklich?« Richterin LaTarga war überrascht.

»Schätzchen, aber natürlich«, erwiderte Licky. »Sie sind fa-bel-haft. Ich könnte Sie glatt zum Lunch verspeisen. Ich könnte an Ihnen rumknabbern, bis Sie kreischen. Sie sind mehr als fabu-lös, Sie sind fabu-tastisch. Fab-orama. Fabulant.«

»Einspruch, Euer Ehren!« rief einer von Fadoods Anwälten. »Der Zeuge versucht, das hohe Gericht zu beeinflussen.«

»Pardon?« erkundigte sich Licky in seiner feinsten französischen Aussprache.

»Einspruch abgelehnt«, entschied Richterin LaTarga. »Weiter im Text, Gigi.«

»Na, jedenfalls, Guy ist einfach totalement toll, das muß man einfach mal so sehen. Kein Wunder, daß diese Ehefrauen völlig ausgerastet sind wegen ihm. Der ist einfach ein Cremetörtchen, ein absolut höllisch heißer Hase. Zum Küssen, zum Knuddeln, zum Durch-die-Stadt-Toben. Das wissen Sie ja sicher«, fuhr Licky fort und beugte sich vertraulich zur Richterin herüber, »in New York sind alle schwul, außer Guy. Der ist die Kontrollgruppe.«

»Keine weiteren Fragen«, sagte Fadoods Rechtsanwalt.

»Schätzchen, kannst jetzt gehen«, meinte Richterin LaTarga.

»Wir sprechen uns noch«, versprach Licky.

»Wie wär's mit Mittwoch?« schlug Richterin LaTarga vor.

»Ja, da kann ich was absagen«, entschied Licky. »Mein Gott, mögen Sie Sex auch so ungern?«

»Ruf mich an, Süßer.«

»Küßchen, Küßchen.«

Licky verließ den Zeugenstand, blieb eine Weile reglos stehen und arrangierte sein Profil für die Fotografen. Auf dem Weg zu seinem Platz im Saal hielt er bei den Geschworenen inne. Er starrte sie lange und fest an, völlig irritiert: Er kannte niemanden. Licky schnalzte scharf mit der Zunge. »Und wer seid ihr?« fragte er verächtlich.

»Schwören Sie, die Wahrheit zu sagen, die ganze Wahrheit und nichts als die Wahrheit?«

Venice hatte sich im Zeugenstand niedergelassen, wiegte aber immer noch rhythmisch den Kopf hin und her.

»Schwören Sie, die Wahrheit zu sagen, die ganze Wahrheit und nichts als die Wahrheit?« wiederholte der Gerichtsdiener leicht verärgert.

Venice hob die Hand, ihre Augen waren noch immer geschlossen, und sie sagte unhörbar: »Momentchen, Darling.«

»Euer Ehren«, winselte der Gerichtsdiener.

»Wart's ab, Junge«, warnte ihn Richterin LaTarga, »immer ruhig Blut!«

»Also dann«, meinte Venice. Sie nahm die Kopfhörer ab, schaltete den Walkman aus und schüttelte ihr Haar frei. »Irres Lied. Einfach geil.«

Sie packte den Gerichtsdiener beim Schlips und zog ihn zu sich heran, lehnte sich leicht vor und benutzte die Spiegelung in seinen Brillengläsern, um ihren Lippenstift zu überprüfen.

»Fertig, Darling«, meinte sie schließlich. »Und wo ist jetzt diese Bibel?«

»Schwören Sie, die Wahrheit zu sagen, die ganze Wahrheit und nichts als die Wahrheit?« zischte der Gerichtsdiener durch die Zähne.

»Darling, er ist doch mein Mann.«

»Name?«

»Venice Huber.«

»Beruf?«

»Na ja, schwer zu sagen. Model bin ich keins, im Land der Sieben Geisteszwerge hab ich nun wirklich nichts verloren. Schauspielerin bin ich auch keine, denn schließlich ist eine Schauspielerin ja nichts anderes als ein Model, das einfach nicht die Klappe halten kann. Sagen wir mal, äh, Hausmütterchen. Hihi, ist das nicht einfach zum Piepen?«

Hier schlug Venice die Beine übereinander. Sie trug eine von Tanzos feinsten Kreationen, einen an beiden Seiten geschnürten Leder-Mini mit dazupassendem Leder-BH. Das Blitzlichtgewitter legte sich, Venice öffnete ihre Handtasche und nahm eine Zigarette heraus. Fadood, seine Anwälte, der Gerichtsdiener, der Stenograf, alle stürzten sie mit Streichhölzern und Feuerzeugen nach vorn.

»Mmmmmmm«, schnurrte Venice. »Also wirklich, Jungs!«

Sie ließ sich vom Anklagevertreter Feuer – und sein Dunhill-Feuerzeug – geben. Sie zog genüßlich an der Zigarette und blies dann Fadood den Rauch ins Gesicht.

»Wo waren wir stehengeblieben?« fragte sie.

»Waren Sie am fraglichen Abend zugegen?« fragte Guys Anwalt.

»Im Extasy?« Venice versuchte, sich zu erinnern. »Ich glaube schon. Ja, Momentchen, das schulterfreie Schwarze aus Satin! Ja, stimmt. Das würde Ihnen gefallen – Sie kleine Bestie!«

»Würden Sie bitte dem Gericht genau erzählen, was geschehen ist, wie Sie sich daran erinnern?«

»Na ja«, meinte Venice. »Es war einfach fab. Okay, gegen Ende ist es ein bißchen langweilig geworden, aber das ist ja wohl normal. Ich hatte Guy schon ewig nicht mehr gesehen, das war also auch sehr nett. Oh, aber das ist ja alles nur frivoler Klatsch, das wollen Sie bestimmt nicht hören.« Sie lachte wissend. »Oder doch?«

»Schätzchen«, half Richterin LaTarga. »Was der Mann meint: haben Sie den Fadood-Dödel gesehen? An diesem Abend?«

»Ja, das weiß ich eben nicht so genau«, meinte Venice. »War's Fadood, war's Jersey, war's das Speed? Wer kommt heute schon mit dem Leben klar? Kennen Sie das, wenn man gerade die Haare geschnitten bekommen hat? Es war ja noch nicht mal vierundzwanzig Stunden her. Haarschock. Aber Guy hat wirklich nichts getan. Guy ist absolut top. Ich meine, ich hab Guy geheiratet. Der würde niemals jemand schlagen, das ist ihm viel zu trendy. Na ja, einmal haben wir's probiert, aber wir haben immer kichern müssen. Renzo und Carmine, also, die schlagen Leute, das sind tolle Kerle. Aber Guy ist einfach süß. Ich mein, wir haben 'nen Hund.«

»Mrs. Huber«, fuhr Guys Anwalt fort. »Ihres Wissens, hat Mr. Huber die Frauen des Hauses Fadood entführt?«

Venice erstarrte mitten in einem neuerlichen Zug an der Zigarette.

»Was meinen Sie mit entführt?« fragte sie mißtrauisch. »Zum Essen ausgeführt?«

»Wir reden hier von gewaltsamer Entführung«, erwiderte der Anwalt. »Was nach Bundesgesetz ein Vergehen von äußerster Tragweite ist.«

»Gewaltsame Entführung?« erwiderte Venice. »Sechs

Frauen? Guy steht nicht mal vor drei auf. Und außerdem, wenn er mit diesen Frauen was gemacht hätte, mir hätte er bestimmt nichts davon erzählt.«

»Um Ihre Gefühle nicht zu verletzen?« fragte der Anwalt voller Mitgefühl.

Venice drückte in aller Seelenruhe ihre Zigarette aus. Sie blickte hoch.

»Weil ich ihm dann die Visage runterreißen würde«, erwiderte sie.

»Schätzchen, versteh ich vollkommen«, nickte Richterin LaTarga. »Da steh ich tausend Prozent hinter dir, hast verdammt recht. Aber denk mal drüber nach. Ich weiß, du liebst deinen Kerl, wir lieben alle unseren Kerl. Aber hat er das nicht manchmal, daß es ihn, na ja, gewaltig juckt? Bißchen Wein, mit den falschen Typen rumhängen, rummachen, wo er eigentlich nicht sollte?«

»Macht das Ihrer?« erkundigte sich Venice.

»Honey, frag mich nicht!« erwiderte Richterin LaTarga.

»So sind die Männer. Hält man im Kopf nicht aus«, sagte Venice.

»Ein wahres Wort«, meinte Richterin LaTarga, während beide Frauen nur traurig ihre Köpfe schüttelten.

»Erzählen Sie mir nichts«, sagte Venice. »Kennen Sie das, wenn sie nur einfach rumsitzen wie olle Opis, ›Schätzchen, ich bin müde‹, und einfach nicht tanzen wollen?«

»Mädchen, alles schon mal gehört«, sagte Richterin LaTarga.

»Natürlich, manchmal ist es ja ganz nett, wenn ein Typ nicht gerne tanzt«, überlegte Venice. »Vielleicht hat Gott ja die Schwulen erfunden, damit sich die andern mal ein bißchen ausruhen können? Manchmal ist es einfach zu süß, wenn sie plötzlich genauso werden wir ihre Väter, da werd ich ganz naß, echt ganz naß!«

Venice atmete heftig ein und fuhr sich leise stöhnend mit der Hand über den nackten Hals.

»Ooooooh«, seufzten alle im Saal wie aus einer Kehle, rutschten unruhig auf ihren Plätzen hin und her und fühlten sich plötzlich ganz heiß.

»Oh, ich weiß«, stöhnte Richterin LaTarga. »Gott, manchmal schaffen sie einen, was?«

»O ja«, winselte der Saal.

»Wenn sie einem zum Beispiel Geschenke bringen«, brachte Venice vor, »oder wenn sie sich voll aufdonnern, einfach tödlich, einfach total tödlich. So gemein!«

»Sooo gemein!« erscholl das Echo aus dem Saal.

»Mein Kerl, Dolby«, gab Richterin LaTarga zu Protokoll, »also, der zieht seinen feinen blauen Anzug an, mit 'ner Nelke, und dann noch mit dem Riesentrumm von oller Brillantnadel – Schätzchen, da kannst du mich nur noch auf der Bahre wegschleppen. Na, vielleicht hatten wir uns gestritten und wild rumgeflucht, daß die Toten aus den Gräbern geklettert kommen, und dann taucht er auf, rausgeputzt wie 'n Pfingstochse, la-di-da, und dann noch diese Blume! Ich sag nur ›Dolby, gleich hau ich dir eine runter!‹«

»Einsperren!« schloß Venice. »Die einzig wahre Antwort. Einfach zuviel.«

»TUN SIE'S!« brüllte der Saal.

»Wünsch, ich könnt's!« stimmte die Richterin zu. »Feiner blauer Anzug ersten Grades. Zwanzig Jahre bis lebenslänglich.«

»HINRICHTEN!« kreischte die Menge.

»Super!« sagte Venice.

»Schätzchen«, sagte Richterin LaTarga. »Venice – heißt du doch, stimmt's? Hübsch. Hab da 'ne Schwester, Teflon heißt die, muß ich ihr mal sagen. Also, Venice, Schönste, dein Mann, schuldig oder nicht?«

»O nein«, meinte Venice bestimmt. »Nur fa-bel-haft.«

»Mädchen«, bestimmte Richterin LaTarga. »Kannst wieder gehen.«

Der Saal brach in spontanen Beifall aus.

Venice stand auf. Sie hielt inne. Dann beugte sie sich herunter, um den nicht vorhandenen Saum ihrer Strümpfe geradezurücken.

Die Hölle brach los. Richterin LaTarga ließ ihren Hammer niedersausen, um den Saal zur Ruhe zu bringen. »Laßt das Mädchen in Ruhe!« kommandierte sie.

Venice trat aus dem Zeugenstand und ging quer durch den Saal. Sie blickte die Geschworenen an, jeder einzelne genoß einen Sekundenbruchteil lang lustvollsten Augenkontakt. »Ich liebe euch alle!« flüsterte sie.

Schließlich war sie wieder an ihrem Platz, gleich hinter Guy. Sie umarmte ihn stürmisch und biß ihm ins Ohr. Dann setzte sie sich hin.

»Schätzchen«, fragte Venice, etwas besorgt über ihre Zeugenaussage, »war ich gut?«

»Brava!« Licky war beinahe sprachlos. »Costa del Brava!«

»Toll warst du«, lobte Guy. »Einfach einsame Spitze!«

»Also bitte«, meinte Licky. »Beste Nebenrolle in einem Musical.«

»Zauberhaft!« schrillte Caronia von der anderen Seite des Saales herüber. Sie stand auf einer Bank und führte die Ovationen fort. »Mega-lecker!«

»Diese Richterin, die liebe ich einfach«, meinte Venice. »Ist sie nicht spitzenmäßig?«

»Darling, die hast du in der Tasche!« sagte Licky.

Gerade da sprach der Gerichtsdiener seine letzte Warnung aus, bat um Ruhe, andernfalls würde er den Saal räumen lassen.

»O bitte«, flüsterte Venice. »Ist das nicht einfach hassenswert himmlisch?«

Guy hätte am letzten Prozeßtag vernommen werden sollen, aber er hatte verschlafen.

»Bin ich ein Idiot«, meinte er, als Venice ins Loft zurückkam und ihm berichtete, daß die Beweisaufnahme abgeschlossen war. »Mensch, soll ich mir 'ne Entschuldigung schreiben lassen oder so?«

»Mach dir keine Sorgen«, erwiderte Venice. »Ich hab ihnen gesagt, daß du gestern spät nach Hause gekommen bist. Ich denke, das verstehn sie. Das heißt, klar verstehn die das!«

20

Die Geschworenen

Guy wurde nach einer außerordentliche kurzen Beratung der Geschworenen verurteilt. Sie hatten die Angelegenheit bei Salat und einem leichten kalifornischen Chablis erörtert. Die Geschworenen, ein kühner Querschnitt durch das amerikanische Leben, saßen in einem holzgetäfelten Gemach um einen massiven Eichentisch herum und spielten mit ihrem Essen herum.

»Also, das hört sich alles sehr seltsam an«, sagte Leona Scribette, eine pensionierte staatlich geprüfte Krankenschwester aus Bayside. »Und so kurz nach den Feiertagen. Schmeckt hervorragend.«

»Warum war die eine Tussi so riesig«, fragte Manny Gargo, der darauf brannte, zu seinem Verkaufsgeschoß im 89-Cent-Warenhaus (»Jeder Artikel nur 89 Cent«) zurückzukehren. »Und seine Mutter, warum redet die so? Das muß doch weh tun?«

»Seine Frau war ja nun was ganz Besonderes«, meinte Regal Hawkins, dessen drei Ehefrauen ihn für tot hielten. »Wie viele Flaschen haben wir noch?«

»Na ja, über Geschmack läßt sich bekanntlich nicht streiten«, sagte Jennifer Rittle, nestelte an ihren unzähligen Halsketten herum und schubste ein Schulterpolster an seinen Platz zurück. »Ich bin ja nur ein kleines Rädchen.«

»Und warum ist dieser Mann ihr Hausmädchen?« fragte Mrs. Scribette betont. »Sind das etwa Walnüsse?«

Keiner konnte Mrs. Scribettes Frage überzeugend beantworten. Das verhieß nichts Gutes, denn ein Verdacht führt schnell zum nächsten.

»Es ist ein Skandal«, äußerte sich Curmloin Tunne, ein antiquarischer Buchhändler. »Der nette Mr. Fadood kommt den ganzen Weg über den Atlantischen Ozean gefahren, und was kriegt er zu sehen? Einen faulen Hund mit einem weibischen Hausmädchen und einer Frau, die … na ja, die hat mir ins Auge gestarrt und nur eins im Sinn gehabt.«

»He, he, was faseln Sie da, mich hat sie an gestarrt und nur eins im Sinn gehabt!« protestierte Mr. Hawkins.

»Oh, und ich dachte …«, meinte Mrs. Scribette, lief 3-D-rot an und konnte nicht mehr weiterreden.

»Also, ich finde das widerlich«, erklärte Mr. Tunne. »Das Dressing ist ranzig! Wenn er mein Sohn wäre, ich würde mich zu Tode schämen.«

»Ich war noch nie im Extasy Club«, sagte Miss Rittle, »und ich will auch gar nicht hin. O nein, wirklich nicht mehr, na gut, aber nur ein winziges Eckchen. Aber nur, wenn sie es wirklich nicht wollen.«

»Der sollte auf geistige Umnachtung plädieren«, meinte Mr. Gargo. »Sind Sie Jude?«

»Ein schreckliches Verbrechen«, sagte Lenka Tenty, den vor seiner Entlassung die Psychologen in der Staatlichen Nervenheilanstalt für »harmlos« erklärt hatten.

»Der Junge muß uns alle für Idioten halten«, kreischte Mr. Tunne in den durchdringend schrillen Tönen, die Teenager immer wieder dazu veranlaßten, ihm sein Fahrrad zu klauen.

»Und es sind doch Walnüsse«, meinte Mrs. Scribette, und damit war die Sache entschieden.

Richterin LaTarga war ziemlich bestürzt über die Entscheidung, schüttelte den Kopf und schleuderte insbesondere Mr. Hawkins einen sehr scharfen Blick zu. »Tut mir wirklich leid«, meinte sie zu Guy, als der vor ihrem Richterstuhl stand. »Die müssen völlig zugekifft sein.«

Guy war von seiner Verurteilung zwar schwer erschüttert, erinnerte sich aber rechtzeitig an seine guten Manieren, an seine hervorragende Kinderstube, an die Segnungen einer anständigen Erziehung. Und sagte zur Richterin: »Geht schon in Ordnung. Wirklich.«

»Ihr WIDERLINGE«, schrie Venice und schleuderte einen Schuh, ihre Handtasche und den Walkman in Richtung Jury. »IHR SCHLEIMSCHEISSER!«

»Also ehrlich«, meinte Licky. »Geschworenengericht. Voll barbarisch.«

Das Urteil sollte erst am nächsten Morgen verkündet werden, Guy wurde vor der abschließenden Sitzung noch einmal auf Kaution freigelassen. Er, Venice und Licky begaben sich auf den Weg zum Utopia-Imbiß: Eisbecher und etwas Strategie.

»Was können sie schon machen«, meinte Licky. »Dich ins Gefängnis stecken?«

»Echt?« fragte Venice. »Gefängnis? Wie gemein! Die haben wohl Probleme?«

»Stellt euch bloß vor«, träumte Licky. »Tausende von einsamen Männern, in unzureichende Behausungen gequetscht, sexhungrig und wild wie Raubtiere. Oh, sorry, das war Greenwich Village. Gefängnis ist wahrscheinlich ziemlich schauderhaft.«

Guy war völlig außerstande, seine Verurteilung zu verarbeiten oder die letzten paar Wochen seines Lebens irgendwie zu verstehen. Er fühlte sich hilflos in einen tosenden Strom wilden Wahnwitzes gerissen. Er war viel zu gut erzogen, um mit seinem Schicksal zu hadern. Er ging von der Annahme aus, daß Gott schon wußte, was ER machte, und daß ER ihn beschützen würde. Guy stellte sich Gott ein bißchen wie eine allwissende jamaikanische Haushälterin vor oder wie einen unerschütterlich netten Großvater, der alles Übel verscheuchen und ihn mit Leckereien verwöhnen würde. Guy glaubte nicht an einen rächenden Gott. Er glaubte an den Osterhasen und die Zahnwichtel und all die anderen freigebigen modernen Gottheiten.

»O je, ich weiß wirklich nicht, was ich machen soll«, meinte er. »Ich denk, ich bin wohl schuldig, dann denk ich, sollte ich wohl auch bestraft werden, aber das ist alles voll merkwürdig. Aber danke, Leute, danke für alles. Ihr wart toll. Und der Prozeß war ja auch eigentlich ganz schick, oder? Mann, da kann man mal sehen, was einem alles passieren kann, wenn man einen Job hat.«

21

Das Urteil

Als Guy und seiner Truppe klar wurde, daß sie um neun Uhr morgens vor Gericht erscheinen müßten, beschlossen sie, gar nicht erst zu Bett zu gehen. Sie verbrachten die Nacht vor der Urteilsverkündung auf ihre typische Art, versuchten, wenn möglich, nicht an die Mißgeschicke zu denken, die die bevorstehende Sitzung mit sich bringen könnte.

Um acht Uhr am nächsten Morgen schluckten sie alle Überreste des Abends, die ihnen für einen Auftritt vor Gericht unangemessen schienen, und machten sich auf den Weg in die Innenstadt.

»Wir wissen ja, daß wir bestimmt reinkommen«, meinte Licky.

Guy und seine Kohorten liefen völlig zerzaust und kaum denkfähig im Gerichtssaal ein und standen vor Richterin LaTarga.

»Hi, Darling«, grüßte Venice.

»Hi, Honey«, sagte die Richterin. »Na, ihr seht vielleicht aus!«

»Nicht so laut«, stöhnte Licky und massierte sich die hämmernden Schläfen. »Sonst verliere ich das Baby.«

»Hi, Frau Richterin«, meinte Guy. »Da bin ich wieder.«

»Weiß ich, Kleiner«, sagte Richterin LaTarga. »Affenschande.«

»Ja«, erwiderte Guy und versuchte, möglichst nicht zu nicken. »Mann, haben Sie vielleicht 'nen Limonensaft für mich?«

»O nein, Honey, bloß das nicht«, sagte Richterin LaTarga. »Ein Schlückchen Bier und ein rohes Ei, und es geht dir wieder eins a.«

»Wo ist die Damentoilette, bitte?« fragte Venice und hielt die Hand vor den Mund gepreßt.

»Oh, Nadine!« stöhnte Licky.

Der Gerichtsdiener bat um Ruhe, und dann wurden noch einmal die Einzelheiten von Guys Verurteilung wiederholt. Als Richterin LaTarga gerade zur Urteilsverkündung schreiten wollte, gab es hinten im Gerichtssaal einen Tumult. Der Radau schwoll an, und dann schleuderte sich eine vertraute, in Tüll gehüllte Gestalt mit atemberaubender Geschwindigkeit vor die Richterbank. Die Frau schleppte ein paar Meter schwere Ketten hinter sich her, die mit einer massiven Manschette um ihr Fußgelenk geschmiedet waren. Ihr Schleier war völlig zerfetzt.

»Bitte, bitte, Sie haben die Hörer!« schluchzte sie. »Ich bin Salima.«

»Wer?« fragte Richterin LaTarga.

»Ich bin Frau von Fadood, von wem kommt alles das Schreckliche! Und ich bin für Guy, mit kleiner Fuß.«

»Darling?« Venice blickt ihren Gatten fragend an.

»Sie ist niemand«, sagte Guy und schaute betreten weg. »Vom College.«

»Also, Süße, was können wir für dich tun?« fragte Richterin LaTarga Salima.

»Oh, Schwarze in Gericht, du tust voll die Falschheit! Guy-Mann ist nicht schuldig!«

»Hä?« fragte Richterin LaTarga.

»Ich bin mit Fliehen von Fadood, und ich komme zu Guy, den ich liebe wie der Einzig.«

»Was, Schätzchen?« Venice versuchte, Haltung zu wahren.

»Hassad sieht Bildkiste in Hotel«, erklärte Salima vertraulich. »Und ich bin mit Fliehen! Hassad sieht Frau mit rotes Haar, Lucy-Frau mit Ethel, und er lacht ha-ha-ha! Und ich bin mit Fliehen zu Guy-Mann, so jetzt ich lachte ha ha ha!«

»Ha! Ha! Ha!« ließ sich Venice ziemlich deutlich vernehmen.

»O ja, der Guy-Mann ist Traumschönheit in das Lieben und nicht mit Riechen von Atem und Haarigkeit in Nase und Kamelleine! Die Frauen von Fadood, wir müssen haben mit Sprechen – wir sind nicht Frauen von Fadood, wir sind Frauen von Guy-Mann!«

Mit diesen Worten kniete sich Salima mit gesenktem Kopf vor Guy hin. Die anderen Frauen marschierten ein wenig unbeholfen in den Saal ein, denn sie waren immer noch an den Knöcheln aneinandergekettet. Auf ein Kommando von Salima fielen sie alle auf die Knie und arrangierten sich gefällig und lautstark zu Guys Füßen.

»Ich bin für Guy-Mann!« verkündete Latinda ehrfürchtig.

»Ich bin Mrs. Guy!« Cardimas Augen füllten sich mit Tränen.

»Ich bin Hab und Geiß von Mister Guy«, sagte Hofstra und leckte Guys Waden.

»Ich bin von Guy für alle Zeit«, sagte Ramira.

»Und ich bin mit immer Mister Guy«, ergänzte Tira.

»Die Frauen von Guy«, erklärte Salima voll Stolz. »Dies wir sind.«

Im Gerichtssaal herrschte atemlose Stille, als die Zuschauer das schöne Bild in sich aufsogen und Guy vorsichtig versuchte, Hofstra von seinem Bein zu entfernen.

»Kennst du diese Frauen?« fragte Venice Guy nach einer Weile.

»Denn, Honey, wenn die die Wahrheit sagen«, meinte Richterin LaTarga, »dann sieht die Sache ja wohl ganz anders aus. Sind die deine Frauen?«

»Guy?« fragte Venice, den Tränen nah, mit einem kleinen wütenden Unterton in der Stimme.

»Guy!« Licky war beeindruckt. »Nicht schlecht!«

»Also, Kleiner?« erkundigte sich Richterin LaTarga.

Guy sah die Araberinnen an, die zu seinen Füßen hingebreitet lagen. Sie beteten ihn an, radikal unterwürfig, bereit dazu, jegliche Aufgabe zu verrichten, jegliche Demütigung zu ertragen und noch dazu in der Lage, ihn aus den Terror-Klauen des Gefängnisses zu reißen.

Dann blickte Guy Venice an. Sie war umwerfend schön, überaus untreu, tödlich eifersüchtig und zunehmend wütend. Und sie weinte. Guy hatte Venices Wimperntusche noch nie zerfließen sehen.

»Euer Ehren«, sagte er.

»Für dich Nadine«, meinte Richterin LaTarga freundlich.

»Nadine«, er stand sehr aufrecht. »Das ist alles so seltsam. Ich habe diese Frauen noch nie im Leben gesehen.«

22
Stromaufwärts

Guy wurde zu vielen Monaten Gefängnis verurteilt, und Richterin LaTarga wünschte im alles Gute. Dann wurde er mit Fußfesseln und in Handschellen von zwei muskelbepackten, grinsenden Polizeimatronen aus dem Gerichtssaal gezerrt. Es wurde ihm weder Zeit gegeben, sich von Venice zu verabschieden, noch um sich den untröstlichen Fadood-Frauen erkenntlich zu zeigen.

Er wurde eilends in einen schwergepanzerten Wagen verfrachtet. Der Motor jaulte auf, Guy rappelte sich auf die Knie hoch und linste durch das kleine vergitterte Fenster hinten aus dem Fahrzeug. Als der Wagen an einer Ampel anhielt, konnte er an einer Ecke einen Zeitungskiosk sehen. Dort waren Boulevardzeitungen ausgelegt, und ausnahmslos alle zeigten Fotos von Venice, wie sie in den Gerichtssaal ging oder wie sie im Zeugenstand saß oder wie sie aus einem Taxi stieg. Unter diesen Fotos standen Zeilen wie »Darling!« und »Mrs. Huber macht ihre Aussage« und »Gerechtigkeit auf hohen Hacken«.

Etwas später erblickte Guy Venices himmelblaue Augen auf einer riesigen Plakatwand, wie sie dem ganzen Times Square einen provokativen Blick zuwarfen. Nach dem Prozeß war man von verschiedener Seite für Werbevorhaben an Venice herangetreten. Diese Plakatwand warb für ihr Lieblingsparfüm, einen Duft mit dem Namen »Schuldig«.

Das letzte, was Guy von Venice sah, war ihr weinendes Gesicht, das in einem Elektrogeschäft von fünfzig Fernsehbildschirmen flimmerte. Venice wurde vor dem Gerichtssaal interviewt. Durch einen Tränenschleier blickte sie in die Kamera und warf eine Kußhand.

Guy fand diese Serie von Abschiedsgrüßen sehr rührend;

als wäre Venice neben dem Wagen hergelaufen und immer mal wieder hochgehüpft. Mann, was für eine tolle Stadt, dachte Guy, als er Manhattan in der Ferne versinken sah.

Der Trip zur Besserungsanstalt für Männer in Albany dauerte mehr als vier Stunden, und Guy bekam nichts zu essen und zu trinken. Glücklicherweise wurde auch die Gefängniswäsche im Auto transportiert, und so konnte Guy es sich mehr als gemütlich machen. Und der Fahrer hatte zudem im Radio einen Soul-Sender gefunden, der von Westchester aus sendete.

Der Wagen kam zur Abenddämmerung in der Besserungsanstalt an. Guy schielte durch das vergitterte Fenster. Er konnte ein langes niedriges Gebäude ausmachen, das von kleineren Gebäuden umgeben war. Ein Turm mit vielen stacheligen Spitzen drohte im Hintergrund, und Guy glaubte, auch einen Galgen erkennen zu können. Alles war von hohen Maschendrahtzäunen mit Glasscherben obendrauf umgeben. Man konnte Hunde knurren hören, dann das noch nervenzerrüttendere Geräusch von Hunden, die plötzlich nicht mehr knurren.

Eine uniformierte Gestalt mit einem Gewehr über der Schulter kam auf den Wagen zugeschritten, um ihn zu begrüßen, nach Schmuggelgut zu durchsuchen und dann hereinzulassen. Guy hoffte, daß man ihn vielleicht für Wäsche halten würde, aber das klappte nicht. Die Wache blickte kurz hinten in den Wagen und nickte. Der Wagen rollte auf den Gefängnishof.

Ein Suchscheinwerfer glitt über das Gelände, als man Guy über den Hof und ins Hauptgebäude schleifte. Er wurde in einen kleinen betonierten Raum geführt, wo man ihm die Fußfesseln und Handschellen abnahm. Medizinische und psychiatrische Untersuchungen wurden vorgenommen. Es wurde ermittelt, daß Guy weder Kopfläuse noch Eingeweidebrüche oder gewalttätige Tendenzen aufwies. Der Gefängnis-Psychologe, der Guys Rorschach-Ergebnisse studierte, versicherte ihm, daß sexuelle Fantasien zum Thema Venice Huber mehr als normal waren.

Dann wurde Guy in eine Kleiderkammer geführt, wo man ihm eine schäbige, anonym graue Baumwolluniform und genagelte Arbeitsschuhe mit Stahlkappen aushändigte. Das Outfit hatte verblüffende Ähnlichkeit mit dem, das Guy während seiner gesamten Collegezeit getragen hatte, nur war es sauberer. Guy wurde dann auf einen Blechhocker gedrückt, wo man ihm einen kurzen Haarschnitt verpaßte, der seine blaue Strähne völlig vernichtete. Er starrte auf den Boden, als die Neonsträhnen wie Graffiti-Schnörkel fielen. Meine Haare, dachte er, meine schönen blauen Haare! Er wurde beinahe wieder zum Kind, bekam es mit der Angst zu tun, als verursachte ihm das Haarschneiden einen körperlichen Schmerz.

Nach dem Scheren bekam Guy eine Zahnbürste und eine Bibel in die Hand gedrückt. Er hatte noch nie in der Bibel gelesen und fragte sich, ob er Zeit haben würde, sie mal schnell durchzublättern, ehe er seine Mitgefangenen kennenlernen würde. Er schlug das Buch auf. Sofort kam ihm die Rechtfertigung für seinen lebenslänglichen Widerstand gegen das Christentum wieder ins Gedächtnis: viel zu klein gedruckt! Ehe Guy diesen Punkt neu überdenken konnte, wurde ihm befohlen, sich sofort im Block 18 zu melden, zur Zellenzuteilung.

Er wurde von einem buckligen Gefängniswärter durch ein Labyrinth dunkler Gänge geführt. Die Schritte der beiden hallten melodramatisch. Eiserne Türen und Gitter schlugen dröhnend hinter ihnen zu, tönten von soviel überhöhter Endgültigkeit, wie man sich nur wünschen konnte. Die beiden kamen zu einem in Stufen angelegten Zellenblock, der eisig still und nur von nackten Glühbirnen erleuchtet war, die bedrohliche Film-Noir-Schatten warfen.

Der Wärter öffnete ein letztes Gitter mit einem Dietrich von seinem rasselnden Schlüsselbund und forderte Guy auf, zu warten, bis der Block-Captain erschien. Dann verschwand er dämonisch kichernd. Guy war unaussprechlich allein, kahlgeschoren, ängstlich, tief im geschwürdurchsetzten Bauch des amerikanischen Strafvollzugs.

Nach modrigen Ewigkeiten erklang vom anderen Ende des Zellenblocks ein durchdringendes Geräusch. Guy entdeckte eine grobschlächtige Gestalt, die mit wohlgesetzten Schritten auf ihn zukam. Ihr Gang war schwerfällig und bedrohlich. Auf der hohen, kämpferischen Stirn glänzten Lichtreflexe. Der Block-Captain, beschloß Guy für sich, auf der Pirsch, höchst persönlich, ausgehungert, mit Appetit auf frischen Sträflings-Tartar. Guy drehte sich um und wollte weglaufen, rannte aber nur gegen erbarmungslose Eisenstäbe.

Er fing an, unkontrollierbar zu zittern, während die Gestalt immer näher kam, Schritt für Schritt schrecklicher, das übel entstellte Gesicht im Schatten verborgen. Schweiß ergoß sich in kleinen Strömen über Guys Rücken, als er eine Art grob behauenes Paddel erkennen konnte, das dieser irrwitzige Menschenfresser in den Klauen hielt.

O Gott, dachte Guy und war zum ersten Mal in seinem Leben wirklich wach. Ich werde sterben, wurde ihm klar. Das ist ja furchtbar! Guy beschloß, augenblicklich mit dem Beten zu beginnen. Ich werde soooo brav sein! versprach er Gott. Ich steh immer früh auf! Ich bin netter zu meinen Eltern! Ich such mir eine richtige Arbeit! Ich zieh immer nur saubere Sachen an! Ich färbe mir nie wieder die Haare! Ich krieg auch Venice dazu, daß sie Kleider anzieht! Ich krieg Licky ans Staubsaugen! Ich schaff's, daß Danilo hinter Sachen herjagt, wie sich das für einen Hund gehört! Ich kümmer mich um alle armen und kranken Menschen auf der ganzen weiten Welt! Ich mach allen Kriegen ein Ende! Nie wieder Tanzen! Nie wieder Einkaufen! Nie wieder Schlafen!

Beim letzten Versprechen kam Guy schlagartig wieder zu Verstand. Das war völlig sinnlos, das wußte er. Ich muß einfach schlafen! Ich bin ein wertloses Menschenwesen! Das ist meine Berufung! Ich bin zu sterben bereit!

Noch eine Sekunde, und der Auerochse des Verderbens würde sich auf ihn stürzen. Guy berührte sein Haar und hoffte wider jegliche Hoffnung, daß er keine Pickel bekommen hatte, die ja so oft bei übergroßer Anspannung auftauchen. Er war wild entschlossen, gut auszusehen, ein bißchen Stil zu beweisen, auch im Angesicht des Großen Schnitters, unter den Fingerzeigen des Schwarzen Platzanweisers zum nächsten Total-Ausgang. Guy wünschte sich, er hätte eine Zigarette oder seine Sonnenbrille, irgendein Lässigkeitssymbol. Mein Gott, ich bring's nicht! dachte er. Der Menschenfresser kam näher.

»Hi …«, flüsterte Guy zögernd.

»Mein Sohn«, antwortete Mr. Huber und winkte mit dem Tennisschläger. »Schön, dich zu sehen.«

»Papa?« Guy konnte es kaum glauben. »Jemine, bist du das?«

23

Mindest-Sicherheit

»Gut siehst du aus, mein Junge«, meinte Guys Vater. »Gerade erst angekommen? Gute Reise gehabt?«

Guys Vater stand seinem Sohn im Zellenblock auf dem schäbigen Flur gegenüber. Mr. Hubers Uniform war identisch mit der von Guy. Der ältere Herr schien bester Laune zu sein, vielleicht sogar ein bißchen aufgekratzter als sonst. Er überprüfte seine Rückhand mit einigen kleinen Probeschlägen durch die Luft. Guy hatte keine Ahnung gehabt, daß man auch seinen Vater ins Gefängnis gesteckt hatte. War etwa die gesamte Sippe in Ungnade gefallen?

»Papa«, fragte Guy. »Äh, ich will ja nicht … ich meine, es ist deine Angelegenheit und überhaupt, aber … jemine! Papa, was machst du denn hier?«

»Irgend so ein Blödsinn mit Steuerhinterziehung«, sagte Mr. Huber. »Hat deine Mutter dir nichts erzählt? Na ja, sie hatte viel zu tun, mit dem Museum und was weiß ich. Ich wollte dich damit nicht belasten. Ich weiß ja, daß du bald Prüfungen hast. Schon ordentlich gebüffelt?«

Guy beschloß, keine Bemerkung seines Vaters in Frage zu stellen. Bei den Hubers hatte man schon immer die Privatsphäre der anderen respektiert. Wenn man zu neugierig war, gab es nur Szenen, und man verdarb sich unweigerlich das Abendessen. Noch Sekunden zuvor hatte Guy erwartet, belästigt, gewürgt und von einer Knastbestie zerhackt zu werden. Die Gegenwart seines Vaters war ein völlig unerwarteter Trost.

»Hast dir die Haare schneiden lassen, wie ich sehe«, sagte Mr. Huber anerkennend. »Famos! Hast schon um den Kragen herum eine Spur struppig ausgesehen. Am besten gar nicht erst einreißen lassen! Jetzt siehst du ja tipptopp aus, ganz der Gentleman!«

Guy lehnte sich an eine Betonwand und klaubte seine Gedanken zusammen.

»Aber Dad«, meinte er und versuchte, nicht zu negativ zu klingen. »Ich meine, wir sind im Gefängnis! Ist das nicht wirklich schrecklich? Mann, welche von den Zellen hier ist deine?« Er deutete auf die Reihen trostloser Käfige.

»Was?« fragte Mr. Huber. »Mach dich nicht lächerlich, Junge. Hier lebt doch niemand, das sind alles Lagerräume.«

Und wirklich, als er durch die Gitterstäbe linste, konnte Guy feststellen, daß das stimmte. Die Zellen waren voller Pappkartons und haufenweise vergilbter Party-Girlanden.

»Deine Mutter hat mir geschrieben. Sie hat was erwähnt, daß du vielleicht an Bord kommst«, sagte Mr. Huber. »Wir werden uns eine Suite teilen. Wie im Feriencamp!«

Mr. Huber führte Guy durch die Hintertür des Zellenblocks hinaus. Dahinter lag ein langer, neonerhellter Raum, den man anstalts-minzgrün gestrichen hatte. Er stand voll mit Ping-Pong-Tischen, abgeschabten Ledersofas und Resopal-Couchtischen mit Holzstruktur, auf denen Zeitschriften in Plastikschutzumschlägen verstreut lagen. Mr. Huber durchquerte diesen Raum schnellen Schrittes, außer ihnen beiden war niemand dort.

»Der alte Aufenthaltsraum«, meinte Mr. Huber. »Bißchen schäbig. Der neue ist beinahe fertig, sagen sie zumindest. Ganz schön edel, was man so hört. Ich hoffe, daß wir nicht soviel von diesem italienischen Kram kriegen – diese furchtbaren Stühle!«

Die beiden verließen den Aufenthaltsraum und kamen in einen funkelnagelneu eingerichteten Sportraum, das Nonplusultra an modernem Gesundheitstempel. Der Boden war eine ausgedehnte violette Webteppichebene, die Wände waren funkelnd verspiegelt. Edelholztröge quollen über vor üppigem Grün, gingen in beruhigende Batikwandbehänge über. Die Stimmung war wie in einem besseren Kurbad.

»Schicke Sache«, kommentierte Mr. Huber. »Alles auf

dem neuesten Stand. Na, wir kriegen dich schon auf die Maschinen und tun was für deine Abs.«

»Meine Abs?« fragte Guy verwirrt.

»Abdominal-Muskeln«, erklärte Mr. Huber und tätschelte stolz seinen muskelstraffen Bauch. Er deutete auf ein schimmerndes Dickicht aus chromglänzenden Maschinen, die aussahen wie übergroße Mixer, einsatzbereit zum Zerhacken und Zerkleinern. Diese Maschinen verfügten über körpergerechte Rindsledersitze, auf die sich die Enthusiasten rittlings hinaufschwangen. Dann trat ein Gespinst aus Zahnrädern und Flaschenzügen in Aktion, rotierte und bog die Gliedmaßen des Opfers zu straffer Perfektion zurecht.

Guy fand diesen Sportraum grauenerregend. Er konnte sich gut vorstellen, wie er sich da wild immer weiter bewegen würde, im unerbittlichen Stahlmechanismus wie in einer Falle gefangen; sein schwer muskelbepackter Leichnam würde, immer noch Eisen pumpend, erst Tage später entdeckt werden.

»Die haben Leute hier, Trainer«, erklärte Mr. Huber seinem zusammenzuckenden Sohn. »Die halten dich auf Trab. Absolutes Top-Team. Ich war nie besser drauf, fühl mich wie neugeboren. Wie steht's mit deinem Spiel?« erkundigte sich Mr. Huber und fegte mit seinem Tennisschläger nach Guy.

»O je, Tennis?« fragte Guy. »Also, Tennis mag ich eigentlich nicht so …«

»Keine Sorge«, meinte Mr. Huber. »Dich kriegen wir schon in den Verein. Wir kriegen dich schon vom Hintern hoch. Schluß mit der Rumhockerei. Denk dran, schließlich bist du im Gefängnis, Junge.«

Mr. Huber führte Guy vom Sportraum in einen kleinen gepflasterten Innenhof. Rund herum waren in angenehmer Lage säuberlich strohgedeckte Hütten aufgestellt, ein idyllisches Tirolerdorf. Geranienberankte Blumenkästen, verschnörkelte Fensterläden und Türklopfer aus Messing zierten die neckischen Häuschen. Guy hätte beinahe erwartet, daß Schäfer in historischen Gewändern ihre friedlich blökenden Herden vorbeitrieben. Jede Hütte hatte einen Namen, der auf einem rohen Birkenbrett über der Tür eingeschnitzt war. Unter anderem standen da Namen wie »Sitz-die-Zeit-ab« oder »Wart-a-Weil« oder »Galgenvogels Nest«. Mr. Huber führte Guy in eine Hütte mit dem Namen »Böse Buben«.

Guy war sich sicher, daß hier die sieben Zwerge wohnen würden, aber die Inneneinrichtung stellte sich als durch und durch modern, blitzsauber und komfortabel heraus. Guy bekam sein Zimmer gezeigt, ein fröhliches Apartment mit Bett, Schreibtisch, Bad und kleiner Küche. Mr. Hubers Unterkunft war in der gleichen Hütte untergebracht, ebenso ein drittes, bis dato unbewohntes Apartment. Die Möbel waren entweder geformtes Plastik in leuchtenden Grundfarben oder helles Holz. Zahlreiche schwenkbare Arbeitsleuchten und dicke Schreibtischplatten verliehen dem Ganzen die Atmosphäre eines preiswert eingerichteten Studentenwohnheims.

Guy schaltete den Fernseher in seinem Zimmer an und aus, spielte mit den Dimmern. Nachdem er sich frisch gemacht hatte, wanderte er heraus zu seinem Vater, der versprochen hatte, ihn zu einem kleinen Imbiß mitzunehmen.

»Na, denn man los«, sagte Mr. Huber, der jetzt über seiner Uniform eine bequeme wattierte Hausjacke trug und eine Pfeife in der Hand hielt, ganz der Gutsbesitzer. »Ich möchte dich gern ein paar Leuten vorstellen. Also, dann wollen wir uns mal ein bißchen anstrengen. Ich denke, du findest schon deine Nische hier. Ich glaube, die sind alle am Pool.«

Die Huber-Männer verließen ihre Hütte und flanierten über einen gepflasterten Weg, der sich durch eine manikürte Grünfläche schlängelte. Er führte zu dem Turm, den Guy bei seiner Ankunft erblickt hatte und an dem man jetzt deutlich die vorragenden Sprungbretter erkennen konnte. Entlang des Weges gaben auf Stäben montierte Kutscherlampen mit Spezialbirnen ein flackerndes, an Kerzen erinnerndes Licht.

Das Becken von olympischen Ausmaßen lag hinter einem elegant gestalteten Hügelchen. Man hatte es als Dorfteich angelegt, die Seitenwände und Filtersysteme hinter natürlichen Gesteinsformationen verborgen. Das Wasser war geheizt und von unten beleuchtet. In der kühlen Abendluft stiegen von der glasgleichen Oberfläche zarte Nebelschwaden auf. Die Maschendrahtzäune, die das äußere Gefängnis umgaben, hatte man vor allem gegen neugierige Gaffer errichtet. Hier im Inneren hatte man ein leicht wettergegerbtes Geländerdesign von verwittertem New-England-Charme vorgezogen. Die Wärter lümmelten sich in weißgetünchten holzverkleideten Türmen und schleppten Golftaschen mit sich herum, die Guy vorher irrtümlich für Gewehre gehalten hatte.

Weil es recht kühl war, schwamm niemand, aber ein paar Sträflinge sprangen nach der Sauna kurz zur Abkühlung ins Becken, tauchten mit Geschrei und Platschen in das stille Wasser. Gruppen von Männern hatten sich um Barwagen und um die mit fröhlichem Streifenstoff bespannten Badehütten geschart. Sie erfreuten sich an flamm-heißen Schisch-Kebabs und tropischem Punsch aus Kokosnußschalen: der Gefängnis-Bocuse tobte sich im Augenblick mit einem »Internationalen Smörgåsbord« aus. Die Gefangenen waren in den verschiedensten Aufzügen erschienen: in Muscheltaucher-Outfits, Kaftanen und frottee-gefütterten Hausmänteln, fast alle aus dem gleichen graubraunen Stoff wie Guys Uniform.

»Dad, ich bin ja völlig falsch angezogen.« Guy wollte auf dem Absatz kehrt machen.

»Verlaß dich da ganz auf deinen guten alten Daddy«, meinte Mr. Huber und zog Guy eine Grillschürze über den Kopf. Neben jitterbug-tanzenden Hamburger Klopsen und lockeren Brötchen mit rotem Kußmund war darauf der Slogan »Küß den Koch!« zu lesen.

»Buzz«, sagte Mr. Huber und begrüßte einen Mann mit Tweedkappe, Argyle-Strickjacke und Knickerbocker.

»Dick«, antwortete der Ex-Boß einer Fluglinie, den man wegen ungeheuerlicher Unterschlagungen und vierhundert nachgewiesenen Meineiden verurteilt hatte. »Wir haben dich heute Nachmittag beim Vortrag vermißt.«

»Tut mir leid«, erwiderte Mr. Huber. »Aber diesen jungen

Draufgängern oder diesem Merrill Lynch traue ich einfach nicht über den Weg. Ich hab schon auch Absichten auf den Geldmarkt, aber Draufgänger bin ich keiner. Gebranntes Kind.«

»Wie du willst, Skipper«, meinte der Mann. »Und wer ist das? Neuer Partner fürs Doppel?«

»Buzz«, sagte Mr. Huber mit stolzgeschwellter Brust. »Das ist mein Junge, mein Jüngster. Guy, ich möchte dir Tarwoodly Keith vorstellen. Er spielt mit Duff Pickling.«

»Mann, mit dem Generalstaatsanwalt?« fragte Guy.

»Nenn mich Buzz«, sagte Tarwoodly Keith. »Feiner Kerl, Dick.«

Guy sah sich jetzt am Pool und auch in den nächsten Tagen unter der Gefängnisbevölkerung um und stellte ein gewisses Muster fest. Er beschloß, seinen Vater einmal während der Massage darauf anzusprechen.

»Dad«, fragte er, während sie sich unter der alles-verrenkenden Umarmung der Masseuse wanden. »Ich hab mir Gedanken über was gemacht. Wo sind die Verbrecher? Alle Leute hier scheinen irgendwie wegen Unterschlagung oder Beamtenbestechung oder Copyright-Verletzung oder so hierzusein. Hat nicht irgendwer, na ja, jemand umgebracht?«

»Augenblick, laß mich mal nachdenken«, japste Mr. Huber. »Mmmmmmmpf! Bißchen tiefer, Lotte! Ja, daaaaa... Na ja, es sind ein paar wegen Totschlags dritten Grades hier.«

»Klingt toll!« sagte Guy. »Was ist das?«

»Also, zum Beispiel«, erwiderte Mr. Huber, »wenn jemand seine Frau umbringt und die Mordwaffe ein antikes Stück ist. Und dann haben wir noch Dutworth, einen Princeton-Mann, seine Frau ist bei einem Jagdunfall umgekippt, wurde aber im Negligé gefunden. Alles ziemlich komplizierte, spitzfindige rechtliche Feinheiten. Aber wir werden alle rehabilitiert hier, und wir machen wirklich Fortschritte damit. Und deswegen nennen wir unsere Leute schon mal nicht Mörder.«

»Ah ja«, meinte Guy. »Okay. Jemine, wie sollten wir sie denn dann nennen?«

»Witwer«, antwortete Mr. Huber. »Ooooooh, Lotte – Junge, diese Lotte ist wirklich eine Perle, was? Lotte, wenn ich nicht schon mit dem wunderbarsten Mädel auf Gottes Erdboden verheiratet wäre, also dann würde ich schwören …«

»Dad«, Guy war immer noch verwirrt. »Macht hier irgend jemand mal, na ja, 'nen Gefängnisaufstand oder so was?«

»Na ja, kleinere Problemchen gibt es schon mal, so Meinungsverschiedenheiten«, erinnerte sich Mr. Huber. »Vor einer Woche war was mit den Shrimps, waren wohl nicht frisch anscheinend.«

»Aber ich kapier das nicht.« Guy rang immer noch um Verständnis. »Warum sind das alles hier so nette Leute, ich meine, so reiche Leute?«

»Mein Junge«, sagte Mr. Huber geduldig. »Wir sind hier im Mindest-Sicherheitstrakt. Man kann doch nicht einfach irgendwelche armen Kerle mit in den gleichen Topf werfen, Leute ohne unsere … Vorteile. Die wüßten ja gar nicht, wie sie sich benehmen sollten. Würden sich gar nicht wohlfühlen. Würden ja auch niemanden kennen. Sicher nette Kerle, ganz bestimmt, einer wie der andere, aber man darf so was nicht erzwingen wollen. Aaaaaaaa, genau da, jaaaaa, Lotte, Sie sind ein Genie!«

Guy mischte sich unters Volk und fand seine Mitgefangenen liebenswert und nur eine Spur langweilig. Alles hatte eine gewisse Ähnlichkeit mit einem Besuch auf einer Party bei seinen Eltern; auch die Gästelisten schienen sich ziemlich zu überschneiden. Außer Sport wurden Guy noch verschiedene andere ärgerlich streng reglementierte Formen der Rehabilitation auferlegt, darunter Briefe an seine Mutter und Theaterbesuche (die »Knast-Komödianten« mit Mopp-Perücken und Ballon-Busen ließen mit Rave-Fassungen der Uralt-Musicals »School for Scandal« und »Star-Spangled Girl« mächtig die Sau raus). Es wurden auch Seminare angeboten, und Guy konnte noch die Kurse Country-Découpage und Schlemm Dich Schlank in seinen Terminkalender quetschen.

Allmählich lebte er sich ein. Er versuchte, immer schön

fröhlich zu bleiben, auch wenn ihm die Einsamkeit zu schaffen machte, mit der wohl jeder Neuling im Sommer-Feriencamp zu kämpfen hat. Venice fehlt mir, dachte er. Und Licky fehlt mir und der Club, und überhaupt. Das Gefängnis gefällt mir überhaupt nicht, viel zu bieder, viel zu Connectitcut.

24

Zellengenossen

Nach einem Monat im Gefängnis hatte sich Guys Tennisspiel merklich verbessert. Auf Betreiben seines Vaters hatte er viele Stunden mit dem Profitrainer des Gefängnisses verbracht, seinen Aufschlag perfektioniert und ernsthaft versucht, nicht alle paar Minuten frustriert und angewidert den Schläger auf den Aschenplatz zu pfeffern.

Eines milden Aprilmorgens stellte Guy fest, daß er in einem Tennisturnier für Anfänger für das Herreneinzel gemeldet war. Seine ersten paar Spiele gingen ziemlich gut, weil er gegen einen Trupp ältlicher Herren antreten mußte, die alle in Folge einer Anti-Kartell-Aktion seit Anfang des Jahrzehnts einsaßen.

Im Laufe des Tages wurde Guy beinahe verrückt vor Erschöpfung. Seine späteren Gegner erwiesen sich als behender, und er sah sich gezwungen, über den gesamten Platz zu rennen, erbarmungslos hin- und herzuflitzen, sich völlig zu verausgaben. Guy haßte Tennis immer noch aus ganzer Seele. Er war nach wie vor der Meinung, daß es in allen Sportarten mindestens einem der Spieler erlaubt sein müßte, einen Revolver zu benutzen.

Kurz vor dem völligen Zusammenbruch, kurz vor Guys Reinkarnation als warme Schweißpfütze ereilte ihn eine Vision. Er blickte vom Tennisplatz auf eine kleine betonierte Piazza, und sein Geist erschuf die ungewöhnlichste Fata Morgana. Er stellte sich ein Café vor, von einer niedrigen Hecke umgeben, gesprenkelt mit runden weißen Metalltischchen und lustigbunten Sonnenschirmen. An einigen Tischen saßen in Zweier- und Dreiergruppen elegant gelangweilte Zuschauer, hatten sich Sonnenblenden aufgestülpt und schlürften durch Strohhalme ihre eiskalt-körnigen Margueritas. Ein

Tisch in der Mitte war jedoch von Gefangenen geradezu überflutet, in Dreierreihen hatten sie sich dort versammelt, entzogen den Tisch sämtlichen Blicken. Die Männer lachten und schwatzten, und Guy hätte schwören können, daß er irgendwo aus der Tiefe eine vertraute Stimme hörte.

»Darlings«, erkundigte sich die Stimme. »Geht mir nicht mal einer von euch was schönes Kühles holen?«

Guy war sicher, daß er sich täuschte. Wahrscheinlich hatte er einen Sonnenstich. Es konnte einfach nicht seine über alles Geliebte sein. Zigarettenrauch kräuselte sich über dem verborgenen Tisch in die Höhe, Guy beschloß, eine genauere Untersuchung der Sachlage zu riskieren. Er humpelte zum Tisch, schlängelte sich durch die plappernde Sträflingsmeute hindurch.

»Wird aber auch langsam Zeit«, bemerkte Venice, als Guy auftauchte.

»Venice!« Guy war überglücklich, in Sekundenschnelle wieder bei Kräften.

Venice stand auf. Sie trug ein weißes Männer-T-Shirt und eine Baseball-Mütze, ein Outfit, das ihr für einen Besuch auf dem Land passend schien. Sie legte Guy die Arme um den Hals und küßte ihn. Drum herum standen geduldig acht Männer, Venices Cocktails in den Händen.

»Das ist ja vielleicht toll!« sagte Guy. »Aber was machst du hier?«

War dies noch ein richtiges Gefängnis, fragte er sich, oder gab es jetzt Knast-Kooperativen? Hatte Venice ein Verbrechen der angemessen anständigen Art begangen? War der neue Guide Michelin herausgekommen und hatte dem Gefängnis-Direktor einen zusätzlichen Stern verliehen?

»Die haben mich angerufen«, meinte Venice. »Oh, danke, Stu.«

Venice nahm eine tiefgefrorene Marguerita mit einem winzigen Papierschirmchen entgegen.

»Moment mal, wer hat dich angerufen?« fragte Guy.

»Das Gefängnis«, fuhr Venice fort und nippte an ihrem Drink. »Oh, sind die nicht einfach tödlich? Ich gehöre zu einem Projekt: Ehegattenbesuche. Einfach mega-schrill, oder?«

»Ehegattenbesuche?« wunderte sich Guy.

»Darling, der reine Wahnsinn«, erklärte Venice. »Sie wollen, daß wir Frauen und Freundinnen ins Gefängnis kommen und euch Jungs bei Laune halten. Soll alles ganz furchtbar natürlich und human sein, damit ihr euch nicht in wilde Bestien verwandelt oder anfangt, untereinander Dates auszumachen. Da hab ich gesagt: ›Aber klar doch, mach ich, lassen Sie mich nur schnell ein paar Sachen zusammenpacken.‹ Und dann hab ich dem Direktor gesagt: ›Schätzchen, ich werd meinen Mann rehabilitieren, daß ihm das Hirn aus den Ohren spritzt!‹«

»HURRAAAAA!!!« bejubelten die in der Nähe stehenden Gefangenen Venices selbstlosen Einsatz. »HURRAAAAA!!! HURRAAAAA!!!«

»Männer hinter Gittern!« meinte Venice. »Hält man im Kopf nicht aus.«

»Venice, das ist ja wunderbar!« sagte Guy. »Komm mit, ich zeig dir mein Zimmer! Und all meine Sachen!«

Guy und Venice machten sich von der Meute auf dem Tennisplatz los und gingen Hand in Hand im Schatten der dichtbelaubten Ahornbäume zu Guys Hütte. Eine Prozession von Sträflingen schleppte Venices sechsundzwanzig Gepäckstücke mit sich, auf dem Kopf, wie eingeborene Lastenträger. Die Parkarbeiter, die mit Mähen und Heckenschneiden beschäftigt waren, hielten sich in diskretem Abstand, während die Hubers Guys Leben hinter schwedischen Gardinen besprachen.

»War es einfach nur unerträglich«, fragte Venice. »Oder macht's auch Spaß?«

»Na ja, ist schon ziemlich schlimm«, antwortete Guy. »Nächste Woche muß ich reiten gehen.«

»O nein«, Venice war schockiert. »Dürfen die dir das antun? Ist das nicht, na ja, zu grausam und ungewöhnlich?«

»Gott, weiß ich nicht«, meinte Guy. »Hast du den Aschenbecher bekommen, den ich dir geschickt habe? Den mit dem Mosaik?«

»Ja«, kicherte Venice. »Sind alle fast gestorben vor Lachen. Hast du meine Postkarte gekriegt?«

»Toll«, sagte Guy. »Aber der Direktor hat sie zuerst in die Finger bekommen und alles ausgestrichen. Ich denk mal, die haben Zensur oder so.«

»Ich hab das gemacht«, bekannt Venice. »Damit du denkst, daß was richtig Dreckiges draufsteht. O hallo, Walt.«

Venice entdeckte im Gefängnis so viele bekannte Gesichter. Als man die Ehegatten-Fragebogen verteilt hatte, war Venices Besuch von einer überraschenden Anzahl von Gefangenen beantragt worden, die alle behaupteten, daß sie ihre Ehegattin oder Mätresse wäre. Die restlichen Gefangenen hatten sich in ähnlicher Manier für Ratallia Parvs Besuch eingesetzt, ein paar vereinzelte Stimmen hatten sich für Jon Gelle verwandt.

»Jetzt aber, Guy«, fragte Venice in ihren hauchigsten Untertönen. »Wieviel Rehabilitation wirst du denn exakt brauchen? Bist du ganz verzweifelt ungesellig geworden? Bist du für jegliche anständige Gesellschaft völlig verloren?«

»Glaub schon«, war Guys brutale Antwort. »Ich glaube, ich bin jenseits von Gut und Böse. Du bist meine letzte Hoffnung auf ein normales Leben. Und darauf, daß ich je meine Schuld bei den braven Bürgern von New York State und Amerika abtragen kann.«

»Na ja«, schloß Venice. »Dann machen wir uns am besten gleich an die Arbeit. Grausam und ungewöhnlich,« fuhr sie versonnen fort. »Goldene Worte der Weisheit.«

Guy und Venice näherten sich der Tirolersiedlung und hörten Stimmen im danebenliegenden Aufnahmebereich, im weniger progressiven Teil des Gefängnisses.

»Darling, was ist denn da los?« fragte Venice Guy. »Setzen sie da gerade jemand unter Strom?«

»Nö, glaub ich nicht«, meinte Guy und dachte über diese Frage und den größeren Themenkomplex der Todesstrafe nach. »Würde völlig den Fernsehempfang ruinieren.«

Das Geschrei wurde lauter, man konnte jemand schrill kreischen hören, Metallgegenstände wurden geworfen, die gewalttätigen Geräusche hallten im gesamten Dreiländereck wider.

»Klingt ja wild«, meinte Venice. »Müssen wir uns ansehen. Nur mal kurz gucken.«

»Aber ich will doch rehabilitiert werden«, stöhnte Guy flehentlich. Schließlich hatte man ihn nun schon viele lange Monate nicht rehabilitiert, tägliche Versuche zur Selbsthilfe einmal ausgenommen.

»Gleich«, versprach Venice mitleidig. »Immer ruhig Blut.«

Guy und Venice kamen in den Aufnahmebereich, spürten dem Geschrei nach und orteten es in der Kabine des Gefängnisfrisörs, wo in den düsteren ersten Stunden von Guys Gefängnisaufenthalt seine Haarsträhne gefallen war. Guy und Venice linsten in die Kabine, und es bot sich ihnen ein wahrhaft tragischer Anblick. Ein neuer Insasse, ein ungebärdiger Rebell, trommelte mit Fäusten auf den Gefängnis-Figaro ein und schleuderte Scheren und Schneidemaschinen durch die Luft.

»DARLING«, jaulte der Gefangene den Barbier an, »ich hab gesagt, ich will einen IROKESENSCHNITT, und das IST kein IROKESENSCHNITT, das ist ein BÜRSTENSCHNITT, mein Gott, wo hast du denn GELERNT?«

»Darling«, meinte Venice. »Hallöchen.«

»Hi, Licky«, grüßte Guy, der irgendwie überhaupt nicht überrascht war, seinen mürrischen Diener in Polizeigewahrsam vorzufinden. »Was ist denn hier los?«

»GUY!« kreischte Licky. »VENICE! Dem HERRN sei dreifach Dank, Lob und Preis! SCHAUT mich doch an! Ist das nicht einfach tränentriefend TRAURIG? Im Handumdrehen könnte er es noch gradebiegen, aber er WILL NICHT, der ist einfach ein OBERTROTTEL. Ich hab's ihm gesagt, am Rand rasieren und in der Mitte eine Bürste stehen lassen, KINDERLEICHT. Und färben will er auch nicht. Wo SIND wir hier eigentlich, möcht ich bloß wissen.«

»Schätzchen, darf ich mal?« Venice klaubte die Schneidemaschine vom Boden auf.

»Aber bitte«, wimmerte der geprügelte Barbier. »Was Sie wollen.«

Licky stellte den Stuhl, den er umgekippt hatte, wieder

auf die Beine, machte einen kleinen Knicks und setzte sich. Geschickt rasierte Venice Licky auf beiden Seiten die übriggebliebenen Bürstenhaare weg und ließ nur in der Mitte einen schrillen Grat stehen. Einer Inspiration folgend entfernte sie auch eine Augenbraue. Dies war der Anfang einer Modeströmung, die dem gesamten Gefängnis den Ausdruck höchster Skepsis verlieh, als hätte man eine Augenbraue in stratosphärische Höhen hochgezogen.

»Haar«, Venice blickte stolz auf ihrer Hände Werk. »Mein Leben.«

»Merci«, säuselte Licky, der sich im Spiegel besah. »Du hast eine Zukunft. Comprende?« Er wandte sich an den Frisör, der in einer Ecke zusammengekauert stand und sich an eine Dose Talkumpuder klammerte. »Es gibt Haare«, gab er zum besten, »und es gibt Coiffure. JETZT kann ich mich überall sehen lassen. In einer Woche komm ich wieder, zum Nachrasieren.«

Guy nahm Venice und Licky mit zur Huber-Hütte, wo Licky sich im leeren Apartment häuslich einrichtete. Die drei ließen sich zu einem leichten Mittagessen nieder: Obst und Käse.

Venice knabberte an einem Pfirsich. »Darling, ich will ja nicht zu schrecklich neugierig sein«, wandte sie sich an Licky. »Aber weswegen bist du denn hier?«

»Ach, ihr Süßen«, seufzte Licky. »Einfach zuuuu lächerlich. Ihr werdet's mir nicht glauben. Oberpeinlich. Also gut, ich sag zur Sühne die Fußpflege ab, ich laß mich an einen Tisch ganz nah beim Klo setzen, ich freß Würmer. Laßt uns alle Würmer fressen, Würmer flambé. Man hat mich, also das müßt ihr euch vorstellen, mich, euer schlichtes heimisches Plappermäulchen, mich hat man verhaftet, weil ich Kindern Drogen verkauft haben soll.«

»Echt?« Guy schlang einen Keks herunter. »Ist ja furchtbar, Mann! Und, hast du's gemacht?«

»Guy«, Licky war bis ins Mark getroffen. »GUY HUBER. Ich verkaufe doch an hilflose, unschuldige Kinder keine Drogen, an Geschöpfe, die noch verschiedene nicht künstlich verstärkte Sinne ihr eigen nennen, deren Neuronen bis heute noch von Pillen und Mixturen verschont geblieben sind. Nei-en!«

»Schätzchen, natürlich nicht«, beschwichtigte ihn Venice.

»Ich hab sie ihnen geschenkt!« sagte Licky.

»Hab ich mir schon gedacht«, meinte Guy. »Ich mein, ich wußte, du nutzt die Gelegenheit nicht aus.«

»Das Traurige daran«, sagte Licky, »das wirklich Herzzerreißende ist, daß die Bullen, nachher mein ich, den Kids das Zeug nicht mal gelassen haben. Also, ich geh da fröhlich die Madison runter, so um eins rum, und da waren all diese süßen Kids, ein Kindergartenausflug, ihr wißt schon, zwei und zwei, Hand in Hand mit Namensschildchen und Butterbrottaschen und kleinen Fäustlingen, die an Schnüren aus den Ärmeln baumeln. Himmlisch, ich glaub, sie haben einen Ausflug zu Cartier gemacht.

Na, jedenfalls stehen sie alle an einer roten Ampel, und da fangen diese beiden kleinen Jungen an, sich zu streiten, weil der eine nur noch ein winziges bißchen Hasch hat und es nicht teilen will. Ich kann nicht umhin, ich hör den Streit mit, und dann sag ich: ›Kleiner, was ist denn das für eine Art?‹ Und ich geb seinem kleinen Freund ein bißchen was, na ja, nur um die Sache ein bißchen auszugleichen. Und die waren so glücklich, die Kindergärtnerin hat sich bei mir bedankt, die Mütter aus der Heimatkundeklasse haben sich bei mir bedankt. Und dann kommt dieser Bulle rüber und spielt den Rambo. Ich sag zu ihm: ›Herr Wachtmeister, bleiben Sie mir von der Wäsche.‹

Na, da fängt der Junge zu greinen an, und die Heimatkunde-Mamis prügeln auf den Bullen ein, aber dann wird die Ampel grün, und alle gehen weg. Und da bin ich nun. So ist das Leben in diesen unseren Vereinigten Staaten. Also, ich muß schon sagen!«

»Darling, das ist das reinste Verbrechen«, meinte Venice. »Einfach kriminell!«

»Noch ein bißchen Brie?« fragte Guy sanft.

Licky ging am Abend früh zu Bett. Seine Reise ins Gefängnis und die erste Trainingseinheit im Sportraum hatten ihn völlig geschafft. Guy und Venice lagen eng umschlungen in Guys Bett gekuschelt, schon viele Stunden. Der Sex war phänomenal gewesen. Für Venice hatte sich eine universelle Fantasie erfüllt: Sex mit einem Sträfling. Gar nicht schlecht, dachte sie, in Guys Armen wohlgeborgen. Sie sah, daß Guy mit Buntstiften die Tage seiner Gefangenschaft auf der Wand neben seinem Bett in einem Strichzaun abgezählt hatte. Der Künstler war mit ihm durchgegangen, und er hatte auch noch ein paar Wolken und einen Apfelbaum dazugemalt.

»Schon rehabilitiert?« erkundigte sich Venice und biß Guy in den Nacken.

»Weiß nicht.« Guy schnüffelte an Venices Schulter. »Ich bin wohl ein Gewohnheitsverbrecher!«

»Alles in Ordnung bei euch?« erkundigte sich Mr. Huber und klopfte an Guys Tür. »Braucht ihr was vom Delikatessenladen?«

»Alles okay, Dad«, antwortete Guy.

»Gute Nacht, Dick!« rief Venice.

»Venice …« murmelte Guy, während die Schritte seines Vaters verhallten.

»Mmmm …«, erwiderte Venice.

»Ich glaube, ich brauche noch mehr Rehabilitation«, beschloß Guy. »Eine ganze Menge mehr.«

»Genau«, stimmte Venice zu. »Du wirst sonst am Ende noch rückfällig.«

»Halt mich auf!« flehte Guy und küßte Venice auf die Hüfte. »Ehe ich wieder zum Mörder werde.«

25

Folter

Guy, Venice und Licky wurde es im Gefängnis allmählich langweilig, ein Standardproblem, das man in jedem Ferienort kennt. Es waren zwar stündlich irgendwelche Aktivitäten angesetzt, aber es gab trotzdem nichts zu tun. Bald waren sie auch so weit, daß sie nur noch Non-Stop-Bräunungs-Sessions am Pool schafften. Um Mittag herum ölten sie sich ein, um die Spitzensonnenzeit einzufangen, ließen sich sich häuslich auf Liegen am Beckenrand nieder. In regelmäßigen Abständen begutachteten sie den gegenseitigen Bräunungsgrad, wendeten ihre Luxuskörper, damit die Färbung gleichmäßig würde, Cordon-Bleu-Cuisiniers beim behutsamen Rösten eines Bratens. Im Laufe des Nachmittags rollten sie ihre Liegen weiter, der Sonne nach. Andere Insassen stellten die Uhr nach der Position von Guy und Konsorten am Pool.

Irgendwann Anfang Juni hatte Guy einen mittleren Umbra-Ton erreicht. Die krächzenden Häher und das leise Plätschern des Wassers spielten ihm eine Serenade.

»Komisch, ich glaub, ich mag keine Natur«, sagte er und kratzte sich gedankenverloren ein bißchen abblätternde Sonnenschutzcreme von der Nase.

»Was meinst du, Darling?« fragte Venice, ohne sich zu rühren. Sie lag neben Guy. Ihr Gesicht wurde von einem riesigen Strohhut überschattet, der ihren zarten Teint vor den Verheerungen der Sonne schützen sollte. Ansonsten war sie in etwa fünfzig Gramm Nylonstretch gehüllt.

»Ich hab gesagt, ich glaub, ich hasse die Natur«, wiederholte Guy. Er redete mit geschlossenen Augen weiter. »Ich bin wirklich ein mieser Typ. Also, wißt ihr, gestern, als ich auf diesem Naturlehrpfad war? In den Bergen? Also, na ja, das war richtig hübsch da, und alles. Und an allen Pflanzen sind so Schilder, und dann tauchen überall immer so Rehe und Eichhörnchen auf, die waren echt süß. Und dann waren wir oben auf dem Berg und alle haben ›Oh, seht euch bloß das an!‹ geschrieen und ›Oh, was für eine wunderbare Aussicht.‹

Also hab ich mir die Aussicht angeguckt. Konnte man alles sehen, Bäume und Himmel, voll bis zum Meer. Und ich hab's angestarrt, okay, wie sich's gehört, und dann hab ich gedacht: Wow, das ist echt, na ja, erhaben und großartig und alles. Und dann hab ich gedacht, wenn ich das noch eine Sekunde länger anschau, dann raste ich voll aus.«

»Darling, Natur ist nicht langweilig, Natur ist gemein«, sagte Venice. »Sei nicht albern. Heute morgen war ich mit Archie Tablemere und Kenny Hibble und Les und Hunt und den Jungs auf dem Golfplatz. Das war der Abschuß. Ich hab nur in diesem dusseligen Golfwägelchen gehockt, und jetzt hab ich trotzdem jede Menge Mückenstiche und Grasflekken und Sommersprossen. Ich hab mir immer gesagt: ›Schätzchen, du bist überhaupt nicht der sommersprossige Typ‹, aber sie sind trotzdem fröhlich aufgetaucht. Ich hab doch nichts Anständiges, was ich über den Sommersprossen tragen könnte, jedenfalls nicht hier in der Pampa. Nur Shorts und Rucksäcke und so Sachen. Guy, gestern hat dein Vater zu mir gesagt, daß ich gesund aussehe. Gesund! Paß bloß auf, Dick, hab ich ihn gewarnt. Ist mein Rücken fertig?«

»Gott, was seid ihr doch für Kleinkinder«, schniefte Licky. Er lag ausgestreckt auf einem Sprungbrett, bronzebraun und glänzend, Zitronensaft im Haar, für Natur-Strähnchen.

»Schiebt doch nicht der Natur die Schuld dafür in die Schuhe, meine Süßen«, fuhr er fort, »daß ihr im Augenblick ein grauenvolles Dasein fristet. Dieser Ort hier ist schuld dran. Ich mein, seit meinen Säuglingstagen träum ich schon davon, mal ins Gefängnis zu kommen. Klang einfach fa-bel-haft, die reinste Utopie. Aber jetzt frage ich euch, wo sind die Männer?«

»Die Männer?« Guy war höchst verwundert. »Aber Licky, hier sind doch genug Typen.«

»Nein, Schätzchen«, erwiderte Licky. »Ich sprech nicht

von Typen, ich sprech von echten Männern. Von Sensationskillern! Wiederholungstätern! Fleischbergen hinter Gittern! Ihr wißt schon: Tätowierungen und null Hirn! Eben Traumtypen! Also, ich mein nur, ich guck doch Fernsehen! Wo ist denn hier die sexuelle Versklavung? Wo findet denn hier der Großmarkt menschlicher Seelen statt? Wo ist hier der Mörder, der meinen Körper für ein Paket Newports eintauschen würde?«

»Schätzchen, und die Wärter?« erkundigte sich Venice. »War da auch niemand für dich dabei?«

»Die Wärter?« schimpfte Licky. »Die Wärter? Also, ihr wißt ja, wie ich auf Uniformen abfahre. Da kribbelt es mir am ganzen Leib. Schaftstiefel! Patronengürtel! Schlagstöcke! Man gebe mir nur einen Mann mit einer verspiegelten Sonnenbrille und einem lüsternen Grinsen, und ich bin wunschlos glücklich. Und was krieg ich hier? Habt ihr euch diese Typen mal angeguckt? Alles Absolventen der Gefängnisreformschule. Mit Aktenkoffern. Und Pferdeschwänzchen. Fragen mich alle naslang, ob ich nicht in eine Encounter-Gruppe oder zu einer Rap-Session will. Hab ich mal versucht. Da saßen sie alle auf dem Boden und haben mit Kasperlepuppen ihre Probleme mit der Autorität ausgelebt. Wie im Kinderhort.«

»Wie ein Wochenende am Strand«, meinte Venice. »Da denkt man auch, das wird lustig, und dann hängt man fest. Und plötzlich spielen sie alle Scrabble und sammeln Muscheln.«

»Mann, was glaubt ihr, was geht wohl grade in der City ab?« fragte Guy verträumt.

»Die City«, seufzte Venice. »Hör bloß auf.«

»Quäl uns nicht«, sagte Licky.

»Wo ist Danilo?« erkundigte sich Guy. »Ist der noch in der Stadt?«

»O ja«, antwortete Venice. »Den hab ich in ein Hotel gesteckt.«

»Ein Hotel«, Licky verging. »Stellt euch bloß vor!«

»Zimmerservice«, japste Venice.

»Hotelhallen«, meinte Guy.

»Asphalt«, sagte Licky.

»TAXIS«, stöhnten alle drei wie aus einem Mund.

»Also wirklich, Leute.« Guy versuchte, die Situation wieder etwas abzukühlen. »So schrecklich ist es hier nun auch wieder nicht. Nicht wirklich, mein ich.«

»Stimmt«, erwiderte Venice, in einem Versuch, ihm hilfreich zur Seite zu stehen. »Schließlich gibt's ja noch Bogenschießen.«

»Und die guten alten Lieder am Lagerfeuer«, fügte Guy hinzu.

»Habt ja recht«, gab Licky zu. »Und wenn wir noch ein bißchen länger hier draußen bleiben müssen, na ja, davon geht die Welt auch nicht unter. Ich mein, es gibt Schlimmeres.«

»Tornados«, schlug Guy vor.

»Cellulitis«, meinte Venice.«

»Und wenn man dir mit der Kneifzange einen Fingernagel nach dem anderen rauszieht«, meinte Guy.

»ABER DAS IST WENIGSTENS NICHT LANGWEILIG!« kreischte Licky.

Endlich hatte er es ausgesprochen! Er hatte das furchtbarste und verdammendste Schimpfwort aus seinem Wortschatz benutzt. Licky fürchtete die Langeweile. Er würde das Äußerste versuchen, um alles Banale zu umgehen, alles erschütternd Öde, alles krampfhaft Stumpfsinnige.

»Wir müssen was unternehmen«, verkündete er. »Oder wir fangen an, uns zu häuten.«

»Heute abend ist Square Dance.« Venice grauste es. »Schon wieder.«

»Aber was können wir denn schon tun?« fragte Guy verzweifelt.

»Abhauen«, antwortete Licky.

»Was?« fragte Guy.

»Verduften«, meinte Licky. »Über die Mauer, uuuund tschüs. Zeit zum Check-out.«

»Echt?« Guy fand langsam Gefallen an der Idee. »Meinst du wirklich, das könnten wir schaffen?«

»Ausbruch aus dem Knast«, meinte Venice, voll begeistert. »Na ja, warum eigentlich nicht?«

26

Eine tollkühne Flucht

Nachdem die Spitzenbräunungsstunden abgelaufen waren, kehrten Guy, Licky und Venice in ihre Hütte zurück. Sie waren zum Ausbruch entschlossen, selbst wenn es Menschenleben kosten würde.

»Was brauchen wir?« fragte Guy, Dringlichkeit in der Stimme.

»Nylonstrümpfe«, antwortete Licky, der einen unfehlbaren Plan ausheckte. »Wir brauchen eine Verkleidung.«

Venice zog eine Schublade auf und zerrte ihre gesamte Strumpfabteilung ans Tageslicht. Eigentlich braucht man Verkleidungen eher für Banküberfälle, aber Licky hatte bei der Unterscheidung zwischen den verschiedenen Verbrechen so seine Probleme.

»Ich kann unmöglich taupe tragen«, meinte Licky und sortierte einen Nylonstrumpf nach dem anderen aus. »Dann ist mein Ruf hin!«

»Ist das aufregend!« sagte Guy, der seinerseits die Strumpfhosen durchsortierte. »Wir klettern über die Mauer!«

»Oh, Guy«, meinte Venice, »bist du leicht zufriedenzustellen!«

Schließlich einigten sie sich auf hauchdünne schwarze Strümpfe.

Mr. Huber kam nach einem guten Golfspiel über neun Löcher zufrieden nach Hause und fand die Bewohner der Suite in Nylon gehüllt.

»Was soll denn das alles?« fragte er. »Oh, ich weiß, Aufnahmeprüfung für die Burschenschaft? Mein Gott, haben wir damals einen Spaß gehabt. Jedes Jahr kurz vor dem Abschlußball haben wir uns alle in einen Packard gequetscht und sind nach Cambridge hochgebrettert. Dann haben wir die große Trommel von der Harvard-Band geklaut! Gegen Lösegeld! Mein Gott, waren wir Hooligans!«

»Wir machen einen Ausbruch, Dad«, sagte Guy. »Das wird toll! Willst du auch mitkommen?«

»Junge, sonst wirklich herzlich gern«, antwortete Mr. Huber. »Aber heute abend ist Square Dance, und das möchte ich eigentlich nicht verpassen.«

Einmal in der Woche organisierte das Gefängnis einen Ringelpietz mit Anfassen. Dazu wurde die Vorratsscheune mit Heu ausgestreut, Papierlampions wurden aufgehängt, und es gab Punsch aus Zinnwannen. Die Frauen vom Ort brachten selbstgebackene Kuchen und süße Töchter im heiratsfähigen Alter mit. Der Direktor rief die Tänze aus. Diese Woche plante er, seine Insassen in die komplizierten Schrittfolgen des »Cotton-Eyed Joe« einzuweihen.

»Oh, Dad.« Guy rollte seine Augen gen Himmel wie peinlich berührte Kinder auf der ganzen weiten Welt.

»Du bist süß«, meinte Venice und gab Mr. Huber durch ihre Strumpfmaske ein schnelles kleines Küßchen auf die Wange.

»Dick«, seufzte Licky, »eines schönen Tages heirat ich dich noch.«

Guy, Venice und Licky packten ihre Sachen zusammen und organisierten den Gepäcktransport zurück in das Loft. Nach dem Essen konnten sie hören, wie der Fiedler seine Geige für den Barn Dance stimmte. Und sie waren sich einig, daß es nun wirklich Zeit war, zur Tat zu schreiten. Sie zogen sich die Strumpfmasken über; ihre Köpfe ähnelten drei schwarzen Nylonrüben. Dann machten sie sich auf zu ihrem gefahrumtosten Treck in die Freiheit, zu ihrer Befreiungsmeile.

»Ist das gefährlich?« fragte Guy, völlig gebannt. »Werden sie uns auf dem Weg beschießen?«

Die Gruppe verließ die Hütte, schlich sich auf Zehenspitzen durch den Aufnahmetrakt.

»Hallo, Darling.« Venice nickte mit verhülltem Haupt einem Wärter zu.

»Du rufst nie an«, beklagte sich der weinerlich.

»War fab-fab bei euch.« Licky schob sich hautnah am Gefängnispsychologen vorbei. »Was ist mit Trinkgeld?« flüsterte er Guy zu.

»Wir schicken was von zu Hause«, flüsterte der zurück. »Flasche Wein.«

Das Trio eilte weiter. Sie winkten dem Gefängnisfrisör zu, der inzwischen stolz ein Foto von Lickys Frisur in seiner Kabine aufgehängt hatte. »Völlig neues Leben hab ich dem geschenkt«, meinte Licky.

Der Vorratsraum, die Wäscherei, der Gefängnishof, alles ließen sie hinter sich zurück.

»Wo sind die alle?« fragte Venice, leicht pikiert. »Da erreg ich ja sonst mehr Aufsehen, wenn ich aus 'ner Telefonzelle komme.«

Sie krochen vorwärts, verließen das Gefängnis, näherten sich dem Haupttor.

»Mir juckt die Nase«, beschwerte sich Guy. »Ist schon völlig plattgedrückt.«

»Halt!« schrie der Wärter am Haupttor, hob sein M-1 und richtete es auf die Gruppe, entsichert!

»Ach, hör doch auf mit dem Quatsch!« sagte Venice und rauschte raschen Schrittes vorbei.

»Kopfweh«, sagte Guy, deutete mit dem Daumen auf Venice und zog in Richtung auf den Wärter eine kleine Grimasse. »Frauen! Da soll sich einer auskennen!«

»Nach dem Labor Day«, sagte Licky zum Wärter, »da kleben wir geradezu am Telefon! Ich will alles haarklein wissen!«

»Es war richtig nett hier«, sagte Guy artig zum Wärter.

Venice hielt eine Sekunde inne und sah den Wärter an. Obwohl sie einen Strumpf über dem Kopf trug, fiel dem das Gewehr aus der Hand, und sie konnten nur mit Gewalt verhindern, daß er in sein Bajonett fiel.

»Bye-bye, Darling!« sagte Venice, endlich zufrieden.

Sie erreichten die Hauptstraße und zerrten sich die Strümpfe vom Kopf. Sie waren Meilen von der nächsten Stadt entfernt. Rund um das Gefängnis lagen vereinzelte Farmen und eine verlassene Überlandstraße; es war nichts zu sehen, nur unzählige Telegrafenmasten und Sterne. Es fuhren keine Autos auf der Straße, man hörte nur das Zirpen von Grillen und den fernen Klang einer Hawaii-Gitarre. Wenn unsere entsprungenen Häftlinge nicht am Ende der Welt waren, dann doch zumindest ziemlich in der Nähe.

»Wir haben's geschafft!« schrie Venice und schnappte sich Guy für eine Siegesumarmung.

»Wir sind getürmt!« Guy sprang vor Freude auf und ab.

»Taxi!« kreischte Licky, der immer den klareren Kopf behielt.

Ein Quietschen, auffliegende Kiesel trafen Guy am Knöchel. Ein verbeultes Stadttaxi hielt neben ihnen an, mit hängenden Scheinwerfern und einem lauthals gähnenden Fahrer.

»Darling«, sagte Venice zum Taxifahrer und riß die Tür auf. »Bist du frei?«

»Ganz zu deiner Verfügung, Babydoll!« sagte der Fahrer, als Guy mit Venice auf den Rücksitz krabbelte. Licky hopste auf den Sitz neben dem Fahrer, der ein Mann mit einer stechend scharfen, überaus reizvollen Duftnote war.

»Oh, hallo.« Licky besah sich die Taxilizenz mit Foto, die am Armaturenbrett hing. »Bist du aber super fotogen! Sind das alles deine Kinder?« erkundigte er sich und untersuchte ein Polaroidfoto, das gegen eine magnetische Hulatänzerin gelehnt stand.

»Wo soll's 'n hingehn?« erkundigte sich der Fahrer und kratzte sich am Kopf.

»Extasy Club, bitte.« Guy war unfähig, die Freudensprünge aus seiner Stimme herauszuhalten. »Downtown!«

27

Die Rückkehr zum sagenhaften Extasy Club

Guy und Venice schliefen fast den ganzen Weg zurück nach Manhattan, weil sie mit voll aufgeladenen Batterien im Extasy Club eintreffen wollten. Licky schwatzte die gesamte Strecke mit dem Taxifahrer, sog gierig grundlegende Fakten zu den Themen Töpfchen-Training, Preis von Kinderschuhen und homosexuelle Bedrohung in sich auf. Kurz vor Mitternacht erreichte das Taxi die Stadtgrenze. Perfektes Timing!

Als der Wagen auf den Straßenzug des Extasy Clubs zubretterte, bemerkte Licky, das hier etwas ziemlich schiefgelaufen sein mußte. Es standen keine Autos vor dem Club, da war keine Anhäufung von Luxusschlitten, kein sardinengleiches Gequetsche von Taxis und Cadillacs und Touristenbussen.

»Aufwachen!« rief Licky Guy und Venice zu. »Wir sind da, glaube ich.«

Guy linste aus dem Taxifenster, während sich Venice auf der Rückbank schnell in ein neues Outfit schwang. Venice konnte sich überall umziehen, schlitterte aalglatt aus dem einen Stil heraus und streifte sich schon den nächsten über den Kopf, ganz Ellbogen und perfekte Technik. Dieser Vorgang bewirkte bei Taxifahrern gewöhnlich ein plötzliches ernsthaftes Interesse an einem gut eingestellten Rückspiegel.

Einen Augenblick lang war Guy überzeugt, daß der Club für den Abend geschlossen sein mußte, daß man wegen eines Feiertags oder einer Naturkatastrophe die Schotten dicht gemacht hatte. Keine hungrige Meute lauerte vor der Tür, nichts war zu sehen von diesem aufgedunsenen, gierigen Monster, das seine tausend bluttriefenden Köpfe hochreckte und nach Eintritt geiferte! Die Alu-Pfosten standen mehr oder weniger an der richtigen Stelle, aber die Samtkordel hing schlaff und nutzlos dazwischen. Vier Leute standen außerhalb der Kordel. Guy war sich nicht einmal sicher, ob diese Leute darauf warteten, in den Club eingelassen zu werden, oder ob sie nicht gerade herausgekommen waren und noch ein wenig in der Gegend herumstanden. Es war so gar nichts Verzweifeltes an ihnen, keine wilde Hoffnung, keine Antriebskraft in irgendeine Richtung. Sie hätten überall stehen können.

Guy, Venice und Licky stiegen aus dem Taxi und näherten sich der Kordel. Renzo trat aus dem Club, und Guy fühlte sich angesichts der vertrauten Visage und des unerschütterlichen Muskelbergs wieder ein wenig beruhigt.

»Hi, Renzo!« grüßte er. »Wie geht's denn so?«

»Ziemlich gut«, erwiderte Renzo. »Und selbst?«

»Eins a!« sagte Guy.

»Bin wieder da!« sagte Venice und gab Renzo ein schnelles Küßchen.

»Na, und was geht hier so ab?« erkundigte sich Guy.

»Nicht besonders viel«, erwiderte Renzo, mit so viel Trübseligkeit in der Stimme, wie sie jemand aufbringen kann, der schon die eine oder andere menschliche Nase verschluckt hat.

»Schätzchen, wer steht an der Tür heute?« fragte Licky.

»Irgend so 'n Typ«, antwortete Renzo nach einigem Überlegen. »Ich glaub, der ist im Augenblick drin oder vielleicht auch für 'ne Zigarette mal raus oder so. Hängt hier irgendwo rum. Kommt ihr rein?«

»Klar doch«, meinte Guy. »Habt ihr uns vermißt?«

»Schon«, sagte Renzo, völlig verloren, und versuchte, seinen dicken Zeh in den Bürgersteig zu bohren. »Ist in letzter Zeit ziemlich lasch hier. Seit paar Wochen.«

»Schätzchen, ist irgendwas passiert?« fragte Venice.

»Nöö.« Renzo schniefte, wischte seine Nase am Gebäude ab. »Nöö. Eigentlich nicht.«

Die Gruppe betrat den Club. Alles schien wie früher, die Spiegel, die Palmen, die Atmosphäre eines vergoldeten, abgedunkelten Boudoirs. Aber an der Garderobe arbeitete nur noch eine einzige, sehr tüchtige junge Dame. Sie lächelte keck, nahm allen ihre Überbekleidung ab und schob zügig die Plastikmarken über die Theke. Ihre Vorgängerinnen waren unerreicht hohle, elementar unhöfliche und hochnäsige Mädchen gewesen, in der Tradition jener jungen Damen, für die angesplitterter Nagellack einem Weltuntergang ziemlich nahe kommt. Diese neue Lady trug eine korrekt gebügelte Bluse und ein ernsthaftes Baskenmützchen, unter dem sie ihr helmgleiches, glänzendes, mausbraunes Haar gebändigt hatte. Es war die Art junger Dame, die man bei einer Agentur anfordern kann, ein Mädchen für alles, das in Kursen »Die Kunst, einen guten ersten Eindruck zu machen« und »Gute Stimmung im Büro« gelernt hat.

»Einen schönen Abend noch«, zwitscherte sie mit dem Automaten-Zwinkern einer Stewardeß.

»Schätzchen«, riet ihr Licky, der sie mit starrem Blick fixiert hatte. »Ich glaub, es ist Zeit für deinen Einlauf.«

Guy ging voran in den Club. Man hatte auch die Barmänner ausgewechselt. Die lächerlich muskelbepackten, angenehm verblödeten Sportkumpel waren weg, an ihrer Stelle waren noch mehr Agentur-Typen, müde Männer mittleren Alters in kurzärmligen weißen Nylonhemden mit schwarzen Ansteckfliegen.

»Was soll's denn sein, Kumpel?« fragte einer der Barmänner Guy.

Der antwortete nicht. Er war abgelenkt, checkte die Menge ab. Der Club war voll. Die Musik hatte ihr übliches Plärren und Stampfen erreicht. Guy besah sich die Tanzenden, die Trinkenden, die Männer und Frauen, die sich auf den Bänken lümmelten. Er zwinkerte, sah noch einmal hin. Er kannte keine Menschenseele.

»Darling, wer sind all die Leute?« fragte Venice, die gleichermaßen verwundert war.

Wo war die Contessa Larini? Wo Tanzo Matta? Wo Caronia? Wo waren die Nachteulen, wo die alten Gesichter, die gelifteten Gesichter, die geschlechtslose feine Welt, wo waren die benommenen, blendenden Glitterati?

Wo waren die Leute, die den Bogen raus hatten, wie man

sein Gesicht abschirmte, wenn die Fotografen auftauchten, und dann doch auf den Fotos noch wunderbar zu erkennen war? Wo waren die Leute, die willens waren, ihre letzten dreitausend Dollar für zwei Meter Stoff auszugeben? Wo die Leute, denen die korrekte Art, sich in einen Türbogen zu lehnen, ein tiefes inneres Anliegen bedeutete? Wo die Leute, die Sex nur in Form von Trends diskutierten? Die Leute, die sich bei der Entscheidung zwischen einem schlechten Haarschnitt und dem Verlust eines geliebten Menschen ein paar Minuten Bedenkzeit erbitten würden?

Wo waren die Leute, die sich mühevoll aus Zeitschriftenfotos, Notenblättern und Ironie zusammengebastelt hatten? Wo waren sie alle?

»O Gott«, Licky blickte schärfer hin. »Schaut euch bloß das an!«

Sie schauten. Auf den ersten Blick wirkte der Club wie erwartet – Mode, Bewegung, illegale Substanzen. Bei näherer Betrachtung waren aber alle ein bißchen daneben, ein Zentimeterchen aus dem Tritt, nur verblaßte oder überschrille Faksimiles. Die Kleider saßen schlecht, oder sie waren aus schimmernden chemischen Äquivalenten der ursprünglichen Stoffe geschneidert. Die neuen Gesichter waren glücklich, aber verschwommen, charakterlose Puddings, benebelte Beigels, Jedermannsgesichter.

Guy zuckte zusammen. Plötzlich erkannte er die Gesichter. Das waren die Leute, die früher draußen gewartet hatten. Die Vergnügungshungrigen. Die Meute vor der Tür. Er starrte diese Leute an. Sie sahen völlig normal aus, stellte er fest. Sie waren einfach nur Leute, nette Leute. Sie hatten nicht etwa einen tödlichen Bazillus. Sie waren nicht minderwertig, keine niedere Rasse. Sie waren schlicht und ergreifend Amateure.

Es fehlte ihnen das Engagement von Guys Mob. Diese Leute standen um sieben Uhr auf und nahmen ein herzhaftes Frühstück zu sich. Diese Leute gingen höchstens an zwei Abenden im Monat aus. Diese Leute hatten es im Kreuz, und bei Tag hatten sie Jobs und Familien und was Besseres zu tun. Sie lebten nicht für die Nacht, und sie wollten das auch nicht. Sie kamen in den Extasy Club, um ihre Neugier zu befriedigen. Sie tanzten ein, zwei Nummern lang, dann kippten sie ein Diät-Bier und gingen früh zu Bett.

Sogar Debbie konnte feststellen, daß sich das Flair des Clubs geändert hatte. Sie war zum ersten Mal seit jener schicksalhaften Maskerade mit Bruce und Michelle wieder in die City zurückgekehrt. Heute hatte man sie ohne Zögern in den Club gelassen. Man hatte sie begrüßt, als Ehrengäste empfangen, als Höchsterwünschte. Das machte Debbie sofort stutzig. Sie war zwar erfreut darüber, gleich Einlaß gefunden zu haben, aber es fehlte doch ein elementarer Kitzel, die Gänsehaut, das Gefühl, eine Trophäe errungen zu haben, einen unermeßlichen gesellschaftlichen Triumph, eine Belohnung für unerhört stilvolles Auftreten. Warum lassen die mich hier rein? fragte sie sich.

Im Club selbst nahm die Verwirrung der Jersey-Eingeborenen noch zu. Debbie hatte das Innere als einen hochglanzgewienerten Dunst, einen betäubenden Wirbel aus heißen Lichtern, Vampirdämmerung und eleganten Verrücktheiten in Erinnerung, als einen Sultanspalast, ein samtenes Zirkuszelt voller sich räkelnder Tiger in diamantenen Tiaras.

Jetzt auf einmal war alles so … erreichbar. So akzeptabel. So dienstbeflissen. Einen Augenblick lang vermutete Debbie, daß sie gar nicht im eigentlichen Extasy Club war. Daß sie irgendwo falsch abgebogen und in einem minderwertigen Nachtclub gelandet war, einem faden Neuaufguß, noch irgendwo in ihrem Heimatstaat. Wo waren all die Leute, über die Debbie in den Boulevbardblättern gelesen hatte, die Leute, die keinen anständigen Beruf, kein Alter und kaum Unterwäsche ihr eigen nannten? War die Orgie auf Eis gelegt oder was? Das sollte sie sein? dachte Debbie trübsinnig. War die Große Böse Verbotene City wirklich nur eine schäbige, miese Kleinstadt?

»Der Laden hier stinkt!« meinte Bruce, die Hände in die Hüften gestemmt.

»Teeniebopper-Kram!« kommentierte Michelle. »Und Kaugummipapiere auf dem Boden!«

»ICH FINDS VOLL GEIL!« kommandierte Debbie. Sie versuchte, Autorität in ihre Stimme zu legen, aber ihre Worte verloren sich im Raum, wurden von der Musik übertönt, die jetzt nur noch monoton und kopfschmerzig rüberkam, nicht mehr zwanghaft und animalisch. Debbie wünschte sich beinahe, daß sie ihre neuen Tanzo-Matta-stonewashed-Jeans im französischen Schlabberlook für einen wirklich besonderen Anlaß aufgehoben hätte.

Venice und Guy erkundeten den Club und entdeckten nur lauter fremde Gesichter. Die legendären Sitzecken und Nebenräume waren irgendwie merkwürdig schal geworden, wirkten jetzt übertrieben, mutierten in Richtung schäbigdürftig, gemalte Kulissen für eine College-Aufführung. Die Polster waren zerfranst, die Spiegel und Kacheln mit Fingerabdrücken verschmiert. Alles war kleiner, als sie es in Erinnerung hatten, und auch irgendwie überladen, zu aggressiv detail-überfrachtet. Sogar heftig geliebte Künstlichkeit gewinnt nicht eben durch Verschleiß.

Licky verbrachte einige Zeit am Telefon, aber die meisten Leute, die er anrief, waren nicht zu Hause. Guy und Venice versuchten erst gar nicht zu tanzen. Ihre Gliedmaßen waren unerklärlich ungelenk, bleischwer geworden. Den beiden fehlte die Koordination. Sie stolperten immer gegeneinander. Ihr Rhythmus war ihnen abhanden gekommen.

Der Club leerte sich recht früh, gegen zwei Uhr morgens lag er völlig verlassen da. Die Besucher holten ihre Vorjahresmäntel an der Garderobe ab und verließen den Club, auf der Suche nach ihren vernünftigen japanischen Autos mit hervorragend niedrigem Benzinverbrauch, dem idealen Transportmittel für die lange Fahrt zurück in die Vorstädte. Man sprach über Jogging-Pläne und Versicherungsprämien, ganz als verließe man eine Sitzung der Elternpflegschaft oder das etwas lähmliche Finale eines Bowling-Turniers. Kurz nach drei Uhr packte auch der Diskjockey seine Sachen zusammen und verabschiedete sich, um sich mit seinem Steuerberater zu treffen.

Die Musik verstummte, der Club lag still und verlassen

da. Hand in Hand wanderten Guy und Venice auf die Tanzfläche hinaus, übel zerzauste Häschen, die sich im Wald verirrt haben. Guy rief etwas, wollte das Echo prüfen, aber der Widerhall wurde von der Dunkelheit verschluckt. Der Club hatte seine kristallene, gnadenlose Schwärze verloren, dieses glanzvolle schwarze Spiegeln. Jetzt war das Dunkel nur noch das stagnierende, dumpfneblige, nutzlose Dunkelgrau einer geplünderten Grabkammer.

Guy fühlte Schwindel aufkommen. Er mußte sich setzen, war völlig benommen. Venice hockte sich neben ihn, kniete sich mitten auf den zerfurchten, splitternden Tanzboden. Guy versuchte, sein Gleichgewicht wiederzufinden, indem er völlig reglos dalag, den Kopf in Venices Schoß geborgen. Er starrte auf die Lichtmaschinerie hoch oben. Die meisten Scheinwerfer waren dunkel. Ein paar glimmten noch ein wenig, als wären sie schon ausgeschaltet, wollten aber noch nicht recht verlöschen.

Licky begann sich auch recht unwohl zu fühlen, war auch ein bißchen aus den Geleisen geraten. Er stand nur so da, brauchte dringend körperliche Betätigung, um wieder einen klaren Kopf zu bekommen. Er rannte weg, verschwand im Dunkel in Richtung Treppe.

»Bin gleich wieder da«, rief Lickys körperlos gewordene Stimme von irgendwo. »Ich bin … ich bin …«

Guy und Venice konnten den Rest von Lickys Bemerkung nicht mehr ausmachen. Er hatte seinen Gedanken sowieso nicht zu Ende gesprochen. Sein Schwatzen, sein Amüsiertrieb hatten ihn für den Augenblick verlassen. Eine Sekunde lang waren Licky die Worte ausgegangen. Die schiere Größe des Raums und seine todgeweihte Leere jagten ihm Angst ein. Wofür er lebte, das waren intime Vertraulichkeiten, saftigste schmutzige Geheimnisse. Lieber schwieg Licky ganz, als daß er seine Konversation ans Vakuum verschleuderte.

»Nie mehr Extasy Club«, meinte Guy und fühlte, wie Venices Hand seine Wange berührte.

»Nie mehr«, sagte Venice. Das Paar glich ein wenig zwei Feriengespielen und Seelenfreunden, die am letzten, lang sich ausdehnenden Augusttag ihren traurigen Abschied nehmen.

Guy stand auf. Er wanderte über die Tanzfläche und kletterte an der Säule hinauf, die oben von der Kabine des Diskjockeys gekrönt war. Er starrte die Skalen, Hebel und Plattenteller an, die Knöpfe und Nadeln und Roboterarme, die die unaufhörlichen Vibrationen des Clubs hervorbrachten. Er wühlte die Platten durch.

Guy wählte keinen altbekannten Song aus. Das wäre sentimentale, viel zu simple Instant-Nostalgie gewesen, Sehnsucht nach dem Schnee von gestern. Er fand ein Chopin-Album. Es war von einer Modenschau übriggeblieben, die vor Monaten einmal im Club über die Bühne gerauscht war. Tanzo hatte für seine Laufsteg-Präsentation einen klassischen Rahmen ausgewählt, und die Musik hatte als Werbegag wunderbar funktioniert.

Guy legte die Platte auf den Teller. Ein zarter Walzer begann den Club zu erfüllen, hörte sich wesentlich besser an, als Chopin das je beabsichtigt haben konnte, denn schließlich hatte der Komponist in einer Zeit rudimentärster Verstärkungsmöglichkeiten gelebt.

»ECHT KRASS!« schrie Venice von der anderen Seite des Raumes. »Was ist denn das?«

»Keine Ahnung.« Guy kletterte wieder aus der Kabine herunter. »Hab ich gefunden. Hat Tanzo mal benutzt.«

»Na klar«, meinte Venice. »Hat wahrscheinlich sein Freund geschrieben. Da hat er's nehmen müssen.«

Guy streckte seine Arme nach ihr aus. Venice glitt zu ihm hinüber, verschränkte ihre Arme hinter seinem Nacken. Er legte ihr die Hände um die Taille. Sie begannen sich zu bewegen, schaukelten erst nur, beschränkten sich auf ein kleines Eckchen der Tanzfläche.

Nachdem sie den Rhythmus erspürt hatten, fingen Guy und Venice an, Walzer zu tanzen, wenn auch ein bißchen sprunghaft und eckig. Sie hatten beide noch nie Walzer getanzt, aber sie hatten Filme gesehen, »Broadway Melodies« und »Nites in Old Vienna«. Guy mochte den Tanz, die wilden Sturzflüge und das schwankende Gleichgewicht. Er fand es toll, Venice in seinen Armen geborgen zu halten, sie davor zu bewahren, daß sie ins Ungewisse fortwirbelte. Venice warf ihren Kopf zurück, die beiden drehten sich schneller und immer schneller, eroberten die gesamte Tanzfläche, jauchzten ab und zu auf, tanzten sich schwindlig.

Die Musik wurde düsterer, beklagte das Ende eines anderen Balles, der wesentlich weniger hektisch, wesentlich wohlerzogener gewesen war als das Leben, das Guy und Venice für gewöhnlich vorzogen. Die wenigen Lichter, die noch übrig waren, verloschen jetzt auch, radierten die Umrisse des Raums aus. Die einzige Beleuchtung im Club war nun noch ein dünner lila Neon-Kranz um die Tanzfläche. Guy und Venice tanzten in der Schwärze weiter, führten einander. Von weitem sahen sie aus wie Funken oder kleine, hübsche Planeten, die durch ein verschlafenes Universum segelten.

Venice lehnte sich in Guys Körper hinein, und die beiden klammerten sich aneinander. Ihr Walzer verlangsamte sich, und dann legte Venice ihren Kopf an Guys Brust. Schließlich bewegten sie sich kaum noch, standen nur da, schwankten, hielten einander umschlungen. Guy machte sich Sorgen: um den Club, um das Gebäude selbst, um die Wände und Böden und Hallen. Der arme Extasy Club, dachte er. Ein Waisenkind. Und wenn ihn nun jemand zum Warenlager umbaut? Oder zum Parkhaus? Venice stellte sich ähnliche Schicksale für den Club vor: Büroräume oder die Abrißbirne.

»Bäh«, sagte sie zärtlich und blickte Guy in die Augen.

»Giga-Bäh«, erwiderte Guy, blickte zurück. Und dann hielten sie sich noch ein bißchen aneinander fest.